ハヤカワ・ミステリ

DENNIS LEHANE

過ぎ去りし世界

WORLD GONE BY

デニス・ルヘイン

加賀山卓朗訳

TOKYO HAYAKAWA BOOKS

A HAYAKAWA
POCKET MYSTERY BOOK

WORLD GONE BY
by
DENNIS LEHANE

Translated by
TAKURO KAGAYAMA
First published 2016 in Japan by
HAYAKAWA PUBLISHING, INC.
This book is published in Japan by
arrangement with
ANN RITTENBERG LITERARY AGENCY, INC.
through JAPAN UNI AGENCY, INC., TOKYO.

装幀／水戸部 功

青い眼と十億ドルの笑顔のキークスに

……I'm driving a stolen car
On a pitch black night
And I'm telling myself I'm gonna be alright.

Bruce Springsteen, "Stolen Car"

過ぎ去りし世界

登場人物

ジョー・コグリン……………………実業家。元ギャング
トマス………………………………ジョーの息子
ミス・ナルシサ……………………ジョーの家の家政婦
エステバン・スアレス…………ジョーの共同経営者
ディオン・バルトロ……………バルトロ・ファミリーのボス。ジョーの幼馴染み
リコ・ディジャコモ……………バルトロ・ファミリーのギャング
フレディ…………………………リコの兄
モントゥース・ディックス……ブラウン・タウンのボス
リトル・ラマー……………………ブラウン・タウンのギャング
ルーシャス・ブロジュオラ……キングと呼ばれるボス
テレサ・デル・フレスコ………女性の殺し屋
ビリー・コヴィッチ……………フリーの殺し屋
ヘンリー・エイムズ……………刑務所の看守
ジョナサン・ベルグレイヴ……市長
ヴァネッサ………………………市長の妻
マシュー・ビール…………………海軍情報局の大尉

プロローグ

一九四二年十二月

小さな戦争でばらばらになるまえに、彼らは大きな戦争を支援しようと全員集合した。真珠湾攻撃から一年、フロリダ州タンパのベイショア・ドライヴにある、パレス・ホテルのヴェルサイユの間でパーティを開き、ヨーロッパ戦区にいる軍隊のために寄付金を募ったのだ。仕出し料理と、黒の蝶ネクタイ着用の夜は、湿気もなく心地よかった。

半年後の五月初旬の蒸し暑い夜、タンパ・トリビューン紙の犯罪スクープ記者が、たまたまその資金集めのパーティの写真を目にする。ここ数年で誰かを殺したり殺されたりして地元のニュースをにぎわした人物が大勢写っていて、記者は驚く。

これは記事になる、と彼は思ったが、編集長は首を縦に振らない。でもほら、と記者は言った。見てください。ディオン・バルトロが、リコ・ディジャコモとバーのまえに立っている。それにこれ？ この帽子の小男はぜったいマイヤー・ランスキーですよ。それからこの妊婦と話している男、わかります？ 三月に遺体安置所にいた。そしてここ――市長夫妻がジョー・コグリンと話してる。ここにもジョー・コグリン。黒人ギャングのモントゥース・ディックスと握手してます。ボストンにいたころのジョーはめったに写真を撮らせなかったのに、この夜は二度も撮られてる。この白いドレスの女のそばで煙草を吸ってる男？ 死にました。こっちの男も。あとこのダンスフロアにいる白いディナージャケットの男？　歩けなくなりました。ボス、と記者は言った。この夜、全員集まってたんですよ。

編集長は、タンパは中規模の都市のふりをしている田舎町だと応じた。住人があちこちで顔を合わせるのは当たりまえだ。戦争のための資金調達パーティだろう。暇を持て余した金持ちに必須の旗印だから、めぼしい連中はみな顔を出すんだよ、と。編集長は血気盛んな若い記者に、出席者はほかにもたくさんいたと指摘した――有名歌手ふたり、野球選手ひとり、街でいちばん人気があるラジオメロドラマの声優が三人、ファースト・フロリダ銀行の頭取、〈グラマシー合金〉の最高経営責任者、われらがタンパ・トリビューン発行人のP・エドソン・ハッフェも――彼らはみな、タンパ市の評判を落としたあの三月の流血事件とは無関係だ。

記者はもう少し粘ってみたが、この件について編集長が頑として意見を曲げないことがわかり、タンパ港湾地区に潜入しているという噂のドイツ人スパイの調査に戻った。一ヵ月後、彼は陸軍に召集された。問題の写真の束は、写っていた全員が地上から跡形もなく消えたあとも、長いことタンパ・トリビューンの資料庫に残っていた。

二年後にイタリアのアンツィオの浜辺で落命するその記者は知る由もなかったが、彼より三十年長生きして心臓病で倒れる編集長は、バルトロ犯罪ファミリー、ジョゼフ・コグリン、そしてタンパの名家出身の好青年市長に関する記事はもう載せるなと上から命じられていたのだった。この街はもう充分傷ついたのだから、と。

十二月のその夜の出席者はみな、本人の心づもりとしては、外地の兵士を支援する純粋で私心のない集いに加わっていた。

パーティを主催したのは、実業家のジョゼフ・コグリンだった。元従業員の多くが軍に志願したり、召集されたりしていたからだ。

兄弟ふたりが出征している——太平洋にひとり、誰もよく知らないヨーロッパのどこかにもうひとり——ヴィンセント・インブルーリアが、チャリティ福引を実施した。特賞は、月末にニューヨークのパラマウント・シアターでおこなわれるシナトラのコンサートの最前列のペアチケットと、列車タミアミ・チャンピオン号の一等切符だった。誰もが大量にくじを買ったが、おおかたの見方では、大のシナトラ・ファンの市長夫人が当選するようにホイールに細工がほどこされていた。

ボスのなかのボスであるディオン・バルトロは、若いころ数々の賞を獲得したダンスを披露した。それを見たタンパでも有数の名家の母親や娘たちは、孫に語って聞かせる話ができたと喜んだ(「あんなに優雅に踊る人が、噂どおりの悪人なんてことがあるものですか」)。

タンパの裏社会でもっとも輝かしい星、リコ・ディジャコモは、兄のフレディ、最愛の母親と出席した。しかし、リコの危険な魅力も、モントゥース・ディックスの登場で霞んでしまった。モントゥースはただでさえ長身の黒人だが、タキシードに合わせたシルクハットでさらに高くなっていた。タンパの上流階級にいる人々の大半は、掌にトレイをのせていない黒人がパーティ会場にいるのを見たことがなかったが、モントゥース・ディックスは、給仕するのはあんたらだと言わんばかりに、白人の人混みのなかを進んでいった。

そのパーティは、出席したことを後悔させない程度に品があり、冬の残りのあいだじゅう話題になる程度に危険だった。ジョー・コグリンはタンパの名士と悪党を交流させ、愉しい雰囲気を作り出す才に長けていた。かつてギャング、それも大物と噂された彼自身が、チンピラからそこまで進化するのにも同じ才能が役立った。ジョー・コグリンはフロリダ州中西部でも指折りの慈善家で、無数の病院、スープキッチン、図書館、救護施設を支援していた。かりにもうひとつの噂――犯罪から完全には足を洗っていない――が真実だとしても、ここに至るまでに知り合った人々に多少の恩返しをすることを誰が責められよう。集まった各界の重鎮や工場主や建築主が、労働争議を解決したり、供給ルートの障害を取り除きたくなったりしたときには、誰に電話すべきかわかっていた。ジョー・コグリンは、タンパの街で公に表明されることと、裏で達成されることとの架け橋だった。彼がパーティを開けば、みな現われる面々を見るだけのためにも足を運んだ。

ジョー自身は、にぎやかな行事にそれ以上の意味を付与しなかった。上流階級と街の悪党が混じり合い、判事とギャングの幹部《カポ》が法廷でも奥の部屋でも会ったことがないかのようにことばを交わす。聖心教会の牧師が顔を出して、部屋じゅうの人々を祝福したあと、ほかの誰もと同じように酒を愉しむ。市長の美しくも冷たい妻、ヴァネッサ・ベルグレイヴがジョーのほうにグラスを上げて感謝の意を表する。モントゥース・ディックス並みに強面《こわもて》の黒人が、きまじめな年配の白人たちに第一次世界大戦時の手柄をおもしろおかしく聞かせる。無礼なことばの応酬も酔態もまったく目撃されない。そんなパーティを開くことができたら、それはただの成功ではなく、シーズン最高の成功だ。

ただひとつ、波瀾の兆しらしきものが現われたのは、ジョーが新鮮な空気を吸いに芝生の裏庭に出て、ひとりの少年を見たあとだった。その少年は、芝生の遠い端の暗がりを出たり入ったりしていた。ほかの子たちと鬼ごっこでもしているかのように、縦横無尽に動きまわった。が、ほかに子供はいなかった。背丈や体格からすると六、七歳で、両腕を広げ、プロペラの回転音のあと、飛行機のエンジン音を発した。腕を翼に見立てて、「ブーン、ブーン」と叫びながら木立の端を勢いよく走った。

大人のパーティに子供がひとりでいるのはたしかに妙だが、ほかに何が不自然なのか、ジョーにはわからなかった。しかしそのうち、少年の服装が十年もまえのものだということに気づいた。十年どころか、二十年かもしれない。ニッカボッカをはいているのはまちがいないし、頭にはジョーも子供のころかぶっていた、ぶかぶかのゴルフ帽がのっていた。

遠すぎて顔はよく見えなかったが、もっと近くにいてもちがいはないだろうという不思議な感覚があった。遠目にも、少年の顔がひどくぼやけているのがわかったからだ。

ジョーは敷石のパティオから庭におりて、芝生を歩いていった。少年は飛行機の音をまねながら芝生の奥の闇に駆けこみ、木々のなかへ消えた。暗闇のどこかで少年がうなっているのが聞こえた。

ジョーが芝生を半分ほど横切ったところで、右のほうから誰かが囁いた。「あの、ミスター・コグリン？ジョー？」

ジョーは腰のうしろに収めたデリンジャーのそばまで手をすべらせた。ふだん持ち歩く銃ではないが、蝶ネクタイ着用のパーティには適している。

「おれです」ボボ・フレチェッティが言い、芝生沿いに並んでいる大きなバニヤン・ツリーのうしろから出てきた。

ジョーは手をまた体のまえにおろした。「ボボか。調子はどうだ？」

「まずまずです、ジョー。あなたは？」

「上々だ」ジョーは木のほうを見たが、闇しか見えなかった。少年の声はもう聞こえなかった。ボボに言った。「誰が子供を連れてきた？」

「え？」

「あの子だよ」ジョーは指差した。「飛行機のまねをしてた」

ボボはジョーを見つめた。

「あそこにいる子が見えなかったか？」ジョーはまた指差した。

ボボは首を振った。とても小柄な男で、かつて騎手だったというのもうなずける。ボボは帽子を脱いで両手で握りしめた。「ルッツの砕石工場に金庫破りが入った話、聞きました？」

ジョーは首を振ったが、ボボが言っているのは〈ベイ・パームズ骨材〉の金庫から六千ドルが盗まれた件だと知っていた。ファミリーが経営する運送会社の子会社だ。

「おれも相棒もあそこがヴィンセント・インブルーリアの会社だって知らなかったんです」ボボはホームベースでセーフの判定をする審判のように腕を振った。

「これっぽっちも」

ジョーにはその気持ちがわかった。彼自身の人生の進路も、おしめもとれない時分に、ギャングが経営するカジノをディオン・バルトロと不用意に襲って決まったのだ。

「それがどうした。たいしたことじゃないだろう」ジョーは煙草に火をつけ、金庫破りの小男に煙草のパックを差し出した。「金を返せばいい」

「返そうとしました」ボブはジョーから煙草と火をもらい、感謝の印にうなずいた。「おれの相棒――フィルは知ってます？」

フィル・キャンターだ。鼻が鳥のくちばし《ビル》のように大きいので、フィル・ザ・ビルと呼ばれている。ジョーはうなずいた。

「フィルがヴィンセントのところに行ったんです。おれたちがまちがってた、金はあるから返すって。そしたらヴィンセントがどうしたと思います？」

思いつくことはあったが、ジョーは首を振った。

「車がばんばん走ってる通りにフィルを放り出したんです。真っ昼間のラファイエット通りに。フィルはシヴォレーのフロントグリルにぶつかってはね飛ばされた。玉突きの強烈なブレイクショットみたいに。腰の骨が砕けて、膝は使いものにならなくなって、顎はワイヤーで固定されてます。ヴィンセントは通りのまんなかに転がってるフィルに〝二倍の貸しだ。一週間やる〟と言って唾をかけた。人に唾をかけるなんてどんな獣です？　相手が誰だろうと。でしょう、ジョー？　信じられない。ましてフィルはぼろぼろになって道に転がってたのに」

ジョーは首を振って両手を広げた。「どうしろと言うんだ」

ボボはジョーに紙袋を渡した。「金は全額そこに入ってます」

「もとの金額か、それともヴィンセントが要求した二倍の額か？」

ボボはもぞもぞと体を動かした。木々のほうを見てから、ジョーに眼を戻した。「あなたなら彼らと話ができる。あなたは獣じゃない。おれたちのまちがいだったって伝えてください。おれの相棒が、どのくらいかな、ひと月かそこら入院しなけりゃならないことも。すごい費用がかかるんです。話してみてもらえませんか」

ジョーはしばらく煙草を吸っていた。「もしこのごたごたからおまえを救ったら――」

ボボはジョーの手を取ってキスをした。唇の大部分がジョーの腕時計に触れた。

「もしだぞ」ジョーは手を引いた。「何をしてくれる？」

「なんでも仰せのままに」

ジョーは紙袋を見た。「奪った金が全部入ってるのか」

「そっくりそのまま」

ジョーは煙草を深く吸い、煙をゆっくりと吐き出した。あの少年が戻ってくるか、せめて声だけでも聞こえないかと待ったが、木々のあいだに誰もいないのは明らかだった。

ジョーはボボを見て言った。「わかった」

「わかった？　ほんとに？　いいんですか」

ジョーはうなずいた。「だが、何事も無料《ただ》じゃない、ボボ」

「ええ、もちろんです。ありがとうございます。ありがとう」

「もしこちらから何か頼むことがあったら」とボボに一歩近づいて、「どんなことでも、ただちに実行する。いいな？」

「ええ。ちゃんと聞いてます」

「もし約束を破ったら」

「破りません、ぜったい」

「おまえに呪いをかけてやる。ただの呪いじゃない。ハバナの知り合いの呪術師に頼む。そいつは決して失敗しない」

競馬場の近くで育った男の例にもれず、ボボは迷信深かった。ボボはジョーに両方の掌を見せた。「心配無用です」

「言っとくが、ニュージャージーにいる口ひげの生えたイタリア婆さんがかけるような、ありきたりのまじないじゃない」

「ご心配なく。借りはかならず返します」

「ヒスパニオラ島から伝わったキューバの呪いだ。孫子の代まで祟る」

「約束します」ボボは額とまぶたにうっすらと汗を浮かべてジョーを見た。「守れなかったら、死んだっていい」

「そんなことは望んでないさ、ボボ」ジョーはボボの顔を軽く叩いた。「借りを返してもらえなくなる」

ヴィンセント・インブルーリアは幹部に昇格することになっていた。本人はまだ知らないし、ジョーもいい考えだとは思っていなかったが。いろいろ厳しい時期で、文句なしに優秀な数人が戦地に行ってしまい、稼ぎ手が少なくなっていた。だからヴィンセントは来月昇進する。しかし、それまでは依然としてエンリコ・"リコ"・ディジャコモの部下だった。つまり、ヴィンセントの砕石工場の金庫から盗まれた金の本当の持ち主は、リコだ。

ジョーはバーカウンターでリコを見つけた。相手に金の袋を押し出し、状況を説明した。リコは酒をちびちびやりながら聞いていたが、哀れなフィル・ザ・ビルのくだりになると眉をひそめた。

「車のまえに放り出した?」

「そうらしい」ジョーも酒をひと口飲んだ。

「勝手なことしやがって」

「まったくだ」

「少しは品位ってのを持たないと」

「そのとおり」

ふたり分のお代わりの代金を払いながら、リコはこの件について考えた。「罪に対する罰は受けて、釣りが来るぐらいだと思う。安心しろとボボに伝えてほしい。けど、当分はおれたちのバーには顔を出さないほうがいい。ほとぼりが冷めるまで。顎が折れたって?」

ジョーはうなずいた。「ボボの話ではな」

「鼻じゃなかったのは残念だ。鼻だったら、なんというか、整形手術になったかも。神様が酔っ払って鼻のところに肘をくっつけたような、あの顔が治ったのにな」部屋を見まわしながら声を低くした。「たいしたパーティだよ、ボス」

ジョーは言った。「もうおまえのボスじゃない。誰のボスでもない」

リコはわかったというように眉を動かし、また室内を見まわした。「まあとにかく、めちゃくちゃ盛大なパーティだ。乾杯《サルード》」

ジョーはダンスフロアを見やった。フロアを埋め尽くす大物たちが、上流社会の元デビュタントと踊っている。誰もが洗練されて輝いている。またあの少年がいた、というより、くるくるまわるイブニングガウンの裾や、フープドレスのフリルの合間に、その姿が見えた気がした。顔はあちらを向き、後頭部の毛がちょんと立っていた。もう帽子はかぶっていないが、ニッカボッカはいていた。

次の瞬間には、いなくなっていた。

ジョーはグラスを脇に置き、今夜はもう飲むまいと誓った。

のちに彼はこれを〝最後のパーティ〟として振り返る。非情な三月にすべてがなだれこむまえの、最後の気楽なひとときだったと。

けれどその夜は、ただのすばらしいパーティだった。

1　ミセス・デル・フレスコのこと

一九四一年の春、フロリダ州タンパで、トニー・デル・フレスコという男が、テレサ・デル・フリスコという女と結婚した。不幸なことに、ふたりの結婚について人々が多少なりとも微笑ましく思い出せるのは、それだけだった。トニーは壜でテレサを殴り、テレサはクロッケーの木槌で殴り返した。木槌はトニーのもので、数年前にイタリアのアレッツォから持ち帰り、タンパ西部のデル・フレスコ宅のじめじめした裏庭で、くぐり戸や杭を打ちこむのに使っていた。トニーは昼間は時計の修理、夜は金庫破りをしていた。心が休まるのはクロッケーをやるときだけだと言っていた。本人が認めたように、心は永遠の怒りで満たされていて、その怒りは説明がつかないだけにいっそう凶悪だった。とはいえ、トニーには稼げる仕事がふたつあり、美人の妻がいて、週末にはクロッケーをする時間もあった。

　トニーの考えがどれほど凶悪だったにしろ、一九四三年の初冬、テレサが木槌で彼の側頭部を叩き潰したときに、すべて流れ出してしまった。刑事の見立てでは、テレサは最初の一撃でトニーを倒したあと、頬骨を踏みつけて頭を台所の床に固定し、窓台から落ちたパイのようになるまで、後頭部に木槌を打ちつけた。

　表向きの職業として彼女は花屋を営んでいたが、収入のほとんどは強盗と、ときどき請け負う殺人から来ていた。ふだんはどちらの犯罪も、ボスのルーシャス・ブロジュオラ、通称キング・ルーシャスのためにする仕事だった。キング・ルーシャスは、バルトロ・ファミリーに相応のみかじめ料を払いながらも、ほかに違法な利益をもたらす独立の組織を動かしていた。儲けた金は、ピース川沿いに築いた燐酸鉱業帝国と、タンパ港に所有する生花の卸売業を介して洗浄する。そもそもテレサに花屋の仕事を仕込んだのはキング・ルーシャスで、ダウンタウンのラファイエット通りの店の開店資金も出してやった。キング・ルーシャスは、泥棒、故買人、放火魔、殺し屋らの集団を率いていた。彼らが働くうえでの具体的なルールはたったひとつ、自分の州では仕事をしないことだった。だからテレサも、長年のうちに五人の男とひとりの女を殺していたが、その誰とも面識がなかった——カンザスシティでふたり、デモインでひとり、ディアボーンとフィラデルフィアでひとりずつ。最後にワシントン・DCで殺した女は、暖かい春の宵、午後の驟雨《しゅうう》がまだぽつぽつ落ちてくるジョージタウンの並木道ですれちがって、二歩進んだあと振り向きざまに後頭部を撃ったのだった。

それらすべての殺人は、さまざまなかたちでテレサに取り憑いた。デモインの男は顔のまえで家族の写真を握りしめていて、脳みそに弾をぶちこむにはその写真ごと撃たなければならなかった。フィラデルフィアの男は「理由を教えてくれ」と言いつづけ、ジョージタウンの女は濡れた歩道に倒れるまえに悲しげな吐息をついた。

テレサが唯一悩まされなかったのは、トニーの殺害だった。むしろ、ピーターが親を恋しがるほど成長するまえに、さっさと片づけておけばよかった。トニーがを彼自身の家から蹴り出そうという運命の週末には、ピーターを危険から遠ざけておこうと、ルッツにいる姉の家にあずけていた。夏からトニーの飲酒と女遊びと暗鬱な気分の悪循環は抑えが利かず、テレサの我慢は限界に達していた。一方、トニーのほうはまだ限界どころではなく、だからこそトニーはワインの壜でテレサを殴り、テレサは木槌でトニーの頭をかち割ったのだった。

テレサはタンパ市の拘置所からキング・ルーシャスに電話をかけた。三十分後には、キング・ルーシャス自身とさまざまな所有会社の顧問である弁護士のジミー・アーノルドが、彼女のまえに坐っていた。テレサにはふたつの心配事があった——電気椅子送りになることと、自力でピーターを養えなくなることだ。レイフォードの州刑務所で感電死するかどうかは、夫の死と同時に自分では手の打ちようがなくなった。けれども、ピーターに快適な未来をもたらすことについては、キング・ルーシャスに頼まれた仕事の報酬を待っているところだった。桁はずれに実入りのいい仕事だったので、彼女がもらえる五パーセントの利益だけでも、ピーター、ピーターの子供に加えて孫たちも、永遠に一杯目の食事で争う必要はなくなるだろう。

ジミー・アーノルドは、どちらの展望も彼女が思っているよりは明るいと請け合った。ひとつめについては、テレサが亡夫に殴られていた過去を、ヒルズボロ郡検事のアーチボルド・ボールに通知してあり、そのうち二件はトニーの激しい怒りで病院に行くほどの怪我をさせられた記録が残っていた。この郡検事は頭が切れるし政治屋でもあるので、電気椅子《オールド・スパーキー》にまず坐らせたいドイツや日本のスパイが山ほどいるこの時期、虐待された妻を執行室に送るようなことはしない。サヴァナの仕事で支払われる金に関しては、キング・ルーシャスのことばを正式にテレサに伝えた。いま件《くだん》の品の買い手を探しているところであり、買い手が見つかって金が入ってくれば、当然キング・ルーシャス自身が取り分を手にしたあと、次はあんたの分にまわすことになっている、と。

逮捕されて三日後、アーチボルド・ボールが取引をしに立ち寄った。ハンサムな中年男で、粗い麻のスーツにフェドーラふうの帽子を合わせ、眼には小学校のいたずら坊主のような光を浮かべていた。テレサは、自分に気があると早々に見て取ったが、彼女の答弁についで話し合うアーチボルド・ボールは、仕事一辺倒だった。曰く、法廷に立つまえに、酌量すべき状況下での故意故殺だったことに同意してもらいたい。その場合、あなたと同等の犯罪歴なら通常懲役十二年が求刑されるところだが、本日このときにかぎり、タンパ市検事局はレイフォード刑務所女子棟での六十二カ月の服役を提案する。たしかにあの刑務所には電気椅子があるが、あなたがそれを見ることはない、とアーチボルド・ボールは約束した。

「たったの五年」テレサには信じられなかった。

「それと二カ月」アーチボルド・ボールは言った。夢見心地の視線がテレサの腰から胸へと移動した。「明日あなたがこのとおり申し立てれば、翌朝、護送バスを手配する」

つまり明日の夜、訪ねてくるわけだ。テレサにはわかっていた。

だが、彼女は気にしなかった——服役が五年ですみ、ピーターの八歳の誕生日までに出所できるなら、この男だけでなく、事務所の検事補全員とファックしてもかまわない。頭に鉄の帽子をかぶせられ、一万ボルトの電気を体じゅうの血管に流されるよりはましだ。

「取引成立ということで？」アーチボルド・ボールが言った。眼はテレサの脚を見ていた。

「成立よ」

法廷でテレサが罪について問われ、「有罪です」と答えると、判事は、未決勾留期間を含めて千八百九十日以下の刑を言い渡した。テレサは拘置所に戻され、明朝出発するレイフォード行きの護送バスを待つことになった。その日の夕方、初めての面会人が来たと告げられて彼女が予期したのは、麻のズボンのまえをふくらませたアーチボルド・ボールが、監房の外のうす暗い通路を歩いてくる姿だった。

ところが、現われたのはジミー・アーノルドで、冷めたフライドチキンとポテトサラダの食事を持ってきた。この先六十二カ月で口にするなかでいちばんましな食べ物だ。テレサはがつがつと食らい、油のついた指を上品ぶらずにしゃぶった。その間、ジミー・アーノルドはわれ関せずだった。テレサが皿を戻すと、今度は化粧箪笥に腰かけたテレサとピーターの写真を渡した。そして、ピーターが描いたテレサの似顔絵も——のっぺらぼうのいびつな楕円の下に、ゆがんだ三角形、腕の一本線、脚はなし。二歳の誕生日のすぐあとに描いたものだった。その歳の子としては、レンブラント級の傑作だ。テレサはジミー・アーノルドのふたつの贈り物をじっと見て、眼や喉にこみ上げる感情を抑えようとした。

ジミー・アーノルドはくるぶしで足を交叉させ、椅子の上で背を伸ばした。大きなあくびをして、拳にこほんと咳きこんだ。「寂しくなるよ、テレサ」

テレサはポテトサラダの残りを平らげた。「あっという間に戻ってくるさ」

「あんたほどの才能の持ち主はめったにいない」

「フラワーアレンジメントの才能？」

くすくす笑ったあと、ジミー・アーノルドは注意深くテレサを見た。「いや、もうひとつのほうだ」

「灰色の心があればすむ」

「それだけじゃない」彼は指を振った。「自分を過小評価しないように」

テレサは肩をすくめ、息子が描いた絵に視線を戻した。

「あんたがしばらく働けないとなると、いちばんの腕利きは誰だと思う？」

テレサは天井を見上げ、まわりの監房を見た。「フラワーアレンジメントの腕かい？」

ジミー・アーノルドは微笑んだ。「ああ、そういうことにしておこうか。あんたが一位の座から離れたら、タンパで最高の花屋は誰だ？」

長く考える必要はなかった。「ビリーだね」

「コヴィッチ？」

うなずいた。

ジミー・アーノルドは考えた。「ビリーはマンクより上だと思うか」

またうなずいた。「マンクは来るのがわかる」

「誰の勤務中にやるのがいい？」

質問の意味がわからなかった。「勤務？」

「刑事のだよ」

「地元の？」

ジミー・アーノルドはうなずいた。

「あんた……」テレサは監房のなかを見まわした。まだ自分がそこにいること、まだ地上の監房であることを確かめるかのように。「地元の請負人に地元の仕事をまかせるって？」

「そうなるな」

キング・ルーシャスの二十年来の方針に反する行為だった。

「なぜ？」テレサは尋ねた。

「ターゲットの知り合いじゃないとだめなんだ。知り合い以外、近づけない」交叉していた足を広げて、帽子で顔をあおいだ。「コヴィッチが適任だとあんたが言うなら、調べてみよう」

テレサは言った。「そのターゲットには、命を狙われていると考える理由があるの？」

ジミー・アーノルドはしばらく考えて、うなずいた。

「彼はこの業界の人間だ。われわれはみんな、片眼を開けたまま眠るんじゃないか？」

テレサはうなずいた。「だったら、そう、コヴィッチだね。みんな彼のことが好きだから。どうしてかは誰にもわからないけど」

「では次に警察の管轄と、問題の日に働いている刑事の性格について検討しよう」

「いつだい？」

「水曜日だ」

テレサは名前と勤務時間と考えられるシナリオをひとつずつ思い浮かべていった。

「理想は、正午から八時のあいだに、イーボーか、タンパ港、またはハイドパークでコヴィッチにやらせることだね。通報で刑事のフィーニーかボートマンが出てくる可能性が高いから」

ジミー・アーノルドは心持ち眉を寄せ、ズボンのしわをいじりながら、声を出さずに刑事たちの名前を口にした。「警官は祝日に休むかな」

「カトリックなら休むだろうね。どの祝日?」

「灰の水曜日《アッシュ・ウェンズデー》」

「アッシュ・ウェンズデーに祝うことなんてあまりないけど」

「ないのか」本当に困惑しているようだった。「私はもう長いこと教会にかよってないから」

テレサは言った。「ミサに行って、神父に湿った灰で額に十字をつけてもらって、外に出る。それだけさ」

「それだけ」ジミー・アーノルドは囁き声でくり返した。まわりを見て、いまいる場所に驚いたかのように、どことなくあいまいな笑みを浮かべた。「では幸運を祈るよ、ミセス・デル・フレスコ。また会おう」

テレサはジミー・アーノルドが床からブリーフケースを取り上げるのを見つめた。訊くべきでないのはわかっていたが、そうせずにはいられなかった。

「ターゲットは誰?」

ジミー・アーノルドは鉄格子の反対側からテレサを見た。訊くべきでないとテレサにわかっていたように、答えるべきでないのがわかっていた。しかし、ジミー・アーノルドは体の芯に興味深い矛盾を抱えた男として業界で有名だった——依頼人のこととなると、まったく無害な質問でも、たとえ玉袋に火をつけられても何ひとつ答えないくせに、それ以外のことなら、どれほど下品な内容でもぺらぺらとしゃべってしまうのだ。

「本当に知りたい?」彼は尋ねた。

テレサはうなずいた。

ジミー・アーノルドはダークグリーンの通路の両側を一瞥してから鉄格子に顔を近づけ、棒と棒のあいだから唇を押し出して名前を言った。

「ジョー・コグリンだ」

朝、テレサは護送バスに乗って二百マイル北東の地へ向かった。フロリダの内地は、青い海とか、白い砂とか、砕いた貝殻が敷きつめられた駐車場のあるフロリダではない。数々の旱魃《かんばつ》や火事のあとで太陽にさらされ、くたびれ果てた土地だった。田舎道や悪路を揺られながら走った六時間半のあいだ、見かけた人々は、白人、黒人、先住民にかかわりなく、ほぼ全員痩せさらばえていた。

テレサの左手首に鎖でつながれた女は、バスが五十マイル走るまで口を開かなかったが、やがてザファーヒルズに住むミセス・セイラ・ネズと名乗った。テレサの手を握り、有罪とされたすべての罪状はでたらめだと主張したあと、二十五マイル進むまで動かなかった。テレサは窓に額をつけて、バスのタイヤが巻き上げる砂埃越しに焦げついた大地を眺めていた。乾ききって草が紙のように見える平原の向こうに、沼地があるのがわかった。においもするし、白々とした平原の端から緑がかった靄が立ち昇っていた。テレサは息子のこと、息子の将来に充てなければならない金のことを考えた。キング・ルーシャスが貸しを返してくれることを願った。ほかの誰からも金を回収できる当てはない。

貸しといえば、まえの晩、アーチボルド・ボール郡検事が監房に来なかったのには驚いた。テレサは夜も眠らず横たわったまま、体では感謝しつつも頭では忙《せわ》しなく考えた。性的な代償を求めていなかったのなら、どうしてあれほど大甘な取引を持ちかけたのか。テレサの稼業に〝親切〟の文字はなかった。あるのは狡猾さだけだ。贈り物ではなく、つけのたまった勘定書だけ。だから、アーチボルド・ボールが金を要求しないのなら——そんなそぶりはまったく見せなかった——残るはセックスか情報のどちらかだった。

もしかすると、軽い刑で気を惹き、しばらくこうやって考えさせて、もっと感謝させたいのだろうか。テレサは自問した。そうしてこの夏のいつかレイフォードを訪ねてきて、貸しを取り立てるのかもしれない。ただ、ふつう検事はそんな行動はとらない——短い刑期という餌を眼のまえにぶらさげて、こちらが命令を聞くまで与えないものだ。最初から刑期を短くするなどありえない。それでは意味がない。

それ以上にわけがわからないのは、ジョー・コグリンに関する仕事だった。それこそひと晩じゅう考えても合点がいかなかった。十年前にボスの座をおりてから、ジョー・コグリンは、バルトロ・ファミリーにかぎらず、ほかのファミリーやグループに対しても、ボス時代よりもっと有益な人物だということを証明してきた。彼は業界の最高の理想を体現していた——友人のために金を稼ぐのだ。だから友人が大勢いた。

だが、敵は？

たしかに、いくらかはいた。それはテレサも知っているが、十年前のことだし、その敵はたったの一日で壊滅させられた。一発の銃弾がマソ・ペスカトーレの喉を貫き、彼の希望と夢と食習慣を消し去ったことを、警察も市民も知っていた。コグリン自身が撃ったという噂だった。が、テレサや仕事仲間など、この世界の人間を除いて、ジョー・コグリンを船から投げ出して永久に葬り去ろうとした十数人が、マシンガンや近距離からの四五口径の射撃で皆殺しにされたことは誰も知らなかった。ただでさえ暑く無慈悲だったその日、彼らはメキシコ湾に放り出されてサメのまき餌になった。

そのときの犠牲者と、やはりずいぶんまえに死んだひとりの警官が、誰もが認めるコグリンの最後の敵だった。ボスの座を譲ってからは、キューバに共同で複数の会社を所有しているマイヤー・ランスキーに倣って、きなくさい仕事から遠ざかっている。写真に撮られることもまれで、撮られたとしてもその筋の人間といっしょに写ることは決してなく、日々、まえの年より人々を儲けさせる新たな手立てを思い描いてすごしているように見えた。

日本人が真珠湾を攻撃して戦争が始まるはるかまえに、ジョー・コグリンはフロリダとキューバの酒造業界の要人たちに、ゴム製造に使う工業用アルコールを備蓄しはじめたほうがいいと助言していた。どういうつもりなのか、誰にも理解できなかった――アルコールとゴムにどんな関係がある？　かりにあったとしても、自分たちにどうかかわる？　とはいえ、コグリンは三〇年代に大儲けさせてくれたので、彼らは助言にしたがった。すると四二年の春には、日本が世界のゴム生産地の半分を占領し、アメリカ政府は、長靴、タイヤ、緩衝器、果てはアスファルトを作るのに必要なものなら何にでも、惜しみなく金を出すようになった。テレサはそんなふうに聞いていた。コグリンの言うことに耳を貸した連中は、キング・ルーシャスも含めて、使い途に困るほどの大金を得た。耳を貸さなかった数少ない人間のひとり、マイアミのフィリー・カルモナは、コグリンにしたがうなと進言した男に我慢がならず、その腹に銃弾を食らわした。

この業界にいる人間に敵ができるのは確かだが、テレサは、バスのなかでうつらうつらしながら、ジョー・コグリンの敵の顔をひとつも思い浮かべられなかった。金のガチョウを殺すようなものだ。

窓の外の干上がった溝を一匹のヘビが這っていた。黒くて、テレサの身長と同じくらいの長さだった。へビは溝から這い出て茂みに入り、テレサは半睡の夢のなかへ漂っていった。そこでヘビはブルックリンのアパートメントの寝室の床を這っていた。彼女が十歳でアメリカに初めて来て住んだ部屋だ。部屋にヘビがいるのはいいことかもしれないと思った。この手のアパートメントではネズミが悩みの種だし、ヘビはネズミを食べるからだ。ところがヘビは床から消え、ベッドを這い上がってテレサに向かってくるように感じられた。感じることはできたが、夢のなかでは見ることも動くこともできない。首筋に触れたヘビのうろこは、ガサガサして冷たかった。それが喉に巻きつき、金属の鎖が喉笛に食いこんだ。

テレサは自分の背後に手を伸ばし、セイラ・ネズの耳をつかんだ。時間さえかければ頭から引っこ抜けるほど強く。だが、早くも酸素が足りなくなってきた。セイラはふたりの手首をつなげた鎖を使っていた。低くうなりながら巻き上げ機のように鎖を引いて、さらにきつく締め上げた。

「キリストを受け入れよ」セイラは囁いた。「キリストを救世主として受け入れれば、御国に迎え入れてくださる。主は愛してくださる。受け入れよ、怖れずに」

テレサは窓のほうを向いて、なんとかその下の壁に両足を押しつけた。頭を勢いよくうしろに振ると、セイラの鼻の折れる音がした。同時に両足で壁面を強く蹴った。ふたりは通路に転がり出て、セイラの力が弱まり、テレサは叫ぶというより短い吠え声のようなものを絞り出すことができた。看守が向かってくるのが見えた気がしたが、すぐにすべてがぼんやりしてきた。何もかも色を失い、形が消え、真っ暗になった。

二週間たってもテレサはまともに話すことができなかった。出てくるのは、つかえたような絶え絶えの囁き声だけだった。首のまわりについたあざは、ここ数日で紫から黄色に変わっていた。食べると痛むし、咳ひとつするだけで眼に涙がにじんだ。

テレサを殺そうとしたふたりめの女は、医務室から盗んできた金属のトレイを使った。シャワーを浴びていたテレサの頭をうしろから殴ったのだ。トニーの殴打にそっくりの一撃だった。男であれ女であれ、闘う人間がたいてい見せる弱みは、動きを止めてしまうことだ。この女も同じだった。最初の一撃でテレサが床に倒れたときの音に驚いたらしく、膝をついてトレイを振り上げるまえにテレサを見つめた時間が長すぎた。腕利きの女なら——たとえばテレサぐらいなら——すぐ床に膝をつき、トレイを捨てて相手の頭をタイルに思いきり打ちつけただろう。女が膝をついて腕を振り上げたときには、すでにテレサは拳を握って中指の関節を突き出していた。それで女の喉のまんなかを突いた。一度や二度ではなく、四度。トレイが落ち、テレサは女の体を押して立ち上がった。女はシャワー室になかなか入ってこない酸素を求めてあえいでいた。

看守が到着し、青くなって転がっている女を見つけた。医者が呼ばれた。まず看護師が現われたが、そのころには女はぜいぜい言いながら懸命に息をしはじめていた。テレサはシャワー室の隅から一部始終を冷静に眺めていた。体をふき、すでに青い囚人服を着ていた。見物していた女のひとりから煙草をもらい、お返しに、いましがたテルマ——それが殺し屋になり損ねた女の名前だった——を倒した技を教える約束をした。

看守たちが近づいてきて、何が起きたと訊いたので、テレサは説明した。

看守のひとりが言った。「もう少しで相手を殺すところだったぞ。わかってるか」

「そうだね」テレサは言った。「一歩手前で加減した」

ほかの看守は去っていき、質問したそのいちばん若い看守だけが残った。

テレサが言った。「ヘンリー、だね?」

「ああ、そうだ」

「ヘンリー、看護師のカバンからガーゼを少しもらってきてくれる? 頭が切れてるんだ」

「どうしてガーゼがあるとわかる?」

「ほかに何が入ってるのさ、ヘンリー? 漫画本?」

ヘンリーは微笑んでうなずき、テレサにガーゼを取ってきた。

その夜遅く、消灯後にヘンリーが彼女の房を訪ねた。テレサは以前にも刑務所で暮らしていたので、遅かれ早かれそういうことがあると思っていた。少なくともヘンリーは若いし、ハンサムと言ってもよく、身ぎれいだった。

終わったあとで、テレサはヘンリーに、塀の外にいる人にあることを伝えなければならないと言った。

「そんな、急に」ヘンリー・エイムズは言った。

「ただの伝言だよ」テレサは言った。「それだけ」

「どうかな」ほんの二分前に童貞を捨てたヘンリー・エイムズは、もう少し童貞でいるべきだったと悔やんだ。

「ヘンリー」テレサは言った。「強い力を持つ誰かが、あたしを殺そうとしてるんだ」

「それなら守ってやる」

テレサは彼に微笑み、右手でその首筋をやさしくなでた。ヘンリーは背が伸びて強くなった気がした。この地上ですごした二十三年のどんなときより、生きていると感じた。

テレサが左手でヘンリーの耳に剃刀の刃を当てた。彼が高校の卒業記念に父親からもらった真鍮の剃刀に取りつけるような、両側に刃のついたやつだった。戦時の金属の使用制限で、ヘンリーは切れ味がスプーン並みになるまで使いこんでいるが、テレサの剃刀は新品さながら彼の耳たぶの下をすっと切った。ヘンリーが反応するまえに、テレサは彼のシャツのポケットからハンカチを抜いて傷口に当てていた。

「ヘンリー」テレサは囁いた。「自分のことすら守れないのに」

ヘンリーはテレサがどこに剃刀を隠したのかわからなかった。気づくともう手のなかにはなかった。テレサの眼を見つめた。その眼は大きく、暗く、温かだった。

「ねえ」テレサはやさしく言った。「窮地に陥ってることをその人に伝えないと、ヘンリー、あたしはここでひと月ももたない。息子は孤児になってしまう。そんなことには耐えられない。わかる?」

ヘンリーはうなずいた。テレサはヘンリーの耳たぶを押さえつづけた。ヘンリーは、自分でも驚き呆れたことに、また固くなってきた。フロリダ州オカラ出身、農家の息子のヘンリー・エイムズは、女刑囚四七七三号に伝言の相手を尋ねた。

「タンパのハワード・アヴェニューにある〈スアレス・シュガー〉本社に行って、副社長のジョゼフ・コグリンに、あたしが会いたがってると伝えて。生死にかかわる問題だと念を押すんだよ。彼とあたしの生死だ」

「刑務所のなかなら、本当に守ってやれる」ヘンリーは必死さが声に出てしまったと思ったが、それでもテレサに信じてもらいたかった。

テレサはハンカチを返し、しばらくヘンリーを見つめていた。

「素敵ね」彼女は言った。「さあ、しっかり憶えて――スアレス・シュガー。タンパのハワード・アヴェニュー。ジョー・コグリンだよ」

2 連勝者

ヘンリー・エイムズは毎週金曜が非番だったので、木曜の仕事が終わるとすぐにレイフォードを出発して、タンパまで夜通し車を走らせた。運転中、自分の罪について考える時間はたっぷりあった。背中に羽の生えていない人間のなかでもっとも清く正しい父と母が、長男とその監視下にある有罪の殺人者が密通していることを知ったら、引きつけを起こして死んでしまうだろう。ほかの看守がヘンリーと女刑囚四七七三号との関係について、冷笑しつつも眼をつぶっているのは、彼らもヘンリーと似たり寄ったりのことをしているからにすぎない。誰もが法を犯している事実は動かしようがなかった。しかも人間の法だけでなく、畏れ多くも神の法まで。

それでも……

それでもだ……

今週、夜ごと勤務の終わりごろテレサの監房に忍びこんで受け入れられたのは、なんとすばらしかったことか。

ヘンリーはレベッカ・ホリンシェッドと交際していた。刑務所から西に十二マイル、ヘンリーの住むレイク・バトラーの医師の娘だ。ふたりの交際は、同じ町にいるヘンリーのおばがお膳立てしたもので、おばは彼女の姉、つまりヘンリーの母親から、彼に眼を光らせておくよう言い含められていた。レベッカはブロンドの愛くるしい娘で、肌は茹でたように真っ白だった。自分の結婚相手には、汚らわしいチンパンジー並みの道徳心しか持たない汚らわしい女たちを守ることより、ずっと大きな野心を抱いてもらいたい、とヘンリーに囁いていた。レベッカは〝汚らわしい〟ということばをよく使った。いつもとびきりやさしい口調で、その単語が唇から離れるのを惜しむかのように。彼女はヘンリーと眼を合わせたことがなかった。交際を始めてから一度も。夕暮れどきに散歩しているふたりを見かけたら、レベッカがヘンリーではなく道やベランダや切り株に話しかけていると思っても不思議はなかった。とはいえ、ヘンリーは実際に野心を抱いていることを示すために、はるばるゲインズヴィルまで刑法の夜間講座にかよっていた。非番の夜、〈リッキーズ・ロードハウス〉でほかの看守たちとビールを飲んだり、たまった洗濯をしたり、とんでもないことだが、ただくつろいだりする代わりに、片道九十分を運転して、フロリダ大学のキャンパスの裏手にある地獄のように暑い部屋に坐り、弁護士資格を剝奪されたアル中のブリックス教授が、怪しい呂律《ろれつ》で誘発的詐欺や強制開示の申し立てについて講義するのを聞いていた。

もっとも、それが役に立つことはわかっていた。レベッカが結婚相手にふさわしいことも。彼女はいい母親になるだろう。近いうちにキスだってさせてくれるかもしれない。

女刑囚四七七三号はしかし、すでにヘンリー・エイムズの肌の至るところにキスしていた。彼女は息子のピーターのことを話して、五年後に再会したいと希望を語り、もしこの戦争が終わってムッソリーニと黒シャツ隊が権力の座から追われたら、息子とイタリアに戻るかもしれないと言った。彼女に利用されているのはわかっていた——田舎者だからといってまぬけなわけではない——が、自分と息子の安全のためにヘンリーを利用しているのだから、それはそれで立派に思えた。ヘンリーがなりたくもない、たとえば弁護士になってくれと言っているわけでもない。ただ命を助けてくれと頼んでいるのだ。

たしかに彼女と寝るのはまちがっている。人生最大のあやまちかもしれない。発覚すれば二度ともとの暮らしには戻れない。家族も失うだろう。レベッカも。仕事も。ことによると、扁平足など関係なくすぐさま戦地に送られて、ナチスと戦わされるだろう。誰も聞いたことのない、爆撃された村の淀んだ川のそばで死ぬのだ。子孫も、自分が存在した痕跡も残さずに。無駄な人生。

なのに、なぜにやにや笑いが止まらない？

ジョー・コグリン――疑わしい過去と、第二の故郷イーボーシティに惜しみなく慈善をほどこしてきた経歴を持つタンパの実業家は、その日の朝、スアレス・シュガー社の事務室で海軍情報局のマシュー・ビール大尉と会った。

ビールはブロンドの若者で、髪をピンクの地肌が透けるほど短く刈りこんでいた。ぴしっと折り目のついたカーキ色のズボンに、白いシャツ、袖に濃淡のあるグレーの格子縞が入った黒いスポーツジャケットを着ていた。大尉からは洗濯糊のにおいがした。

「民間人に見られたいなら、〈J・C・ペニー〉のカタログを見て、もう少し研究したほうがいいかもしれない」ジョーは言った。

「あなたはそこで買う？」

ジョーはこの世間知らずに、J・C・ペニーをどう思っているか説明してやりたくなった――いま着ているスーツは、リスボンで特別に仕立てたものだ、この山出しめ――が、思いとどまった。代わりにカップにコーヒーを注ぎ、机をまわってビールに手渡した。

ビールはうなずいて感謝を表わした。「あなたほどの人物にしては、この事務室はずいぶんと控えめだ」

ジョーは机について坐った。「砂糖会社の副社長にはふさわしいと思うがね」

「ほかにも輸入会社を三社経営している。でしょう？」

ジョーはコーヒーに口をつけた。

ビールは微笑んだ。「それから二軒の蒸溜所、燐酸鉱業事業、故郷のボストンでも銀行業を含めていくつか」また室内を見まわして、「だからこそ、これほど謙虚であろうとする姿勢が興味深い」

ジョーはコーヒーカップを机に置いた。「用件をうかがおうか、大尉」

ビールは身を乗り出した。「このまえの夜、タンパ港の埠頭で男が殴られた。耳に入ってますか？」

「タンパ港では毎晩男が殴られている。埠頭とはそういう場所だ」

「ええ、だが、その男はわれわれの仲間だった」

「誰の仲間？」

「海軍情報局の。どうやら彼はあなたの部下にしつこく質問を――」

「私の部下？」

ビールは一瞬眼を閉じて息を吸い、眼を開けた。

「いいでしょう。あなたの友人、ディオン・バルトロの部下だ。港湾労働者組合第一二六支部。聞き憶えはありますか」

たしかにディオンの部下だった。

「水兵がこてんぱんに殴られたので、クリーニング代を請求しにきたとか？」

「いいえ。彼は回復します、ありがたいことに」

「そう聞いてぐっすり眠れるよ」

「要するに」ビール大尉は言った。「ポートランド、ボストン、ニューヨーク、マイアミ、タンパ、ニューオーリンズ――国じゅうで同じような話を聞く。ニューオーリンズの水兵は死にかけた。片方の眼を失ったのです」

「まあ、たしかに」ジョーは言った。「私ならニューオーリンズには手を出さない。そちらの部下には、視力を失ったうえ死ななくてよかったと言ってやるんだね」

「埠頭には潜入できない」ビールは言った。「誰かを送りこむたびに、さんざん殴られてわれわれのもとに返される。で、わかったのです。埠頭を仕切っているのはあなただ。あなたは港湾地区を支配している。議論の余地はない。とはいえ、あなたを追ってるわけではない。あなたがたの誰も」

「私とは誰かな？」ジョーは言った。「あなたがたとは？　私はふつうのビジネスマンだ」

　ビールは顔をしかめた。「あなたはバルトロ・ファミリーの顧問役《コンシリエーレ》だ——発音は合ってますか？——ミスター・コグリン。フロリダ全土の犯罪シンジケートのまとめ役だ。加えて、あなたとマイヤー・ランスキーは、キューバと、南米のどこかから始まってメイン州のどこかで終わる麻薬の供給ラインを支配している。あなたが〝引退〟していて、私が何も知らないまぬけを演じるこのゲームを続ける必要がありますか？」

　沈黙が居心地悪くなるまで、ジョーは机越しにビールを見すえた。ビールがいたたまれなくなって口を開きかけたときに、言った。「なら、誰を追ってる？」

「ナチの工作員、ジャップの工作員、港湾地区にもぐりこんで、政府に暴力で対抗しようとしているやつなら誰でも」

「ジャップのスパイについては心配しなくていいんじゃないかな。姿形で目立つから。たとえサンフランシスコでも」

「まあね」

「私ならアメリカ生まれのドイツ人を心配するな」ジョーは言った。「両親がアイルランド人かスウェーデン人なら、なりすませる。こっちは厄介だろう」

「あなたの組織にも入りこめますか」

「可能性について言っただけで、現実にそうなるとは言っていない。だが可能性はある」

「であれば、アンクル・サムにはあなたの支援が必要だ」

「アンクル・サムからは何をもらえる？」

「国家の心からの感謝と、嫌がらせがなくなること」

「嫌がらせというのは、しょっちゅうそちらの仲間が頭を殴られにくるということかな？　それならいつでもどうぞ」

「あなたの合法ビジネスは、目下のところ政府との契約で生き延びている、ミスター・コグリン」

「いくつかは、たしかに」

「その関係を少々むずかしくすることもできる」

「あなたがこの事務室から出ていった三十分後には、大尉、陸軍省のお偉方と会うことになっている。陸軍省は注文を増やしたいようだ、減らすのではなく。だから、はったりをかけるのなら、もっとよく調べてからにしたほうがいいのではないかな」

ビールは言った。「わかった。望みを言ってください」

「わかるだろう」

「いいえ」ビールは言った。「わからない」

「チャーリー・ルチアーノを釈放してもらいたい。簡単なことだ」

アップルパイのようなビールの顔が暗くなった。

「論外だ。ラッキー・ルチアーノはダンネモーラに寿命が尽きるまで閉じこめられて、朽ち果てることになってる」

「なるほど。ちなみにルチアーノは〝チャーリー〟と呼ばれるほうが好きだ。もっとも近しい友人だけがラッキーと呼ぶ」

「彼が自分をなんと呼ぼうと、恩赦は与えられない」

「恩赦は必要ないよ」ジョーは言った。「戦争が終わったら――つまり、あんたたちがへまをせず、アメリカが勝ったら――ルチアーノを国外退去にする。彼はこっちの岸には二度と足を踏み入れない」

「しかし」

「しかし」ジョーは言った。「それ以外は好きなところへ行けるし、好きなように生計を立てられる」

ビールは首を振った。「ルーズヴェルトが許可しない」

「大統領が決めることじゃない。だろう？」

「表向きの話？　もちろん大統領が決めますよ。ルチアーノはアメリカ史上もっとも凶悪な犯罪シンジケートを運営してたんだから」ビールはもう少し考えたあと、きっぱりと首を振った。「ほかのことにしてもらう。ほかのことならなんでも」

　政府と同じだ。欲しいものを、刷り放題の貨幣で買うのに慣れきっているから、本物のビジネスの交渉というものがわかっていない。無料で欲しいのでよろしく。さっさとよこして消え失せろ。国に奉仕できたことを名誉に思え。

　ジョーはビール大尉の開けっ広げなアメリカ人らしい顔をつくづくと眺めた。高校時代はクォーターバックだったにちがいない。女生徒がみな彼のイニシャル入りのセーターを着たがったのだろう。

「ほかに欲しいものはない」ジョーは言った。

「つまり、決裂ということですか？」ビールは本心からあきれたようだった。

「そういうことだ」ジョーは椅子の背にもたれ、煙草に火をつけた。

　ビールは立ち上がった。「だとすると、われわれが次にとる行動はあなたの気に入らないと思いますよ」

「そっちは政府だ。政府がやることを気に入っても、私の強みにはならない」

「警告しなかったとは言わないでほしい」

「こちらの売り値は聞いてもらった」ジョーは言った。

　ビールはドアの手前で立ち止まった。うつむいていた。「こっちにはあなたのファイルがある、ミスター・コグリン」

「だろうね」

「そのファイルはほかより薄い。あなたはありふれた風景のなかに隠れるのが非常にうまい。あなたほどの巧者にはいままで会ったことがない。うちの局であなたがどう呼ばれているか知ってます?」

ジョーは肩をすくめた。

「〝連勝者〟。みなの記憶にあるかぎり、誰よりも長く勝ちつづけているから。ですが、あなたはハバナにカジノを持っていますね?」

ジョーはうなずいた。

「だったら、運は尽きるものだということはおわかりだ」

ジョーは微笑んだ。「メッセージは受け取ったよ、大尉」

「本当に?」ビールは言い、部屋から出ていった。

ビールが去って十分後に、ジョーのインターコムが鳴った。

彼は通話のボタンを押した。「どうした、マーガレット」

秘書のマーガレット・トゥーミーが言った。「男性が面会にこられてます。レイフォードの刑務所の看守だとおっしゃってますが。緊急に話したいことがあるそうで」

ジョーは受話器を取った。「失せやがれ、と伝えるように」とやさしく言った。

「もう言いました。それはもう、ことばを尽くして」

「ならば、いま言ったとおりに伝えるんだ」

「そのかたがおっしゃるには、〝テレサ・デル・フレスコが話を聞いてもらいたがっている〟と」

「くそ、本当に?」ジョーは言った。

「くそ本当に」

ジョーは少し考えていたが、ついにため息をついた。

「通してくれ。ただの田舎者か、それともやり手か?」

「前者です。お通しします」

ドアから現われた若者は、ベビーサークルをよじ登ってきたように見えた。髪は白に近いブロンドで、ひと房ほどが頭頂から立ち上がって、ねじれた指を思わせた。肌はこの午後初めて身につけたかのように染みひとつない。緑の眼は赤ん坊さながら澄んでいて、歯は髪と同じくらい白かった。

この子供が看守だと？　女子棟の？

テレサ・デル・フレスコは、都会の猫が田舎のネズミを狙うようにこの小僧に的《まと》を絞ったのだろう。

ジョーは若者の手を握り、椅子に坐るよううながした。若者は腰をおろし、膝のところでズボンをたくし上げた。

若者はマーガレットが言ったとおり、レイフォードの刑務所の女子収容棟で看守をしていると自己紹介した。女刑四四七七三号、自由社会での呼び名はテレサ・デル・フレスコから、ミスター・コグリンを訪ねてほしいと頼まれた。というのも、彼の命が――彼女自身の命も――危ういと信じているからだ。

「きみの命が？」ジョーは尋ねた。

若者は当惑した。「いいえ、ちがいます、あなたの命です」

ジョーは笑った。

「どうしました？」

ジョーはもっと笑った。考えれば考えるほど可笑しくなってきた。

「それが彼女の筋書きか」笑いが一段落するとジョーは言った。

「筋書き？　どういう意味でしょう」

ジョーは掌のつけ根で眼をぬぐった。「ああ、まいった。で、なるほど、ミセス・デル・フレスコはおれの命がかなり危険だと思ってるんだな」

「彼女の命もです」

「少なくとも、無私の行為として売りこもうとはしていないわけだ」

「意味がわかりません、ミスター・コグリン。いいですか、ミセス・デル・フレスコはおれにこんなに遠いところまで来させて、あなたの命が——彼女の命もだけど——危ないと伝えたんです。なのにあなたは冗談か何かみたいに受け止めてる。笑い話じゃないんだ、これは。そうでしょう」

ジョーは机越しに客を見た。「話は終わりか？」

若者は片方の膝にのせていた帽子をもう一方に移し、落ち着かなさげに右の耳たぶを引っ張った。「あの、よくわかりません」

ジョーは机をまわって相手のまえに立ち、煙草を勧めた。若者は少し震える手で一本取った。ジョーは火をつけてやり、自分の煙草にもつけた。机の灰皿を腰のそばに引き寄せ、深々と吸ってから、またヘンリー・エイムズに話しかけた。

「ミセス・デル・フレスコは、きみと親しくなるために淫らな快楽を与えてくれたんだろうな、まちがいなく。それに——」

「おれとミセス・デル・フレスコの人格を傷つけることを認めるわけにはいきません」

「少しそのくだらない口を閉じていてくれ」ジョーは穏やかに言い、若者の肩をぽんと叩いた。「どこまで話した？ そうだ。ミセス・デル・フレスコとのファックのあれこれは、きみのこれまでの人生の頂点だったにちがいない。それに、きみの外見を厳正に評価すると、死ぬまで頂点でありつづける」

若者のただでさえ白い顔がさらに白くなった。塞栓症の発作にみまわれたかのように、ジョーを見つめ返した。

「こう考えたほうがいい。ミセス・デル・フレスコの出所計画を手助けするのではなく、持てる権力をできるだけ使って彼女を刑務所内にとどまらせ、彼女がその気でいるあいだ、せいぜいベッドにもぐりこんでスプリングを軋ませることだ」ジョーは微笑んで若者の肩をまた叩き、机に向かった。「さあ、帰りたまえ」

また椅子に坐り、若者に向かって指を弾いた。

ヘンリー・エイムズは何度か眼をしばたたいて、立ち上がった。帽子の内側を触りながら出ていきかけたが、ドアの前に立っても、つばをいじっていた。「やつらはすでに二度、彼女を殺そうとしました。一度目は護送バスのなかで、二度目はシャワー室で。おれのおじも最後までレイフォードで働いてたんですが、殺しが企てられたら、いつかはかならず成功するって言ってた。だから、やつらは……」ドアノブを見て、顎を動かしながら床に眼を戻した。「やつらは彼女を殺す。やりとげるのはわかってると彼女も言ってました。そして、やつらはあなたも殺す」

「やつらとは?」ジョーは煙草の灰を灰皿に落とした。

「彼女だけが知ってます」若者は事務室の端からジョーを見すえた。ジョーが最初に思っていたより肝《きも》がすわっていた。「ですが、ある名前をあなたに伝えろと言われました」

「おれを殺しに来るやつの名前か? それともその雇い主か」

「おれにはわかりません。ただ名前を伝えろと」

ジョーは煙草をもみ消した。ヘンリー・エイムズが出ていこうとしているのがわかった。ほんの取っかかりであれ、ジョーが釣り針にかかったのがわかったからだ。この若者には、ほとんどの友人や隣人がおそらく見たことのない反逆心があった。小突きまわしてもいいかもしれないが、コーナーに追いつめるのはまちがいだ。

「それで?」ジョーは言った。

「彼女を助けてくれますか? 名前を言えば」

ジョーは首を振った。「そうは言ってない。きみのガールフレンドは、いかさま師として出発して詐欺師になり、腕利きの泥棒、そして殺し屋になった。彼女には友人がいない。みないつか、だまされるか、ものを盗まれるか、殺されるのではないかと怖れているからだ。三ついっぺんかもしれない。だから、悪いが、その名前といっしょにとっとと出ていってくれ。おれが思い悩んで眠れないなんてことは一瞬たりともないから。だが、もし話したいなら――」

若者はうなずいて、ドアから出ていった。

ジョーには信じられなかった。たいした度胸だ。

受話器を取り、裏口を警備しているリッチー・カヴェッリを呼び出した。彼らのビジネスの大半はそちらから入ってくる。表にまわって、正面玄関から出ようとするブロンドの若者を止めてくれとカヴェッリに指示した。

ジョーは椅子の背にかけていたスーツの上着を取ると、袖を通して事務室から出た。

だが、ヘンリー・エイムズは受付でジョーを待っていた。帽子は手に持ったままだった。

「彼女に会ってもらえます？」

ジョーは受付のなかを見まわした――自分の煙草の煙に眼を細めてコロナ製のタイプライターを叩いているマーガレット、ナポリから来た穀物問屋の営業担当、陸軍省の使い走り。ジョーは全員に親しげにうなずき――手元の雑誌に眼を戻せ、見るものなどない――若者と眼を合わせた。

「いいとも」ジョーは言った。部屋から追い出すのが先決だ。

若者はうなずき、また帽子のつばをいじりだしたが、ジョーに顔を上げた。「ギル・ヴァレンタイン」

ジョーは穏やかに微笑みつづけたが、心臓と睾丸に同時に氷水を浴びせられた気分だった。

「それが彼女の言った名前なんだな？」

「ギル・ヴァレンタイン」若者はまた言い、帽子をかぶった。「では、ごきげんよう」

「そちらもな」

「またすぐ会えますよね」

ジョーは何も言わなかった。若者は帽子を持ち上げてマーガレットに挨拶し、出ていった。ジョーは言った。「マーガレット、リッチーに電話してくれ。さっきの指示は忘れて、それまでやっていた仕事に戻るようにと。正面口の電話のところにいるから」

「かしこまりました。ミスター・コグリン」

ジョーは陸軍省の使い走りに微笑みかけた。「デイヴィッド、だったね？」

男は立ち上がった。「はい、ミスター・コグリン」

「どうぞなかへ」ジョーは言った。「アンクル・サムにもっとアルコールが入り用なのはわかっている」

陸軍省との打ち合わせでも、そのあとの〈ワイリー卸問屋〉との打ち合わせでも、ギル・ヴァレンタインのことが頭から離れなかった。ギル・ヴァレンタインは、ジョーたちの世界の模範的存在だった。彼らの多くと同じく、禁酒法の栄光の時期に頭角を現わし、酒造家としても密輸者としても一流だった。が、何よりも彼が持っていたのは、確かな〝耳〟だった。ギルはレビューの最後列に坐っていても、二十名の歌手兼ダンサーのなかからスターになる娘を見つけ出すことができた。アメリカじゅうのナイトクラブや安酒場を渡り歩いて——セントルイス、セントポール、シセロ、シカゴ、南下してヘレナ、グリーンウッド、メンフィス、そして輝かしいニューヨークに、きらびやかなマイアミ——ギャングが抱えたなかでも最高クラスの歌手を何人も連れ帰ってきた。アルコールがふたたび合法化されるまでに、ジョーのようになめらかに合法ビジネスに移行していたのは少数派だったが、ギルはそのひとりだった。

ギル・ヴァレンタインは事業をすべて西へ移した。ロサンジェルスに着くと、違法ビジネスからはあらかた足を洗っていたにもかかわらず、ミッキー・コーエンとジャック・ドラグナにきちんとみかじめ料を支払った。〈キューピッズ・アロー・レコード〉を創業し、果てしなくヒットソングを生み出しつづけた。最初に事業を支援してくれたカンザスシティの男たちには分け前を与えつづけ、どんな仕事でもまわしてくれたクラブを所有するファミリーには礼金を払った。一九三九年の春、ギルはアーティストを集めて巡業をおこなった——ハート・シスターズとジョニー・スターク・オーケストラ、黒人歌手のエルモア・リチャーズとトゥーツ・マギークス、そして全米が憧れる大物歌手、ヴィク・ボイヤーとフランキー・ブレイク。予定を組んだ都市ではチケットが飛ぶように売れ、どこも公演を二日追加しなければならなかった。北米史上最大の音楽巡業となって、カンザスシティの連中も、国じゅうにいたほかの協力者たちも、大なり小なりそれぞれの分け前を得た。

ギル・ヴァレンタインは、金庫というより回転ドアつきのアメリカ造幣局だった。ギルはせっせと稼いで友人に分け与えた。友人たちはもらった金を使うだけでよかった。ギルは敵を作らなかった。妻のメイシーと、歯列矯正中のふたりの娘と、ビヴァリーヒルズ高校の代表陸上選手の息子とともに、ホーンビーヒルズで静かに暮らしていた。愛人も持たず、何かの中毒にもならず、敵もいなかった。

一九四〇年の夏、西ロサンジェルスの駐車場から、ギル・ヴァレンタインは連れ去られた。それから半年のあいだ、コーエンの部下、ドラグナの部下に加えて、国じゅうのギャングたちがロサンジェルスで仲間内の人気者を捜しまわった。手がへし折られ、頭がへこまされ、膝が打ち砕かれたが、誰にも、何もわからなかった。

そしてある日、ティフアナのすぐ南にあるメキシコの漁村、プエルトヌエボでビール《セルベサ》を飲んでいるギル・ヴァレンタインを見たという出所不明の噂の真偽を、ほとんどの捜索者が確かめようとしていたころ、ギルの息子が早朝の用事からホーンビーヒルズの家に戻ってくると、裏庭のあちこちにキャンバス地の袋が置かれ、なかに父親が入っていた。左右の手と腕にそれぞれひと袋、胸部が入った大きな袋、頭はそれより小さい袋――袋は全部で十三あった。

カンザスシティやロサンジェルスのボスたちも、ギルを捜していた何百人という部下たちも、合法、違法を問わずギルの事業の共同経営者たちも、みなギルが死んだ理由は見当もつかなかった。

三年後には、彼の名前を口にする者もほとんどいなくなった。口にすれば、西半球で最強のビジネスシンジケートの力すら及ばないものが存在するのを認めることになるからだ。時がたつにつれ、ギル・ヴァレンタインの死にこめられたメッセージははっきりしてきた。それはいたって単純だった――誰でも殺される可能性がある。いつでも、どんな理由でも。

ワイリー卸問屋の営業担当が帰ったあと、ジョーは事務室に坐り、窓から港まで連なる倉庫や工場の群れを眺めた。そして受話器を取り上げ、来週のどこかでレイフォードまで日帰りで出かける予定を入れておいてくれとマーガレットに伝えた。

3　父と息子

ジョー・コグリンのもうすぐ十歳の息子トマスは、嘘をつかない子だった。その厄介な性質は、明らかに父親から受け継いだものではない。ジョーの家系樹は数百年にわたって吟遊詩人や居酒屋の主人、作家、革命家、判事、警官など、その重みで枝が曲がるほど大量の嘘つきを生んできたというのに、彼の息子は正直さで父親まで困った立場に追いこんだ。ミス・ナルシサから彼女の髪をどう思うかと尋ねられて、にせものみたいと答えたのだ。

ミス・ナルシサ・ルーセンは、ジョーとトマスのイーボーの家に住みこみで働く家政婦だった。冷蔵庫に氷を詰め、週に二度シーツを洗い、食事を作り、ジョーが仕事でたびたびイーボーを離れるときにはトマスの面倒を見た。年齢は五十歳を超えているはずだが、数カ月に一度髪を染めていた。同年代の多くの女性たちの習慣ではあるものの、たいていは歳相応に控えるようになる。ところがミス・ナルシサは〈コンチネンタル・ビューティ・ショップ〉のスタイリストに、月のない夜の濡れた道路のように黒々と染めてほしいといつも注文した。それでチョークのように白い肌が余計に目立った。

「だって、にせものみたいだもん」日曜の朝、タンパのダウンタウンにある聖心教会へ向かう車のなかでトマスが言った。

「それでも、そのまま言っちゃだめだ」

「訊かれたんだよ」

「ミス・ナルシサが聞きたいことを言えばいい」

「でも、それは嘘でしょ」

「そうだな」ジョーは苛立ちが声に出ないように気を

つけた。「だが、罪のない嘘だ。そこはちがう」

「どうちがうの」

「罪のない嘘は誰も傷つけないし、ちっぽけだ。ふつうの嘘は大きくて人を傷つける」

トマスは父を見て眼を細めた。

ジョーも自分の説明に納得できなかった。もう一度言い直した。「おまえが何か悪いことをして、父さんか、尼僧か、神父か、ミス・ナルシサから、やったのかと訊かれる。そこでやったと答えなければ、おまえは嘘をついているし、それはよくないことだ」

「それは罪だね」

「そう、罪だ」ジョーはすでに、九歳のわが子に嵌められている気がしながら同意した。「だが、女性に、そのドレスお似合いですねと言うのはどうだ？ たとえ本心ではそう思っていないにしろ。あるいは、友だちに——」ジョーは指をパチンと鳴らした。「大きな眼鏡をかけたあの友だちの名前はなんだっけ」

「マシュー？」

「マシュー・リガート、そうだ。マシューに野球があまあうまいと言うのはいいことだろう？」

「ぼくはそんなこと言わないよ。あいつ、打てないし、球も捕れないし。ぼくの頭より六フィートも上に球を投げるし」

「でも、いつかもっとうまくなれるかなとマシューに訊かれたら？」

「なれないと思うって答える」

ジョーは息子を見やり、この子は自分と血がつながっているのだろうかと思った。「おまえは母さんにそっくりだ」

「このごろよくそう言うね」

「そうか？ だとしたら、本当に似てるんだな」

トマスは母親に似て髪は黒いが、細面は父親似だった——細い鼻に薄い唇、くっきりした顎の線、秀でた頬骨。母親譲りの色の濃い眼は残念なことに視力もそのままで、六歳から眼鏡をかけている。おおむね穏やかな少年だが、裏には母親から受け継いだのであろう情熱と劇的な表現の才能が隠れていた。同じ年頃のジョーにもあった、いたずら好きなユーモアのセンスと、馬鹿げたことを好む気質も。

ツイッグス通りに入ると車の流れが滞り、聖心教会の尖塔が見えてきた。三区画先の教会の駐車場が埋まりはじめ、通りに車列ができていた。日曜はミサの始まる三十分前に来ないと、教会の近くに停められない。三十分前でも間に合うかどうかだ。ジョーは腕時計を見た――四十五分前だった。

一九四三年のその春には、誰もが祈っていた。教会は八百人収容できたが、席には信者がニッケル硬貨の束よりぎっしり詰まっていた。外地にいる息子のために祈る母親がいた。最近棺に入って帰ってきた身内の魂のために祈る人も。妻や恋人も同じように祈った。召集されなかった男たちは、次の機会に呼ばれることか、心中ひそかに呼ばれないことを祈った。父親も息子が無事戻ってくることを祈ったが、それには戦場で立派にふるまったという条件がついた――息子がどうなろうと、神様、臆病者だけにはしないでください。

戦争が〝あちら〟にとどまり、〝こちら〟に戻ってこないことを、あらゆる人々がひざまずいて祈った。世の終末を感じ取った人々は、自分たちに気づいてくださいと神に頼んだ。あなたのチームに所属し、敬虔にかしずくこの真の姿を見てください、と。

ジョーは首を伸ばして、最寄りの駐車場の入口まで何台並んでいるか確かめた。モーガン通りを越えてすぐの駐車場にしても、まだ二十台ほど先だった。まえの車のブレーキランプが点灯し、ジョーはまた急ブレーキをかけた。警察署長とその妻が、ファースト・ナショナル銀行頭取のランス・タックストンとしゃべりながら歩道を歩いていった。そのすぐあとに、食料品チェーン店〈オール・アメリカン〉のオーナーのヘイリー・グラマシーと、妻トルーディが続いた。

「ほら」トマスが言った。「あそこにディーおじさんがいる」手を振った。

「あっちからは見えない」ジョーは言った。

　自分の名前のついた犯罪ファミリーのボスであるディオン・バルトロが、入口に満車の看板が立っている右側の駐車場から出てきた。両側にはボディガードのふたり、マイク・オーブリーとジェフ・ザ・フィンがついていた。ディオンは大男で、昔は太っていたが、このところ服がだぶつきはじめ、頬もこけてきた。仲間やパートナーのあいだでは病気だという噂が流れている。誰よりもディオンにくわしいジョーは、それが真実ではないことを知っていた。ほかの誰かが真実を知る必要もないのだが。

　ディオンはスーツの上着のボタンをかけ、部下たちにも同じようにしろとうながした。凶暴な力の見本のような三人が教会へ向かっていった。ジョーもかつて、そんな力を知っていた。昼夜を問わずボディガードがついていた。けれど、それを懐かしく思うことはなかった。一瞬たりとも。絶対的な権力について知られていないことは、それが決して絶対ではないということだ。手にしたとたん、奪おうとする者が列を作っている。王子は健やかに眠れるが、王は眠れない。床板や蝶番の軋む音につねに耳をすましてしまう。

　ジョーは前方の車を数えた——十台、あるいは九台。

　教会の最前列に坐る名士たちはすでにみな歩道にいるか、教会のまえに集まっていた。若くてハンサムなジョナサン・ベルグレイヴ市長と、さらに若くて美しい妻のヴァネッサが、アリソン・ピコットや、デボラ・ミンシューと社交辞令を交わしていた。どちらも、国外に派遣された兵士の若い妻だ。巷の噂では、アリソンにしろデボラにしろ、夫が戦地から戻ってこなくても、たいていの人よりショックは受けないだろうということだった。ふたりともタンパの名家の出で、通りや病院の棟には一族の名前がついている。それに対して夫たちは、結婚で格が上がっていた。いつも本を読んでいるトマスは、歴史の本を開いて言った。「だから遅れるって言ったでしょ」

「遅れたわけじゃない」ジョーは言った。「まだ早いんだ。ほかの人たちが、つまり、もっと早かった」

息子は片方の眉を上げた。

ジョーは次の交差点の信号が赤から青に変わるのを見つめた。一台も車が動かないうちに、信号は黄色からまた赤になった。気を紛らすために、いつもの戦争関連のニュースが流れるだろうと思いながらラジオをつけた。まるで天気予報や株の情報など、必要がなくなったかのようだ。ところが、前夜イーボーシティのはずれであった麻薬がらみの一斉検挙のニュースがいきなり聞こえたので、驚いた。

「十一番街のすぐ南、この街の黒人居住区で――」怖いもの知らずか馬鹿者しか足を踏み入れない地域のことを話しているような口ぶりだった。「警察が推定十四ポンドの麻薬を押収し、黒人とイタリア人からなる凶悪なギャングと銃撃戦になりました。タンパ市警のエドソン・ミラー警部は、逮捕したイタリア人のなかに、ムッソリーニが破壊工作要員として直接潜入させた者がいないかどうか調査中だと語っています。四人の容疑者は警察に殺害され、五人目の容疑者ウォルター・グライムズは勾留中に自殺しました。ミラー警部によると、昨晩の強行突入のまえに、警察は数ヵ月間その麻薬倉庫を監視し――」

さらに嘘を聞かされるまえにジョーはラジオを切った。ウォリー・グライムズは太陽と同じくらい自殺からほど遠いし、〝イタリア人〟は全員アメリカ生まれだし、麻薬〝倉庫〟は倉庫などではない。そこは麻薬の調合工場《クッキング》で、操業を始めたのは金曜の夜だから、一ヵ月どころか一週間前からも監視されていたはずはなかった。

もっとも、どんな嘘より嘆かわしいのは、勇敢で健康な男が減ってきているこの時期に、調合師長《マスター・クック》や優秀な戦士を含めて、多くの人員が失われたことだった。

「ぼくはニガーなの？」トマスが訊いた。

ジョーはさっとトマスのほうを向いた。「何？」

トマスは顎でラジオのほうを指した。「そうなの？」

「誰がそんなことを言った」

「マーサ・カムストック。ぼくをスペ公って呼ぶ子たちがいたんだ。そしたらマーサが〝ちがうよ、トマスはニガーだよ〟って」

「そいつは減らず口で三重顎の、あのちびの太っちょか？」

トマスの顔に一瞬だけ笑みが浮かんだ。「そう、あの子」

「マーサがそんなことを」

「気にしないけど」

「気にするに決まってる。どのくらい気にするかが問題だ」

「どのくらいぼくはニガーなの？」

「いいか」ジョーは言った。「父さんがそのことばを使うのを聞いたことがあるか」

「ない」

「どうしてかわかるか」

「わからない」

「父さんはなんとも思わないが、母さんがすごく嫌がってたからだ」

「それじゃ、どのくらいぼくは有色人種《カラード》なの？」

ジョーは肩をすくめた。「母さんの先祖に何人か奴隷がいたのは知ってる。だから母さんの血筋はたぶんアフリカから始まって、スペイン人と混じって、ひょっとすると白人もひとりかふたり入っている」まえの車が停まったので、ジョーもブレーキをかけた。いっときシートに頭をもたせかけた。「父さんは、母さんの顔が大好きだった。そのなかに世界がまるごと入っていたからだ。母さんを見ると、スペインのブドウ畑を歩いている伯爵夫人《コンデッサ》が見えるときもあれば、アフリカの部族の女性が川から水を運んでいる姿が見えるときもあった。おまえの先祖が砂漠を横切り、海を渡っているところや、袖のふくらんだ服を着て、剣を鞘《さや》に収めて旧市街の通りを歩いているところも見えた」まえの車が動きだした。ジョーはブレーキをゆるめ、ギアを一速に入れて、シートから頭を起こした。そして、本人に聞こえていないのではないかとトマスが思うほど小さなため息をついた。「母さんは本当にきれいな顔をしてた」

「父さんにはそういうのが全部見えた？」

「いつもじゃない。たいていの日は母さんだけが見えた」ジョーは息子を見た。「だが、何杯か飲んだあとはどうだったかな」

トマスが笑い、ジョーは息子のうなじを軽く叩いた。

「母さんはニガーって呼ばれてた？」

父親の眼に冷たいものが入りこんだ——煮えたぎる湯も凍らせるあの灰色のものが。「父さんのまわりでそう呼ぶやつはいなかった」

「でも、みんながそう思ってるのは知ってたんでしょ」

父親の顔がまた穏やかでやさしくなった。「他人《ひと》がどう思おうと気にならなかった」

「父さん」トマスは言った。「誰かの考えが気になることとなんてあるの？」

「おまえが考えることは気になる」ジョーは言った。

「それと、母さんの考えることも」

「母さんは死んじゃった」

「ああ。だが、母さんはおれたちを見てると思う」ジョーは窓を開けて煙草に火をつけた。煙草を左手で持ち、ドアの外に垂らした。「ディオンおじさんの考えも気になる」

「本当の兄弟じゃないのに」

「いろんな意味で、ディオンは血のつながった兄弟より本物の兄弟だ」ジョーは車のなかに手を入れて煙草を吸い、煙を吐き出しながらまた外に垂らした。「おまえのお祖父さんの考えも気にしてたが、あっちにとっては初耳だろうな。だいたいそれで全員だ」ジョーは息子に悲しい笑みを見せた。「父さんの心のなかには、ほとんど人が入る余地がない。他人に文句はないが、応援することもない」

「戦争にいってる人たちも?」

「彼らのことを知らないし」父親は窓の外をじっと見た。「正直に言うと、生きようが死のうがどうでもいい」

トマスはヨーロッパやロシアや太平洋で死んだ兵士たちのことを考えた。ときおり、血まみれでぼろぼろの死体が無数に散らばる、暗い平原や敷石の広場《ピアッツァ》の夢を見た。あばら骨がねじ曲がり、口を開けたまま凍りついた死体の夢を。銃を取り、彼らのために戦いたい、ひとりでも救いたいとトマスは思っていた。

一方、父親は戦争をほかのたいていのことと同じように、金儲けのチャンスと見ていた。

「じゃあ、気にするべきじゃないんだね」しばらくたってトマスは言った。

「そうだ」父親は言った。「口ではなんとでも言わせておけ」

「わかった。そうする」

「いい子だ」

父親は息子のほうを向いて、すべて解決というふうな自信満々の笑みを見せた。車はようやく駐車場内に入ることができた。

駐車場から出ていくリコ・ディジャコモとすれちがった。ジョーがボディガードはもう必要ないと気づく六年ほどまえまで、リコは彼のボディガードを務めていた。たとえ必要だったとしても、リコはそんな役目にとどまるには利口すぎ、才気にあふれすぎていた。リコは手の甲でジョーの車のボンネットを軽く叩き、名高いあの笑みを投げかけた。夜のフットボール競技場を最終プレーまで照らせると言われる笑みだ。両脇には母親のオリヴィアと兄のフレディがいた。オリヴィアはカーロフのホラー映画に出てきそうな老女で、人々が眠っているあいだに荒野からふわふわ飛んでくる、黒装束の悪霊のようだった。

ディジャコモ家の三人が去っていくと、トマスが尋ねた。「空きがなかったらどうするの？」

「待ってるのはあと一台だけだ」ジョーは言った。

「でも、あれが最後の一台だったら？」

「そう考えると何かいいことがあるのか」

「万が一のことを考えたほうがいいかと思っただけ」

ジョーは息子をまじまじと見た。「おれたちは本当に親子か？」

「さあね」トマスは言い、本に眼を戻した。

4 不在

ジョーとトマスは教会のうしろのほうに坐った。ほかの人たちより到着するのが遅かったからだが、理由はそれだけではない。ジョーはどんな部屋でもうしろにいたがった。

教会のなかには、ディオン（一列目の左側）とリコ・ディジャコモ（五列うしろの右側）のほかに、何人かの仕事仲間――全員殺し屋――がいて、ジョーは、イエスが下界を見おろして彼らの考えをのぞいたらどう感じるだろうと思った。

ちょっと待て。大事なことを忘れていないか。イエスはそう思うだろう。

祭壇ではラトル神父が地獄に関する説教をしていた。

炎、三叉の銛を持った悪魔、肝臓をえぐる鳥についていつもの調子で話していたが、やがてそれはジョーが予期していなかった方向へ進んだ。

「しかし、こうした罰よりつらいことは何でしょうか。創世記によると、神はアダムを見おろして〝人間がひとりのままでいるのはよいことではない〟と言われ、イヴを創られた。イヴは楽園に混乱と裏切りを持ちこんだ。そのせいで、私たちはみな原罪の結果に苦しんでいます。じつのところ、神は全知全能ですから、何が起きるかわかっていたのです。なのにアダムのためにイヴを創られた。なぜでしょう。おのおの自分に問いかけてみてください――なぜか、と」

ジョーは教会のなかを見まわして、トマス以外にその質問を真剣に考えている人を見つけ出そうとした。会衆のほとんどは買い物リストか夕食について熟考しているようだった。

「神はイヴを創られた」ラトル神父は言った。「アダムがひとりぼっちでいるのを見ていられなかったからです。わかりますね、孤独は地獄の責め苦のなかでももっともつらい罰なのです」神父が説教壇を拳で叩いたので、信徒は目を覚ました。「地獄とは、神の不在です」神父の拳が、彫刻で飾られた机をまた打った。「光の不在であり、愛の不在です」神父は首を伸ばして、居並ぶ八百の魂を見た。「わかりますか?」

バプテスト派ではないので返答はしなくていい。しかし、人々のなかからつぶやきがもれた。

「主を信じなさい」神父は言った。「主を讃え、汝の罪を悔いなさい。そうすれば、主が天におられることがわかるでしょう。

しかし、悔いなければ?」神父はまた会衆を見渡した。「神の眼の届かぬところに追われるでしょう」

人々を惹きつけているのは神父の声だ、とジョーは気づいた。ふだんは乾いて温和な声だが、朝の説教では様変わりして、神父自身も別人に見える。その口調には絶望と喪失感が漂っていた。まるでいまの説教——永遠に満たされない空虚という地獄——が、老齢の神父にとって考えるのもつらい絶望をもたらすかのように。

「ご起立ください」

ジョーとトマスはほかの人たちといっしょに立った。ジョーは悔い改めるのに苦労したことはなかった。罪を背負った人間が悔い改められる範囲で、病院や学校、避難所、道路、水道設備に何十万ドルも注ぎこんできた。複数の企業を所有している生まれ故郷のボストンや、第二の故郷のイーボーシティだけでなく、西部の煙草生産地に長年住んだキューバにも。

とはいえ、続く数分間は、老神父の言うことにも一理あるかもしれないと考えた。ジョーには、孤独が心底怖いという重大な秘密があった。ひとりでいることは怖くないが——むしろ好きだ——ふだん、まわりにある孤独は、指をひとつ鳴らせば消えてしまう孤独だ。

仕事や慈善活動や父親業で取り囲んで、制御できた。——子供のころは制御できなかった。孤独は押しつけられたものだった。ジョーをひとりが好きな少年に育てると主張して譲らなかった人たちが、家の隣の部屋で眠っていたのは皮肉だったけれど。

ジョーは息子を見て、頭のうしろをなでた。トマスは少し驚いて、問いたげな眼を向けたが、すぐに微笑んで、祭壇のほうへ向き直った。

大きくなるにつれ、おまえはおれに数多くの疑念を抱くだろう。息子のうなじに手をやり、そこに置いたままジョーは思った。だが、愛されていないとか、望まれていないとか、ひとりぼっちになったと感じることは決してない。

5 交渉

ミサのあと教会のまえでぶらぶらしている時間は、ミサそのものより長引くことが多かった。

教会を出てさわやかな朝の光を浴びながら、ベルグレイヴ市長と妻は階段のいちばん上にとどまり、まわりに人々が群がっていた。ディオンがジョーに気づいて頭を傾けた。ジョーはうなずきを返した。ジョーとトマスは人混みをかき分けて教会の角を曲がり、裏にまわった。教会の裏には柵で囲まれた校庭つきの教区学校があり、毎週日曜、そこに仲間が集まって仕事の相談をしていた。隣にもうひとつ、低学年向けの小さな校庭があって、妻や子供たちはそちらに集まった。

ジョーが手前の校庭の外で足を止めると、トマスはほかの子たちに合流しようともう一方に向かった。わが子が去っていく姿を見て、ジョーの胸を無力感がよぎった。喪失の悲しみにも近かった。人生とは失うことだとわかっているが、近頃それをいっそうひしひしと感じるようになった。トマスが大学に入るまであと八年。わが子がどこかへ出かけるたびに、それがどこだろうと、人生からいなくなってしまう気がしてならなかった。

母親なしで育った少年は気が強くて乱暴になりすぎるのではないか。ジョーはそう心配していた。トマスは男だらけの環境で育った。ミス・ナルシサでさえ、無愛想で顔も厳めしく、感傷的なことを毛嫌いしていて、ディオンが何度となく指摘したように、たいていの男より男らしかった。トマスはまた、兵士の文化のなかで成長した。銃を体のどこかに持った男たちがまわりにいて――これだけの年月で何挺か見ていなければ、よほど眼が悪い――そのうちの数人は消えてしまった。彼らがどこへ行ったのか、トマスには知りようがない。誰も二度と口にしないからだ。穏やかさのないそんな生活を送りながら、息子が物静かでやさしい少年に育ったことに、ジョーは驚いていた。トマスはベランダで熱にやられたトカゲを見つけると（夏にはたいていそこで何匹か、干からびかけたのが見つかる）、ブックマッチにのせて庭へ運んでいき、色の濃い葉の陰の湿った土の上に放してやる。もっと幼いころには、家庭や学校でいじめられている子とかならず友だちになった。運動は得意ではないか、たんに興味がないかだ。成績はまずまずだが、年齢のわりには利口だと教師は口をそろえる。トマスは絵を描くのが好きだ。絵の具を使うのも、太い鉛筆でスケッチするのも。トマスの描く絵はたいていい街の風景で、建物は下の土地が崩れかけているかのように、なぜかいつも傾いていた。鉛筆画はすべて母親がモデルだった。家には母親の写真が一枚しかなく、それも顔が半分影になっているのだが、年がたつにつれてトマスが描く母親の似顔絵は、二歳になったばかりで母を亡くした九歳の少年が描くにしては、気味が悪いほど彼女に似てきた。

ジョーはトマスに尋ねたことがあった。「あの写真以外の母さんの外見がどうしてわかるんだ？　まさか憶えてるのか？」

「憶えてないよ」トマスは言った。声には母親を失ったつらさがなかった。当時の別のことを尋ねられたかのようだった――寝かされたベビーベッドを憶えてるか？　テディーベアは？　キューバで煙草のトラックの通り道に飛びこんでしまった飼い犬は？　憶えてない。

「ならどうして、そんなにうまく母さんの顔が描けるんだ」

「父さんだよ」

「父さん？」

トマスはうなずいた。「父さんがいろいろなものを母さんと比べるから。〝母さんの髪はあの色だけど、もっと豊かだった〟とか、〝母さんにもあんなほくろがあったけど、もっと鎖骨寄りだった〟とか」

「そうなのか」

またうなずいた。「まえは何かというと母さんのことを話してた。気がついてないでしょ」

「まえ？」

息子はジョーを見た。「もう話さなくなった。昔ほどはね」

ジョーには理由がわかっていた。息子にはわからなくても。ジョーは心のなかでグラシエラに謝った。そうだよ、ハニー、きみは——きみでさえ——印象が薄くなってきた。

ディオンはボディガードを脇へやり、ジョーと握手を交わして、教会の長く伸びた影のなかでディジャコモ兄弟を待った。

ディオンとジョーは、サウス・ボストンの通りを駆けまわっていた子供時代からのつき合いだった。ふたりとも無法者で、犯罪に手を染め、やがてギャングになった。かつてはディオンがジョーの下で働いていた。いまはジョーがディオンの下で働いている。ある意味で。細かい点はあいまいだ。ジョーはもうボスではないが、ディオンはボスだ。しかし、ジョーは〈委員会〉の現役メンバーだ。ボスは一人ひとりのメンバーよりは強い力を持つが、〈委員会〉の決定にはしたがわなければならない。だからときどきややこしい事態になる。

リコとフレディはすぐに現われた。リコは近づきながら二枚目俳優並みの顔で愛想を振りまき、大勢の人と握手やハグをしていた。一方フレディは、いつにも増して不機嫌で戸惑っている様子だった。フレディが兄だが、弟のほうが遺伝子の大当たりを引き、得るものを総取りしてしまった。リコには見た目のよさも、魅力も、知性もある。しかしフレディには、この世に貸したものをまだ返してもらっていないという苛立ちしかなかった。フレディがいい稼ぎ手であることは誰もが認めていたが――とはいえ、当然ながら弟にははるかに及ばない――不必要に暴力を振るう傾向と、性的嗜好にまつわる懸念から、リコの兄でなければ一兵卒で終わっていたというのが、衆目の一致するところだった。

全員が握手し、リコがジョーの肩にパンチを入れ、ディオンの顎をつまんでから、話し合いが始まった。

最初の議題は、筋肉の病気に罹って車椅子生活を余儀なくされている、シェル・ゴールドの家族に何をしてやるかだった。シェルはユダヤ人で、ファミリーの一員ではないが、長年いっしょに大金を稼いできたし、底抜けにおもしろい男だった。最初、彼がたいした理由もないのに転んだり、片方のまぶたが垂れてきたりしたときには、みないつもの悪ふざけだろうと思った。だが、いまやシェルは車椅子に乗り、口もうまくまわらず、たびたび痙攣《けいれん》を起こす。本人はまだ四十五歳で、妻のエスターとのあいだに三人の子供がいて、ほかにも三人の子が裏町に散らばっている。彼らはエスターに五百ドルと果物の籠を送ることにした。

次の検討事項は、ポール・バタリアの新規加入を〈委員会〉に認めてもらうかどうかだった。ポールは、サルヴィ・ラプレットから引き継いだ地元の廃棄物処理業の売上を半年で倍増させ、半年前に週三度の卒中にみまわれて死んだサルヴィが、ラルフ・カポネ（アル・カポネの兄）以来のぐうたらなギャングだったという大方の見方を裏づけていた。

リコ・ディジャコモは、ポールは若すぎるのではないかと意見した。もっとも、六年前にはジョーがそのリコに、物事はもっと大きく考えろと助言したのだったが。当時、リコはまだ若造――信じられないことに、おそらく十九歳――だったが、いまや賭け屋を二軒、売春宿を二軒、燐酸運搬会社を一社所有している。加えて最大の儲けは、港湾労働者のほぼ全員になんらかの貸しがあることから来る。リコは、ジョーとよく似て、あまり多くの敵を作らずにそれらを運営しているようだった。彼らの稼業において、それは水をワインに変えたり、引き潮の海をふたつに割ったりするより、はるかに感動的な奇跡だ。ポールはリコが組織に迎え入れられたときよりひとつ歳上だとディオンが指摘し、ふたりはジョーを見た。アイルランド系のジョーはイタリア系マフィアの首領《ドン》にはなれないが、〈委員会〉のメンバーとして、バタリアにどのくらいチャンスがあるかいちばんよくわかっていた。

「例外が認められないとは言わないが、ヨーロッパが戦争をしているあいだ、収入はかなりかぎられる。問題は、ポールがその例外になれるかだ」ジョーは言って、ディオンを見た。「どうなんだ？」

「もう一年、ベンチ要員でもいいな」ディオンは言った。

隣の校庭で、ディジャコモ夫人が体のすぐそばを走った子供をぴしゃりと叩いた。夫人の息子のうち、より親孝行なフレディは彼女から眼を離さなかった。いや、フレディは校庭で母親以外のものを見ているのではないか。ジョーはもう何度目かにそう思った。フレディは母親が校庭から出てくるまえに、理由をつけて迎えにいくことがある。そしていっしょに出てきたときには、いつも上唇に汗をかき、うつろで何かに気を取られたような眼をしている。

しかし、この朝のフレディは、母親と子供でいっぱいの校庭からすぐに眼をそらし、胸のまえに朝刊を持ち上げた。「誰かこれについて話したくないか？」

一面の右下に、ブラウン・タウンの工場の手入れに関する記事が載っていた。

「損害はいくらになる？」ディオンがジョーとリコを

見ながら尋ねた。

「いまのところ？」ジョーは言った。「二十万ドル程度だ」

「なんだと？」

ジョーはうなずいた。「二カ月分の供給が押収された」

リコが割って入った。「その額には、競争相手が不足分を埋めてわれわれの客を奪う損失は含まれてない。人員の損失もある——モントゥースの部下がひとり死んだし、うちの部下もひとり。それに九人が留置場だ。留置場にいる半分は賭け屋で、もう半分は数当て賭博をやってた。そいつらの担当区域をカバーして、代わりのやつを見つけて、人を増やして、今度はその代わりを探して……めちゃくちゃだよ」

ディオンは誰も言いたがらなかったことを言った。「なぜばれた？」

リコは両手を軽く広げた。ジョーは長いため息をついた。

フレディが自明なことを言った。「おれたちのなかにドブネズミがいるってことさ。それか、黒人のほうに。あっちに決まってる」

「なぜ？」ジョーが言った。

フレディはきちんと答えられなかった。「なぜって、ニガーだからさ、ジョー」

「二十五万ドルの売り物をなくしたら、まず自分たちが疑われることを彼らが理解していないと思うか？　モントゥース・ディックスは頭のいい男だ。〝伝説〟だ。なのにわれわれを裏切る？　なんのために？」

「わかるもんか」フレディは言った。「おれたちの知らないクスリでもやったとか、女房のひとりがグリーンカードを持ってなくて逮捕されたとか。ニガーがチクリ屋に変わる理由なんて、誰にわかる？」

ジョーはディオンを見た。ディオンは、フレディの言うこともわかるというふうに両手を広げていた。

「おれたちのほかに調合工場の場所を知ってたのは」ディオンは言った。「モントゥース・ディックスと、ウォリー・グライムズだ」

「そしてウォリー・グライムズは」リコが言った。「もうこの世にいない」

「それは好都合だな」ジョーがフレディのほうを見ながら言った。「たとえば、もし誰かが、モントゥース・ディックスをブラウン・タウンの数当て賭博と麻薬ビジネスから追い出したいのなら」

「誰かがモントゥース・ディックスをチクリ屋に仕立てたってことか」フレディは言って、興味を惹かれたような笑みを浮かべた。

「いや」ジョーは言った。「たんに、もしモントゥースがチクリ屋だとしたら、彼があそこで稼ぐ金を欲しがっている人間にはじつに都合がいいと言っているだけだ」

「おれは金を稼ぐためにいる。天の神様が――」フレディはすばやく十字を切った。「おれたちを地球に置いた理由はそれだ」肩をすくめた。「金儲けして謝るつもりはないぜ。モントゥース・ディックスは稼ぎすぎてる。おれたち全員にとっての脅威だ」

「それとも、おまえだけにとって？」ジョーは尋ねた。「聞くところによると、おまえの部下たちがブラウン・タウンで黒人相手に小競り合いをくり返してるそうじゃないか、フレディ」

「あっちが先に手を出してきたんだ、ジョー。やり返しただけだ」

「向こうも同じように考えてるとは思わないか」

「でもな、ジョー」フレディは道理がわかっているように言った。「あいつらはニガーだぜ」

ジョー・コグリンは自惚れ屋で傲慢で、自分より頭のいい人間には会ったことがないとひそかに確信していた。殺しも盗みもして、人に大怪我も負わせ、この惑星上での三十七年間を暴力で切り抜けてきた。だから他人より道徳心が篤《あつ》いと感じることはめったにないが、人生を百回生きたとしても、まわりの人種差別主義者は理解できなかった。ジョーには、あらゆる人種が歴史のある時点でかならずどこかの黒人だったように思えた。黒人が社会に認められれば、順当に次の人種がスケープゴートになるだろう。それを指名するのは、ことによると社会的地位を得た黒人たちかもしれない。

フレディのような男が部下を率いることを、いったい誰が許せるというのか。ジョーはまた思った。だが、戦争中はみな同じ問題を抱えている。たんに有能な人間が見つからないのだ。おまけにフレディはリコの兄だ。上物を手に入れるには、ときに不良品も引き受けなければならない。

ジョーはディオンに言った。「それで、どうする？」

ディオンは片目をきつく閉じて葉巻を吸った。「ネズミを見つける方法を考える。それまでは、誰も何もするな。なんの面倒も起こすなよ」ディオンは眼を開けてフレディとリコを見すえた。「いいな？」

「もちろん」リコが言った。

隣の校庭にいる父親をトマスが見つけ、ふたりは教会の正面に歩いて戻った。ツイッグス通りに向かう途中、市長夫妻が道を渡ってきた。市長はジョーに、帽子をつまんで挨拶した。若い妻は、ジョーとトマスによそよそしくも明るい笑みを向けた。

「ミスター市長」当の市長がジョーに言い、大声で笑って力強く握手した。

一九二〇年代から三〇年代初めにジョーが街を取りしきっていたころ、キューバ人やスペイン人はジョーに〝イーボー市長〟という渾名《あだな》をつけた。ジョーを取り上げる新聞記事は、いまだにその渾名を括弧つきで使っている。

ヴァネッサ・ベルグレイヴの苦々しい顔つきから、その渾名は市長夫人の好みではないのがわかった。ジョーも握手に応じた。「あなたがこの街のリーダーでしょう。紛れもなく。息子のトマスはご存じですか？」

ジョナサン・ベルグレイヴはズボンをたくし上げて屈み、トマスと握手した。「元気かね、トマス」

「はい、市長。ありがとうございます」

「きみはスペイン語がペラペラだそうだね」

「はい」

「今度、シルクロ・クバーノ（イーボーにあるキューバ人向け社交クラブ）や葉巻会社の労働組合と交渉するときには、ぜひとも隣に坐ってほしいな」

「はい、わかりました」

「いい子だ。本当に」市長は笑ってトマスの肩を叩き、立ち上がった。「ヴァネッサはもちろん知っているね？」

「市長夫人」ジョーは夫人に言った。

「ミスター・コグリン」

取りすました冷ややかなふるまいが必須のマナーであるタンパの上流社会でも、基準以下と判断した人物にヴァネッサ・ベルグレイヴが見せる冷たさには定評があった。

そして、ヴァネッサはジョーが嫌いだった。以前ジョーに頼みを断られたからだ。ジョーとしては、頼むというより親切にされて当然という彼女の態度が気に入らなかった。夫は市長に当選したばかりで、いまほどの権力を持っていなかったが、その後ジョーは、市長との関係は良好と言えるまで修復していた。新しく建てられた水道局のビルの正面に、フランシス・ディド少佐の像を立てた際には、クレーンも貸し出した。このごろふたりは〈バーンズ〉で酒を飲み、ステーキを食べるような仲だが、ヴァネッサ・ベルグレイヴは、丸めこまれない、自分の意見は決して曲げないという感情をはっきり表に出していた。ヴァネッサがジョーのことを〝北部流《ヤンキー》に礼儀知らずで、北部流《ヤンキー》に気配りのできない、北部《ヤンキー》のギャング〟と言っているのを聞いた者もいる。

市長は期待に満ちた笑顔を妻に向けた。「彼に訊いてごらん」

ジョーは首を傾げ、若妻を正面から見た。なんとも怖ろしい評判のせいで、彼はヴァネッサの美しさを忘れがちだった。唇は髪と同じ色——乾いた血のような暗い赤だ。

「私に何か?」

ヴァネッサはジョーがこのやりとりを愉しんでいるのに気づいて、口の左端をわずかにゆがめ、あざやかな青い眼でジョーを見すえた。「わたしの財団はご存じ?」

「もちろん」ジョーは言った。

「戦時中の慈善財団のほとんどがそうですけど、とても厳しい状況に陥っています、正直に申し上げて」

「それは残念です」

「そちらは繁盛しているようですね」

「というと?」

「おわかりでしょう、ミスター・コグリン、タンパでのあなたの慈善事業です。ルッツに〈コラレス婦人救護センター〉を建てられたばかりだとか」

「戦争の直接の結果ですよ」ジョーは言った。「夫を亡くしたり、育児の手立てをなくしたご婦人はさらに増える。父親を失った子供も」

「そう、たしかに」ジョナサン・ベルグレイヴが言った。「その説明はもっともだ、ジョー。しかし、戦争に協力しない慈善団体はどこもかしこも大打撃をこうむっているというのに、そちらは順風満帆のようだ。なぜか。さてはクリスマスの直前に開いたあのパーティで大金が集まったにちがいない」

ジョーは軽く笑って煙草に火をつけた。「それで、何が必要なのかな――私の献金者リストとか？」

「じつは」ヴァネッサが言った。「まさにそれが欲しいの」

ジョーは煙にむせて咳きこんだ。「本気ですか？」

「無条件でと頼むほど厚かましくはありません。スローン慈善財団の役員のポストを用意します」

ヴァネッサ・ベルグレイヴは旧姓スローン、アトランタのアーサーとエレノア夫妻のひとり娘として育った。スローン一族は独立戦争と南北戦争の両方で将軍を出し、製材、銀行、繊維といった業界で名をなし、夏はジキル島ですごし、年に二度、南部の社交界で毎回最高の催しと見なされる大宴会を開く。ジョージア州では、ほとんど王族と言える存在だった。

「ポストに空きがあるのですか」

市長がうなずいた。「ジェブ・トーシェンが亡くなったので」

「残念だ」

「九十二歳だったからね」

ジョーはヴァネッサの明るい眼をのぞきこんだ。彼女には苦しい決断だったにちがいない。だが、街のほかの慈善事業が軒並み苦境に陥るなかで、ジョーの組織が繁盛とはいかないまでも堅実な経営を維持しているのは事実だった。一部はジョーの資金調達の才覚によるものだが、ほとんどは、出資者の側に、供給品や建材の半分でもジョーが値上げをすれば事業が立ちゆかなくなるという弱みがあるからだった。

「うちの秘書に連絡してもらえますか」最終的にジョーは言った。

「それはイエスということかしら」ヴァネッサが尋ねた。

「かぎりなくそれに近いよ、きみ」彼女の夫がジョーに微笑みかけた。「いま家内は、否定されないのはつねに肯定の意味だということを学んでいる最中でね」

ヴァネッサは微笑んだ。「いいえ、いまわたしたちは、わたしがイエスを聞きたがる性格だということを学んでいる最中なの」

ジョーは手を差し出した。ヴァネッサはその手を握った。

「明日の朝、誰かにうちの秘書まで電話させてくださ い。しかるべき配慮をします」

ジョーの手を握るヴァネッサの力が急に強まった。ジョーの骨かヴァネッサの歯が音を立てて砕けてもおかしくないほどに。

「そうします」ヴァネッサが言った。「お心遣いに感謝します」

「どういたしまして、ミセス・ベルグレイヴ」

6 風が伝える名前

フレディ・ディジャコモは聖ジョゼフ病院の産科病棟でワイアット・ペティグルーを捕まえた。ワイアットは生まれたばかりの娘を抱いていて、膝の横の灰皿では煙草がくすぶっていた。娘の名前はまだ決まっておらず、妻のメイは、祖母の名前と同じヴェルマにしようかと思っていた。ワイアットはグレタにしようと働きかけているが、メイは、表紙にグレタ・ガルボが載ったフォトプレイ誌を夫があまりにもじっくりと眺めているのに気づいてから、その意見に冷たくなった。

看護師長のメアリー・セオドアがやってきて娘を取り上げた。ワイアットは彼女のうしろ姿を見ながら、この世に命を誕生させた誇りと、井戸に落ちた子豚のような泣き声をあげる娘を抱かなくてよくなった解放感との葛藤を覚えた。腕のなかに娘がいるあいだはずっと、落としてしまいそうだと思っていた。自分は気に入られていないとも感じた。娘は彼を見なかったけれど——実際には何も見ていなかったのだが——においをかいで、体臭が気に入らなかったのだ。ワイアットは、今後どうすればいいのか途方に暮れた。あの不可解な小さい生き物のために人生をどう組み替え、何を期待すべきなのか。確実なのは、あの子の誕生で、メイの心に占める彼の領域がますます小さくなったことだった。

くそ、とワイアットは思った。メイはあと三人は欲しいと言っている。

フレディ・ディジャコモが言った。「可愛い子だな、ワイアット。男泣かせになるぞ。たいへんだ」

「どうも」

「おまえも鼻が高いだろう」

「それはもう」

フレディはワイアットの背中を叩いた。「葉巻はどこだ、え？」

ワイアットはスポーツジャケットのポケットのなかから葉巻を見つけ、端を切り落としてフレディのために火をつけた。フレディは先が赤く燃えるまで吹かした。

「例の件だが、急いでほしい、ワイアット」

「いま、すぐ？」

「今夜じゅうでかまわない」

メイの大家族が、彼女といっしょに狭い病室にいるか、家でワイアットの帰りを待っていた。家にいる家族は、昨夜空《から》になった冷蔵庫に食べ物を入れてもらいたがっている。病室の家族は、難産だったメイの面倒をワイアットが見ること、あるいは少なくとも自分たちが世話しているときにワイアットもそばにいることを期待している。どうしようもない。兄弟五人、姉妹四人、不機嫌で無口な母親、不機嫌でうるさい父親という家族全員が、とうの昔にワイアットを使えない男だと見切っていた。いまのようにワイアットに注目するめったにない機会でも、やはり第一印象が正しかったと早々に決めつけて終わりだ。

ワイアットはフレディに言った。「仕事に行くことをどうやってメイに説明すればいいのか、まったくわからない」

フレディはやさしい眼で微笑んだ。「おれが発見したことを教えてやろうか？　女からは許可をもらうより、あとで赦《ゆる》してもらうほうがずっと簡単なんだよ」

フレディは椅子の背にかけていたレインコートを取った。「来るか？」

ワイアット・ペティグルーはここ数週間、イーボーシティの黒人地区でモントゥース・ディックスのあとを尾けていた。たいていの白人の男には無理な仕事だが、子供のころからワイアットの唯一抜きん出た才能は、目立たないことだった。学校では教師が彼を当てないばかりか、成績をつけ忘れたことすら二度あった。チームのバスはワイアットを乗せずに出発し、仕事仲間はしょっちゅうまちがった名前で（〝ウィリアム〟や〝ウェズリー〟や、なぜか〝ロイド〟と）呼びかけ、実の父親さえ息子の名前を思い出すのに苦労したというのが語り種《ぐさ》だった。この三週間、ワイアットは連日イーボーシティに車で入り、十一番街の白人と黒人の境界を越えて、過去五年間で住民が見かけた白人は牛乳屋か氷屋、消防士、警官、もしくはたまに現われる大家ぐらいしかいない通りを走りまわっていた。

モントゥース・ディックスの住む、ビリヤード場の上の集合住宅から、十番通りのコーヒーショップ、八番街の洗濯屋、ネブラスカのドラッグストア、メリディアンのフライドチキン屋、九番通りのこぢんまりした墓地まで尾けていった。モントゥースの父母、おばふたりと、おじひとりが葬られている墓地を除くすべての場所は、モントゥースにみかじめ料を払うか、数当て賭博の賭け金を集めるか、モントゥースの違法な蒸溜所の隠れ蓑になっていた。密造酒は相変わらず一大産業だった。買い手は飲む酒に連邦税のスタンプが押してあろうがなかろうが気にしない人々だが、モントゥースの客たちは気にしない。彼らだけはワイアット・ペティグルーより目立たなかった。すでに隔絶した共同体であるイーボーシティでは、アフリカ系キューバ人とアフリカ系アメリカ人が、同じ有色人種でもトフィー色と黒でさらに区別され、締め出されていた。

モントゥース・ディックスは彼らの市長、知事、そして王だった。税は取り立てるが、きちんと見返りのサービスを提供した。住民がストライキをすればごろつきの一団から守ってやり、病気になれば玄関先の階段に食べ物を置き、ここ十年の対立と窮乏で男がいなくなった家庭に対しては、借金を帳消しにまでしてやった。ほとんどの住民は、彼に借金をしている者も含めて、モントゥースが大好きだった。

このところ——少なくとも景気が上向きになりはじめた一九三八年から——モントゥースに金を借りる者は増えていた。この月二度目になるが、毎週返済することになっている何人かが貧困を理由に支払いを滞らせたので、モントゥースはみずから取り立てることにした。九番通りの果物屋の主人キンケイドは、モントゥースが店に入ってくるのを見るなり観念した。身長六フィート二インチ（百八十八センチ）に、いつもかぶっている帽子でさらに三インチ背が高くなるモントゥースは、見るからに威圧的だ。キンケイドから始まって三人が、返す金を奇跡的にすばやく見つけ出した。

それでモントゥースは、なぜこの二週間、借り手が金を返したがらないのか問わずにすんだ。彼は最近疲れを感じていた。病気の疲れではなく、くそだらけの状況にうんざりした疲れ、移ろいやすい脈にしっかり手を当てておくことから来る疲れだった。今世紀と同い年のモントゥースは、最近ことさら老けた気がしていた。歳をとってわかるのは、うしろから新たな集団がやってきて、まえの集団の愚行を飽きもせずくり返しているということだけだ。誰も、何も学ばない。誰ひとり進化しない。まったく。モントゥースはすべてが順調だった日々が懐かしかった。みんなが喜んで金を稼ぎ、金を使い、次の日起きてまた同じことをしていた。ジョー・コグリンがすべてを取りしきっていたころが黄金期だった、とモントゥースはかなりまえに気づいていた。少なくともこの戦争が最高の部下と客を奪わなくなるまで、一時待機だ。待機自体は悪いことではない、ともかく表面上は。しかし長引くと、誰もがそわそわし、有刺鉄線よりきつく撚り合わされていると感じるようになる。

その夜の終わりに、十番通りの紳士用品店の店主、パール・アイズ・ミルトンを訪ね、「どうしても今週は払えないし、ひょっとすると来週も」と告げられて、とうとうモントゥースは、答えを知りたくない質問をするしかなくなった。

「どうしておれにこんなことをする、パール？」

「あなたにどうこうするつもりはありませんよ、ミスター・ディックス。おわかりでしょう」

「いや、わからない」

「でも、金はないんです」

モントゥースはすぐ横の棚から売り物のネクタイを取り、舶来のシルクを掌にすべらせた。すばらしい。戦争が始まって以来、このシルクの感触を忘れていた。

「どうしてない？」

九歳の孫がいる温厚な老人のパール・アイズは言った。「ないものはないんです。時期が悪い」

モントゥースはカウンターのまえの床を見た。「だが、床に十ドル札が落ちてるぞ」

「なんです？」

「十ドル札だよ、ニグロ」モントゥースは床を指差してうしろに下がった。

パール・アイズはカウンターに肘をつき、首を伸ばしてのぞきこんだ。モントゥースはその首にネクタイを巻きつけ、老いぼれを締め上げた。顔を寄せて、パール・アイズの毛深いピンク色の耳に話しかけた。

「おれに払わないなら誰に払うんだ。誰に」

「誰にも。あたしはただ――」

モントゥースはネクタイの両端を思いきり引いて、パール・アイズをカウンターから床へ引きずりおろした。ネクタイを離すと、老人は床で跳ね返り、しばらくうめいたりうなったりして転がっていた。

モントゥースは別の棚にあったハンカチで床の土を払い、パール・アイズの向かいに腰をおろした。

「この店は何を売ってるんだ、爺さん？」

「え？」パール・アイズは激しく咳きこみ、唾を飛ばす合間に言った。「なんと？」

「何を売ってるか教えろ」

パール・アイズは喉に巻きついたネクタイを生き物であるかのように引っ張ってはずすと、床に放った。

「衣類です」

「衣類は店に置いてあるだけだろう」モントゥースは首を振って、ちっと舌打ちした。「あんたが売ってるのはセンスのよさだ。この店に入ってくる客はエレガンスを期待してる。ちょっとした洗練を。見ろよ、あんたが着てるスーツ。小売でいくらだ？」

老人はまた咳きこんだが、先ほどより咳は乾いていた。「八十ドルぐらいです」

「八十ドル、なんとね」モントゥースは口笛を吹いた。「おれのほとんどの知り合いのひと月分の稼ぎより多い。だがあんたはそれを着て、借金を払えないと言ってる」

「それは……」パール・アイズは床を見つめた。

モントゥースは言った。「おれに払うまえに、あんたのポケットからおれの金を奪ってるのは誰だ」

パール・アイズは言った。「誰も」

「オーケイ」モントゥースは立ち上がった。「わかった」

モントゥースはドアへ向かった。

「わかったとは？」パール・アイズは言った。

モントゥースは白いシャツが整然と並んだテーブルのそばで立ち止まり、振り返った。「おれの部下をひとりよこす。今晩あんたの家に行くか、明日の朝ここに来るかもしれない。とにかくすぐにだ。おれがやってもいいが、いくら気をつけても服に血はつくし、今夜はジン・ジン・クラブでまんなかの妻とデートだ」

「血？」

モントゥースはうなずいた。「その顔を切り刻んでやる、パール。ピクニックまえのチキンのようにずたずたに。そのあとあんたがどのくらいセンスとエレガンスを売れるか見てみよう。じゃあな」

ドアまで来たモントゥースは、灰色のプリムスが向こう側の車線を北へ走っていくのを見た。その車にはどこか嫌な感じがあったが、カウンターのまえからパール・アイズが突然声を張り上げたので、すぐに答えは浮かばなかった。

「リトル・ラマー」

モントゥースは相手が立ち上がるのをじっと見た。

パール・アイズは喉をさすった。「あとを引き継ぐとリトル・ラマーが言った。あなたの時代は終わった、この街は新しいボスが支配する、と」

モントゥースは微笑んだ。「やつをこの地域から追い出して墓穴に叩きこんだら、あんたはなんと言う？」

「リトル・ラマーには、後援者がいるらしい」

「こっちにもいるさ」

「いいかね」パール・アイズの声にはくたびれた憐れ

みがこもっていて、モントゥースを芯から揺さぶった。

「あなたをうしろから支えてるのは、もう自分の背骨だけだというもっぱらの噂だ。白い世界で持ってたものは、すっかりなくなったって」

モントゥースは足を引きずって近づいてくる老人を見た。パール・アイズ・ミルトンは、彼のまえまで来ると袖をたくし上げ、愛用しているダイヤモンドつきのカフスを見せた。一世紀以上前にフィラデルフィアの副市長だった白人のものと言われている、アンティークだった。パール・アイズはカフスを両方はずし、モントゥースに差し出した。

「借りてる金の少なくともひと月分の価値はある。持っていってくれ。これしかない」

モントゥースが掌を開くと、パール・アイズはそこにカフスを落とした。

「ラマーのことはまかせとけ」モントゥースは言った。「あんたが耳にしたのは風の噂だ」

「変化の風かもしれんよ」パール・アイズは低い声で言った。「そういう風が髪に吹けばわかるくらい、歳は食ってる」

モントゥースは微笑んだ。「髪なんかろくに残ってないだろ」

「風に持っていかれた」パール・アイズは言い、モントゥースに背を向けて店の奥へ戻っていった。

モントゥースが店から出るなり、穏やかな夜のなかから灰色のプリムスＰ４が現われた。今度は南に、モントゥースに向かってまっすぐ走ってきた。後部座席の窓がおりていたので、モントゥースは何かの銃口が突き出されるのを待たずに、すかさず近くに停まっていた車のうしろに膝をつき、這いはじめた。

バケツ一杯のナットをぶちまけたように、鋼鉄の弾が車の反対側を打った。銃弾は背後の建物にも当たって、煉瓦の壁に火花が散った。通りのあちこちで車の窓が割れ、モントゥースは歩道に身を屈めたまま路地へと進んでいった。戦争でマシンガンに撃たれたことはあったが、二十年近くまえのことだし、この種の音、死の雨霰《あめあられ》、そこらじゅうで跳ね返っているくそ弾――ピン、ピン、ピン――は人の思考を奪う。いっとき、なぜ通りにいたのかも、自分の名前も忘れた。

だが、何もモントゥースの動きを止めることはできなかった。赤ん坊が空腹を知らせる泣き方を知っているように、モントゥースは地面を掻いて歩道を這いつづけることを知っていた。路地まであと一台。たどり着くと同時に、その車ががくんと沈んだ。トミーガンを撃っているケツ穴野郎が助手席側のタイヤを吹っ飛ばしたのだ。

銃撃がやんだ。

可能性その一、弾を再装填している。可能性その二、モントゥースの位置をだいたい把握していて、路地の入口に狙いを定め、頭が出るのを待っている。モントゥースは自分の銃を抜いた――おじのロメオから一九二三年にもらった長銃身の四四口径、手持ちのなかでいちばん銃らしい銃だった。

三番目の可能性もあった。モントゥースが隠れている場所を正確に知っていて、とどめを刺すために、いままさに車から出ようとしている。

それが最悪のシナリオだった。車から出て大またで三歩歩けば、モントゥースを見おろして立つことができる。サブマシンガンを構えて。くそ議論の終了。耳で鳴っていた銃撃の反響がおさまり、プリムスの低いエンジン音が聞こえた。そして紛れもなく、トンプソンの機関部に新たな円形弾倉を叩きこむ音がした。

敵は再装填のために撃ちやめたのだ。

やれやれ、とモントゥースは暗い空と低く垂れこめた灰色の雲を見上げて思った。あとからなら、なんとでも言える。

モントゥースは拳銃をポケットに入れ、両方の掌のつけ根を地面に押しつけると、スターティング・ブロックから走り出たランナーのように歩道から飛び出し、路地にまっすぐ駆けこんだ。入口にたどり着いたとき、白人の若者ふたりの叫び声がしたが、何を言ったのかは聞くまでもなかった。削岩機めいた轟音とともにふたたび夜の闇が裂けたことで、彼らの意図は明らかだった。

弾き飛ばされた煉瓦の破片と粉塵を顔に受けながら、モントゥースは走った。フランスの塹壕以来これほど必死で走ったことはなく、若返ったかのようで、肺が焼けることも心臓が止まることもなさそうだった。

〝おれが若かったとき、おまえはどこにいた、小僧?〟と狙撃者に訊きたかった。〝たとえ人生を十回生きたって、おまえはおれの半分もいい女と寝られないし、おれの半分も愉しみを知らずに終わる。おれの人生の半分も生きられない。おまえはゴミだ、わかるか? おれはモントゥース・ディックス、黒いイーボーの支配者だ。おまえなど相手にならん〟

モントゥースは大型ゴミ容器が並ぶ路地を選んでいた。両側にそれぞれ十数個のゴミ容器があって、たとえそこを通り抜けられても――彼が知るかぎり車は通れない――三分の二ほど行ったところで、リトル・ボーの安宿の裏側がまわりの建物より十フィートほどせり出しているから、そこを半分切り落とさないと向こうには出られない。

ピン、ピン、ピン、ピン、ピン、ピン、ピン。

エンジンをふかす音だけが響いた。白人の若造たちは路地を車で通り抜けられないという事実を呑みこもうとしていた。今夜は無理だ。いつの夜でも無理だ。

モントゥースが路地を半分ほど進んで、眼医者と肉屋の共用のゴミ容器のうしろにいたとき、プリムスがギアをバックに入れて急発進した。車が十番通りを走り去る音が聞こえた。その区画をまわり、宿の先から出てくるモントゥースに追いつこうと考えたらしい。

モントゥースは逆に、来た道を引き返し、出たところで左に折れ、左手の最初の建物に足を踏み入れた。そこは三〇年代に破産し、次の商機を見つけられなかった多くの店のひとつだった。窓は濃い緑の鉄板に替わり、玄関の上の電球ソケットは一九三八年から空《から》のままだ。灯台並みの明かりをかついで真正面に来ないかぎり、玄関に立つ人影は見えないだろう。こちらが見つかりたいと思わないかぎり。そしてそのときには、たぶんそいつが何をするにも手遅れだ。

プリムスが確認のためにまた角を曲がってきた。路地から十フィートほどに迫ったところで、モントゥースは建物から通りに出、深く息を吸って慎重に狙いを定め、フロントガラスをまっすぐ撃ち抜いた。

区画をまわってくるときに、トンプソンを抱えて後部座席に坐っていたワイアットには、最初の通過で掃射したすべての車がよく見えた。その損壊と自分を結びつけることができなかった。スローセン・アヴェニューのワイアット・ペティグルー少年が、ほかの人間をサブマシンガンで撃つ男に成長するとは。だが、この世は奇妙なものだ。政府の命令にしたがって外地で同じことをやれば英雄になる。かたやワイアットはボスに命じられてイーボーの通りで撃っている。世間的にはちがうことなのかもしれないが、ワイアットにはちがいがわからなかった。

運転していたカーミットには、モントゥース・ディックスが通りに出てきたこともわからなかった。小雨がまた降りだし、カーミットがワイパーのスイッチに手を伸ばした刹那、ワイアットは左側で何かが動くのを見た、というより、たんに感じた。銃口が光って初めてモントゥースの顔が見えた。暗闇のなかから現われた顔は、びっくりハウスのデスマスクさながら、体から切り離されているようだった。蜘蛛の巣状のひびが入った。カーミットが低くうめき、濡れた肉片がワイアットの顔に飛び散った。カーミットは突っ伏し、頭から血を車じゅうにまき散らしながら、排水管が詰まったような音を立てた。しかし車は停まるどころか加速していた。ワイアットはカーミットの肩をつかんで、アクセルペダルから足をはずそうとしたが、車は縁石にぶつかり、街灯に衝突した。ワイアットは運転席のうしろにぶつかって鼻を折ったうえ、後部座席に投げ出されて、しばらくがたがたと身を震わせた。

髪に火がついた。ともかくそう思った。火を消そうと頭をはたいたら、炎ではなく手があった。大きな手だった。その手の指が髪の毛を根っこから鷲づかみにして引っ張った。ワイアットはプリムスの後部座席から持ち上げられ、窓枠から外に引きずり出された。背骨が窓枠にガン、ガン、ガンとぶつかって両足が窓の外へ出ると、モントゥース・ディックスはワイアットの体をひねって地面に落とした。ワイアットは十番通りのまんなかに膝をつき、スミス&ウェッソン四四口径の銃身を見上げていた。

「おじにもらった銃だ」モントゥース・ディックスが言った。「おじきは、この銃は決しておれを裏切らないと言った。たしかにこれまでそうなってる。おれが言いたいのはな、白いの、狙ったやつを撃つのに百発も弾は要らないし、通りの車を全部撃つ必要もないってことだ。誰に頼まれた？」

答えた瞬間に死人になる。ワイアットにはわかっていたが、モントゥースに話をさせておけば、警察が――くそ、誰でもいい、いい――来るかもしれない。ほんの数分でこの界隈をひっくり返す騒ぎを起こしてしまったのだから。

「二度は訊かない」モントゥース・ディックスが言った。

「おじさんがその銃をくれたって？」ワイアットは言った。

モントゥースはうなずいた。眼にはっきりと苛立ちを浮かべて。

「いくつのときに?」

「十四歳」

「墓参りに行くのを何度か見たよ」ワイアットは言った。「親の墓にも行ってたな。家族は大事だ」

「そうか?」モントゥースは言った。

ワイアットは厳かにうなずいた。通りの水が膝に染みこんできた。左の前腕が折れているのはまちがいない。遠くに聞こえるのはサイレンの音か?

「今日、おれは父親になったんだ」ワイアットは相手に言った。

「ほう?」モントゥースはワイアットの胸を二度撃った。確実を期して額にもう一発撃ちこんでから、死んだ男の眼をのぞき、通りに唾を吐いた。「おまえがいい父親になるなんて誰にわかる?」

7　一〇七号室

セント・ピーターズバーグにある〈サンダウナー・モーター・ロッジ〉は、一九三〇年代なかばから表向きは閉業していた。白い漆喰仕上げの二棟の平屋の本館と、小さな事務所が、芝生も育たずヤシの木も根づかない平らな楕円の土地をU字に囲んでいた。建物はガンディ大通りの釣具屋の裏に七、八年放置され、敷地のまわりは雑草が伸び放題だった。釣具屋の主人であるパトリックとアンドルー・カンティョンの兄弟は、隣のサンドイッチ店と、モーテルの裏のボートヤードも経営していた。カンティョン兄弟は、海岸からタンパ湾に突き出ている小さな桟橋のほとんどを所有し、毎朝曙光が空に広がるまえに海に出る漁師たちに、氷の塊と冷えたビールを売ってそこそこ儲けていた。漁師たちは午《ひる》ごろには戻ってくる。彼らの肌はルビーより赤く、釣り船を係留するロープのようにごつごつしていた。

カンティヨン兄弟はかつてジョーとフロリダ海峡沿いでラム酒を商い、ジョーは彼らの蓄財に最大の貢献をした。そこで兄弟は小さな感謝の印に、サンダウナーの最高の部屋をジョーのためだけに取っておいた。ほかの部屋もきれいに片づけ、たいてい彼らの古なじみがもめごとを起こしたときに――夫婦喧嘩、官憲からの逃亡、なんでも――使わせていた。

けれども、入り江に面した一〇七号室は、ジョーのものだった。月曜の朝遅く、漂白剤と洗濯糊と潮のにおいのするシーツの上で、彼がヴァネッサ・ベルグレイヴと愛を交わす場所だった。外ではカモメがエビの尾と魚の骨をめぐって争い、室内では、黒い鉄製の卓上扇風機がキーキー、ガタガタと鳴っていた。

ヴァネッサと愛し合っていると、ジョーはときおり引き波に包みこまれたような気分になった。また浮上できるかどうかわからない温かく暗い世界のなかで、ゆっくりとまわっているような。そんなときには、息子のことを別にすれば、現実の世界を二度と見られなくなることをむしろ喜んでいるのに気づくのだった。

冷ややかで傲慢、育ちがよすぎて面白味も自発性もなくなったという、ヴァネッサ・ベルグレイヴの公の姿は、彼女の本来の姿からほど遠かった。閉ざされた扉の内側では、性的な好奇心を爆発させ、馬鹿げたことを言い、それまでジョーが会ったなかで疑いなく、いちばんユーモアがある女性だった。大笑いしすぎて鼻を鳴らすこともあった。クラクションのように大きな湿った音は、残るすべてが優美な人物から発せられることで、いっそう愉快に響いた。

ヴァネッサの両親は、そんな笑い方にも、思春期のころに好んだスラックスにもいい顔をしなかったが、ほかに子をもうけられなかった。七回の流産、息子はなく、ほかの娘もいない。したがって、彼らがこの世を去れば、創業百五十年の〈スローン複合産業〉は、ひとり娘の手に渡る。

ヴァネッサはジョーに語ったことがある。「株主の南部紳士たちがわたしのことを、取引概要書よりエミリー・ディキンソンを読むのが好きなまぬけだと思ったら、とたんにわたしから会社を奪う戦争が始まる。そうなると、戦うまえから勝負はついている。でも、わたしを少し変わった父の付属品と見なして、父と同じくらい怖れてくれれば、会社はあと百年はもつでしょうね。どこかの時点でわたしに息子ができれば」

「それがきみのやりたいことなのか？　家業を継ぐことが」

「まさか、とんでもない。でも、どうしようもないでしょ。自分がいながら数百万ドルの会社を落ちぶれさせるなんてことができる？　人生が思いどおりになるなんて思うのは子供だけよ」

「本当は何がしたいんだ。望みが叶うとしたら」

「もう、ジョー」ヴァネッサは眼をしばたたいて言った。「あなただけといたいわ、鈍い人」ジョーに飛びかかって顔に枕をかぶせた。「白状しなさい――そう言ってほしかったんでしょ」

ジョーは押さえこまれた枕から逃れようと頭を振った。「ちがう」

ヴァネッサはさらに数回ジョーに頭を振らせてから、枕をはずした。ジョーにまたがったまま、少し息を乱してワインを飲んだ。「両立しない望みが解決するのが望みよ」眼と口を大きく開き、「考えてみて、その優秀な頭で」と言い、ジョーの胸に残りのワインをこぼしてなめ取った。

それが三ヵ月前の涼しい雨の午後のことだった。

いまは暖かく晴れていて、湿気はあるがまだ不快なほどではなかった。ヴァネッサは体の下半分にシーツを巻きつけて窓辺に立ち、カーテンの隙間から外をのぞいていた。

ジョーも加わって、ふたりでボートヤードを眺めた。捨てられたエンジンブロックが陽の光で黒い影になり、塗装のはげた冷蔵庫や、ばらばらになりかけたディーゼルポンプもあった。その先には頼りない桟橋があり、悪臭のこもったこの湾のはずれを絶えず飛びまわっている黒い羽虫の群れが、いくつか空中で揺れていた。

ジョーはカーテンから手を離し、ヴァネッサの体に両手を添えてなでおろした。ほんの数分前に夢中になったばかりなのに、またその体が欲しくなった。腰のシーツをはぎ取り、自分の体を押しつけると、完全とはいかないまでも固くなった。ひとまずそこでやめておいた。両手で彼女の腹を軽くなで、鼻を髪にうずめて、その背中を自分の胸に、尻を太腿に当てていることで満たされた気分になった。

「わたしたち、昨日やりすぎたと思う？」ヴァネッサが訊いた。

「何を？」

「互いに嫌い合ってるというお芝居」

「いや」ジョーは首を振った。「いまは〝雪解け〟の始まりだ。次の段階は〝しぶしぶ相手を認め合う〟。その時期がかならず来る。われわれは決して互いのお気に入りにはならないが、好き嫌いに関係なくきみの財団を成功させれば、みなふたりのプロ意識を称えるだろう」ジョーは片手をヴァネッサの恥骨の下におろし、恥毛に指を入れた。

ヴァネッサは頭をうしろにもたせかけて、ジョーの首につぶやいた。「これが？」ジョーは手を離した。「もううんざり」

ヴァネッサはジョーの手をつかんでもとの場所へ戻した。ジョーの中指が魔法の場所を探り当てると、低いあえぎ声をもらした。「いいえ。これじゃない。役を演じるのにうんざり。高慢で鼻持ちならない女、金持ちパパの娘という役を」また低いあえぎ声。「そう、そこ、すごくいい」

「ここ？」

「うーん」

ヴァネッサが鼻から息を吸いこむと胸が広がった。今度は口からゆっくりと、長い息を吐いた。

「役にうんざりしたのなら」ジョーはヴァネッサの耳に囁いた。「演じるのをやめればいい」

「できない」

「なぜ？」

「馬鹿ね。わかってるくせに」

「ああ、そうか、家業か」

ヴァネッサはジョーの腕のなかでくるりとまわった。ジョーの手首をつかんで、もとあった場所に戻した。窓台に腰かけ、ジョーの指に体を押しつけながら眼を合わせた。青い眼に、挑むような表情が浮かんだ。ジョーは彼女の罠にかかった。どこかに偽らない部分がなければ、ヴァネッサのように巧みに人格を偽ることはできないのだと改めて気づかされた。

「これまで築いたものをあなたは捨てられるの？」ヴァネッサの呼吸が速くなり、眼は相変わらず憤りと欲望を複雑に含んで輝いていた。

「場合によっては」

ヴァネッサはジョーの尻たぶに爪を食いこませた。

「嘘」

「正当な理由があれば身を引く」

「嘘よ」ヴァネッサはくり返した。顔をしかめて唇を嚙み、ジョーの尻から腰に上がった指がさらに深く食いこんだ。「自分が……」頰をふくらませて息を吐いた。「手放さないことを、わたしが手放すと思わないで」

ヴァネッサは頭を横に倒すと同時にジョーの肩を握りしめた。ジョーが彼女のなかに入ると眼を見開き、体を窓台から持ち上げると、ジョーの唇をやさしく嚙みんだ。グラシエラが死んでからの七年間、ジョーはこんなことができるとは夢にも思わなかったが、この女性を捨てたくなかった。この部屋から出たいとも思わなかった。

ふたりはまたベッドに戻った。ヴァネッサのオーガズムは小さな震えの連続と、長くて低いうめき声となって訪れた。ジョーの上で上下に動きながら、ヴァネッサの眼は澄み、笑みを浮かべて見おろした。

「笑って」ヴァネッサは言った。

「笑ってるつもりだった」

「千ワットの笑みを見せて」

ジョーはそうした。

「ふう」ヴァネッサは言った。「その眼とその笑顔。何かで有罪になったことがあるなんて驚きね。子供のころ、さぞその笑顔で窮地を切り抜けたんでしょう」

「そんなことはない」

「また嘘」

ジョーは首を振った。「昔はこんな顔じゃなかった。子供のころ、兄のひとりには、カンバーランド渓谷《ギャップ》と呼ばれてた」

ヴァネッサは笑った。「なんでまた？」

「前歯が二本なかったんだ。本当に。折ったらしい、三歳にもならないうちに。自分じゃ憶えてないが、兄が言うには、道端で転んで縁石に顔から突っこんだ。だから、そう、カンバーランド渓谷だ」

ヴァネッサは言った。「不細工なあなたなんて、まったく想像できない」

「不細工だったさ。で、ここが肝心なところなんだが、たいていの子は六歳ごろ大人の歯が生えてくる。そのくらいだろう？　ほかの歯はそうだった。けど、前歯だけは生えてこなかった、八歳近くになるまで」

「まさか！」

「そう、とんでもなく恥ずかしかった。二十歳ごろまで口を開けて笑わなかったよ」

「わたしたち、愛し合ってる？」ヴァネッサが訊いた。

「なんだって？」ジョーはヴァネッサを上からおろそうとした。

　ヴァネッサは体をジョーに押しつけた。「それとも、ここの相性がいいだけ？」

「後者だな」ジョーは言った。

「たとえ愛し合っているとしても――」

「きみは愛してるのか」

「あなたを？」ヴァネッサは眼を見開いた。「冗談じゃない」

「なら問題ない」

「でも、かりに――」

「きみはちがうんだろう？」

「あなたもちがう」

「そうだ」

「でも、かりに愛し合っていても――」ヴァネッサはジョーの手を取り、自分の腰に当てた。浮かべた笑みはやさしく、悲しげだった。「そのことはわたしたちを救ってくれない。でしょう？」

「何から？」

「この部屋の外の世界が求めることから」

　ジョーは黙っていた。ヴァネッサは胸をジョーに近づけた。

「また銃撃事件があった」ヴァネッサはジョーの鎖骨に何度か指を這わせ、首に温かい息をかけた。

「〝また〟というのは？」

「おとといの晩の人たち。警察に撃たれた麻薬ディーラー。監房で自殺した男」

「ああ……」

「それから今朝、車を停めるときにラジオで聞いたんだけど、どこかの黒人がイーボーで白人ふたりを撃った」

　モントゥース・ディックスだ、とジョーは思った。くそ。フレディ・くそディジャコモが、教会での会合《パウワウ》のあと、騒ぎを起こしにブラウン・タウンに直行したのかもしれない。

本当に、使えないやつだ。

「それはいつ？」ジョーは訊いた。

「ジョナサンが現場に呼び出されたのは……」ヴァネッサは少し考えた。「たぶん夜中の二時ごろ」

「ブラウン・タウンに？」

ヴァネッサはうなずいた。「あの人、現場主義《ハンズオン》の市長だって思われたいのよ」

いまはジョーが彼の妻に手をのせている《ハンズオン》。ジョーは手を離そうとしたが思い直し、ゆっくり円を描くようにヴァネッサの腰をなでた。イーボーの黒人地区で何が起きているにせよ、目下ジョーにできることは何ひとつなかった。

「散髪の椅子に坐ってるとき」ヴァネッサは訊いた。

「どっちのドアに注意する？　まえ？　うしろ？」

くそ、またあの喧嘩だ。ふたりが初めて愛し合ったあと、五分で始まったあの喧嘩。

「おれは撃たれるような男じゃない」ジョーは言った。

「そう？」ヴァネッサの声は明るく、好奇心に満ちていた。「あなたは何者？」

「平均よりほんの少し堕落したビジネスマンさ」ジョーはヴァネッサの肋骨をなでた。

「新聞はいまだにあなたをギャングと呼んでる」

「想像力に欠けるからだ。本当にこのことを話したいのか？」

ヴァネッサはジョーからおりた。「ええ」

「きみに嘘をついたことはない」

「わたしが知るかぎり」

「おい」ジョーは穏やかに言った。

ヴァネッサは眼を閉じ、また開いた。「オーケイ。あなたはわたしに嘘をついたことはない」

「おれはギャングだったか？」ジョーはうなずいた。

「そう、それは認める。いまは顧問役だ」

「犯罪者の」

ジョーは肩をすくめた。「友人のひとりは〝社会の敵〟ナンバースリーだった、六年前に――」

ヴァネッサはすばやく身を起こした。「ほら、わたしが言ってるのはそれよ。〝友人のひとりは社会の敵〟なんて話しはじめる人がほかにいる?」

ジョーは平静な声で続けた。「彼の隣の豪邸に銀行員が住んでた。そいつは住宅ローンを払えなくなった人たちをそれぞれの家から追い出した。払えなくなったのは、一九二九年に銀行が信用取引で彼らの金を軽々しく扱って、すべてなくしたからだ。雇用主や銀行が彼らの貯金や家を粗末にしたせいで、貯金も仕事も失ってしまった。ところが、人を家から追い出したやつらは繁栄してる。おれのその友人? 競馬で八百長したり、麻薬を売ったりしてたんだが、パス・ア・グリル・ビーチのそばで船から積み荷をおろしてるときにFBIに射殺された。そのとき彼の隣人が何をしたと思う? 彼の家を買ったんだ。きみの夫に栄誉市民賞を授与され、先週の新聞に写真が載ったりもした。だから、おれが見たところ、泥棒と銀行員のほとんど唯一のちがいは、大学の学位があるかないかだ」

ヴァネッサは首を振った。「銀行員は通りで撃ち合ったりしないわ、ジョー」

「スーツがしわになるのが嫌だからさ、ヴァネッサ。汚いことをペンでやってるからって、彼らのほうがましということにはならない」

ヴァネッサは、見開いた落ち着きのない眼でジョーの顔を探った。「あなたは本当にそう思ってるの?」

「ああ」ジョーは言った。「思ってる」

しばらく、どちらも何も言わなかった。

ヴァネッサはジョーのほうに手を伸ばし、ベッド脇の机から自分の時計を取り上げた。「遅くなる」

ジョーは彼女のブラジャーとショーツをシーツのなかから探し出して渡した。

「交換ね」ヴァネッサはジョーのブリーフを渡した。

ヴァネッサがショーツを身につけ、ブラジャーの肩紐に腕を通したとたん、ジョーはまた彼女を裸にしたくなった。部屋を離れたくないという、理屈に合わない感情がまたしても湧いた。

ヴァネッサはジョーに微笑んだ。「回を重ねるたびに、お互い深みにはまっていく」

「それが問題なのか」

「いいえ。なぜそんな考えがその可愛い頭に入りこんだの?」ヴァネッサは笑い、ベッドを見まわした。「わたしのブラウスは?」

ジョーは椅子のうしろでブラウスを見つけた。「それにおれたちは、きみが言ったように、とても相性がいい」

ヴァネッサはブラウスを受け取った。「そうよね。でも、いずれなくなることもわかってる」

「好意が、それともセックスが?」

「そんなふうに言うの――〝好意〟と」

ジョーはうなずいた。

「まあ、その場合、両方なくなることもある。そのふたつが休暇をとってしまったら、わたしたちを結びつけるのは何? 共通の育ちじゃない」

「共通の価値観でもない」

「共通の職業でも」

「そうだな、まったく」ジョーはくすっと笑って首を振った。「そもそもどうしていっしょにいるんだ?」

「わかった!」ヴァネッサがジョーに枕を投げつけると、ベッド脇のランプが倒れた。「ジョゼフ・コグリン、わたしたち、頭がおかしいのよ!」ブラウスのボタンをかけ終えた。「ちなみに、ランプはあなたが弁償して」

ふたりはスカートとズボンを見つけ、苦労してそれぞれの靴を探し出し、呆けたようなにやにや笑いと、気まり悪げで好色な視線を交わした。駐車場をうろつくような危険は決して冒さず、最後のキスはいつもドアのところですませた。最後のキスも今朝の最初のキスと同じくらい貪欲で、唇が離れてもヴァネッサは眼を閉じ、ドア枠に手を置いたままだった。

ヴァネッサは眼を開け、ベッドと、古いラジオのそばの古い椅子、白いカーテン、陶器の洗面台、ひっくり返ったランプを眺めた。

「この部屋が大好き」

「おれもだ」ジョーは言った。

「いままで生きてきたなかで、おそらく――いいえ、ぜったい――いまがいちばん幸せだわ」ヴァネッサはジョーの手を取り、掌にキスをした。ジョーの手で自分の顎と首の横をなでた。手を離すとまた部屋を見まわした。「でも、いつかパパが言う。〝さあ、愛しいおまえ、そろそろスローンの名を継いで次の世代につなぐときだ。おまえがいなくなったあとをまかせる世継ぎを産みなさい〟。そのとき、わたしが父の期待を裏切るとは思わないで」ヴァネッサは青銅も切れそうなほど青い眼でジョーを見上げた。「なぜって、ジョー、わたしは本当に跡継ぎを産むから」

ヴァネッサが先に部屋を出た。ジョーは十分ほどして出るつもりだった。窓辺に腰かけてラジオのニュースを聞いた。何もないのに窓の外の桟橋が軋んだ。わずかな風と、古くなったせいだろう。桟橋の木はシロアリ、海水、絶えず腐食をもたらす湿気で無残なありさまだった。たぶん次の強風で壊れ、次の台風で記憶から消し去られる。

桟橋の先端に少年が立っていた。

ほんの数秒前までは無人だった。それが無人でなくなった。

あの少年だ。十二月のパーティで木々のまえを走っていた少年。ジョーにはなぜか、また姿を現わすのがわかっていた。

少年は背を向けていた。帽子はかぶっていない。このまえジョーが気づいた逆毛はなでつけられていたが、曲げた指の関節のように小さく盛り上がっていた。少年の髪は白に近いブロンドだった。

ジョーは窓を上げて声をかけた。「おい」

温かく気だるい風が水面にさざ波を立てていたが、少年の髪は揺れていなかった。

「おい」ジョーはもう一度、少し大きな声で呼んだ。

少年は何も反応しなかった。

ジョーはうつむき、窓枠のひび割れを見つめて五つ数えた。また顔を上げると、少年は同じ場所に立っていて、ジョーから顔を背けるところだった。初めて見たときにも思ったように、一瞬のぞいた少年の横顔は不明瞭だった。目鼻立ちが、いまできつつあるかのように。

ジョーは部屋から出て建物の角を曲がり、桟橋へ向かった。少年はいなかった。たわんだ桟橋がまたいくらか軋んだ。ジョーは桟橋が逆巻く波に流されるさまを想像した。誰かが新しい桟橋を作るだろう。あるいは、作らないか。

この桟橋を作ったのは人間だ。杭を運び、寸法を測って切り、穴をあけて打ちこんだ。完成したときには、まず彼らが上にのってみただろう。誇らしく思っただろう。大いに、とはいかないまでも、ある程度は。何かの建設に着手して、完成させた。彼らがやりとげたからこれは存在する。もう彼らはこの世を去っているだろう。桟橋もあとを追う。いつの日か、このモーテルも解体される。時間は借り物だとジョーは思った。所有することはできない。

桟橋の四十ヤードほど先に、数本の木が生えた砂洲があった。引き潮のとき以外は水中に沈んでいる、小島のような場所だ。少年はそこに立っていた。少年とブロンドの髪と不明瞭な目鼻立ちがジョーと向き合い、閉じた眼でジョーを見つめていた。

丈の高い葦とまばらな木々に呑みこまれるまで。

これだけ手一杯だというのに、幽霊まで出てくるのか。ジョーは思った。

8 家系

ジョーがレイフォードに発つ計画は、サンダウナーから帰宅したときにトマスが水疱瘡《みずぼうそう》に罹っているのがわかって、たちどころに頓挫した。ミス・ナルシサはトマスに二階でおとなしくしていなさいと命じ、料理用の紐で鼻と口のまわりに濡れタオルをくくりつけて、家のなかを歩いていた。子供のころ水疱瘡にならなかったので、大人になったいま罹りたくない、と彼女はジョーに言った。

「嫌です」片手を宙に突き上げ、もう一方の手で、肌身離さず持ち歩いているキャンバス地のバッグにものを投げこみながら言った。「嫌、嫌、本当に嫌」

「もちろんだ」とジョーは応じたが、心中ひそかに、病気がうつっていればいいと思った。わが子をのけ者扱いした相手への条件反射だった。ついでに痕が残ればいい。

しかし、ミス・ナルシサが、三日分の食事を作って冷蔵庫に入れ、スーツは四着アイロンがけし、家の掃除もすんだと言うのを聞いて、彼女のありがたみを思い出した。

玄関先で、ジョーは必死な思いが声に出ないように努めながら言った。「次に会えるのはいつかな」

ミス・ナルシサは、フライパンよろしく平たい顔をジョーに向けて、見つめ返した。「トマスの病気が治ったときです」

ジョーは子供のころ水疱瘡をやっていたので、二階のトマスの部屋に行き、いっしょにすごした。「たしかに昨日、具合が悪そうだったな」

トマスはデュマの『二十年後』のページをめくった。

「どのくらいひどいの？」

「本から顔を上げてごらん」

トマスは本をおろし、蜂に刺されたあと強い陽射しを浴びたような顔で父親を見た。

「元気そうだ」ジョーは言った。「ほとんどわからない」

トマスはまた顔のまえに本を上げた。「は、は」

「まあな。本当はひどい顔だ」

トマスは本をおろして父親に片方の眉を上げてみせた。

「嘘じゃない」ジョーは言った。「本当にひどい」

トマスは顔をしかめた。「こんなとき、母さんがいればいいのにって思うよ」

ジョーは椅子から立ち上がり、ベッドに飛び乗って息子の横に寝そべった。「おお、可愛いトマスや、痛むかい？　あったためたミルクでも持ってこようか？」

トマスは父親を引っぱたき、ジョーはトマスが本を床に落とすほど激しくくすぐった。ベッドからおりて本を拾い、渡してやろうとしたところで、息子が奇妙なためらいの表情を浮かべているのに気づいた。

「どうした」ジョーは微笑んで言った。

「読んでくれる？」

「え？」

「まえによく読んでくれたみたいに。憶えてる？」

憶えていた。グリム童話、イソップ物語、ギリシャ神話やローマ神話、ジュール・ヴェルヌ、スティーヴンソン、H・ライダー・ハガード、もちろんデュマも。

ジョーは息子を見おろし、頭のうしろの逆毛をなでつけてやった。

「いいとも」

ジョーは靴を脱いでベッドに上がり、本を開いた。

トマスが眠ったあとで、ジョーは一階の奥にある事務室にいた。夜ひとりになって考えるのはおもに、金曜に訪ねてきたレイフォードの田舎者が言ったことだった。馬鹿げた話だとわかっている――おれを殺そうとする愚か者などどこにもいない――が、ジョーは念のためフランス窓のカーテンを引いた。ガラスの厚さと外の塀の高さを考えると、誰かが通りから家のなかをのぞき見ることは、不可能ではないにしろ、とてもありそうになかったが。

しかしたとえば、ライフルを持って塀をよじのぼれば、ガラス越しにジョーの頭の形を易々と見て取ることができる。

「まったく」デカンタからスコッチを注ぎながらつぶやいた。「考えるのはやめろ」デカンタに栓をするときに、バーの鏡に映った自分の姿を見すえた。「わかったな？　もう考えるな」

カーテンを開けろと自分に言ったが、開けなかった。

その代わり、机について最後のヴァネッサとの密会を思い起こしていると、電話が鳴った。

「くそ」机にのせていた足をおろして、受話器を取った。「ハロー」

「おれだ」

ディオンだった。

「ああ、よう。調子はどうだ」

「くそまずい状態だよ、ジョゼフ」

「説明してくれ、ディオニシウス」

「ははーん」ディオンはくすっと笑った。「おれに〝ジョー〟と呼ばれたいんだな」

「つねにだよ、旦那。つねにだ」ジョーはまた机の上に足をのせた。ジョーとディオンは十三歳のときからのつき合いだった。相手の命を救ったことは一度や二度ではない。たいていの夫婦よりうまく互いの気持ちや考えを読むことができる。

ディオンはよくて平凡なボスだとジョーにはわかっていた。最高の兵士は往々にしてそうなる。ディオンは並はずれて有能な兵士だった。癇癪《かんしゃく》持ちであることも知っていた。気性は昔から荒かったが、歳をとってさらにひどくなり、少しでも目端の利く者はおおむねディオンを怖れた。ジョー以外にはほとんど知られていないが、ディオンの気分の浮き沈みと暴力には、どうも毎月ボリビアから運ばれてくるコカインが影響しているようだった。それでもディオンは友人だった。いちばん古くからの友人だ。上等のスーツを着て、散髪に四ドルを払うまえのジョー、食べ物や酒の通人になるまえのジョーを知る、唯一の男だった。ディオンは、誰かの息子で弟だったころの、青くさく衝動的な未完成のジョーを知っている。そしてジョーは、もっと陽気で太っていて、はるかにいたずら好きだったディオンを知っている。ジョーはそのディオンが懐かしかったが、まだどこかにいるはずだとも思っていた。

「ブラウン・タウンで起きたことを聞いたか」ディオンが尋ねた。

「ああ」

「おまえの考えは？」

「フレディ・ディジャコモは、どうしようもないまぬけだ」

「おれがまだ知らないことを言うつもりは?」

「モントゥースは十四年間、われわれにとっていい稼ぎ手だった。おまえとおれがここに来てからずっとだ、ディー」

「たしかに」

「まっとうな世界なら、迷惑をかけたと謝らなけりゃならない。そして詫びの印にフレディのくそ頭を石で割って、海に放りこむ」

「そうだな」ディオンは言った。「まっとうな世界じゃな。だが、こっちもふたり殺られた。こいつは放っておけない。明日話し合おう」

「何時に?」

「四時でどうだ」

ジョーはレイフォードを往復するのにかかる時間を計算した。「五時でもいいか?」

「かまわない」


「じゃあ、五時に」

「わかった」ディオンが片時も離さない葉巻を吸う間ができた。「おれのダチはどうしてる?」

「水疱瘡だ」

「まじで?」

「まじで。それに、治るまでナルシサは面倒を見にきてくれない」

「おまえの家じゃ、誰が誰のために働いてるんだ」

「過去最高の家政婦なんだ」

「ちがいない。自分で勤務時間を決められるんだからら」

「そっちはどうだ」

ディオンはあくびをした。「いつもと同じ、くそだ」

「ほう。頭の王冠が重すぎるか」

「おまえには重すぎたんだよな」

「いや。チャーリー・ルチアーノがおれを追い出したのは、イタ公じゃなかったからだ」

「おまえの記憶ではそうなってるのか」

「実際にそうだった」

「ふむ。おれの記憶じゃ、誰かさんは血だの責任だのはもうたくさんだって泣き言を言ってたぞ。えーん、えーん」

ジョーは笑った。「おやすみ」

「おやすみ」

受話器を置くと、ジョーはカーテンを開けようかと考えた。夜はたいていフランス窓を開けて、ミントとブーゲンビリヤの香りを嗅ぎ、水遊び用のプールや、暗い庭、ツタとスパニッシュモスで覆われた漆喰の塀を眺めていた。

だが、あの塀の上で誰かがライフルを構えていたら……

だとしても、何が見えるというのだ。ジョーは背後の明かりを消していた。外をのぞくくらい問題ないだろう。

椅子をまわしてカーテンの隙間に指を入れた。細い隙間から、真新しい一セント硬貨の色の漆喰塀と、一本のオレンジの木を見た。

例の少年が木のまえに立っていた。白い水兵服とそれに合うニッカボッカという恰好だった。少年はジョーを見るつもりはなかったかのように首を傾げ、スキップして去っていった。歩いてではなく。スキップで。

ジョーは思わずカーテンを開けて、しんと静まった空っぽの庭を見つめた。

次の瞬間、ライフルから飛んでくる弾が脳裡に浮かび、椅子をうしろに引いて、カーテンを窓のまえに垂らした。

椅子を動かして窓から離れ、ふたつの書棚がぶつかる部屋の角で止まった。そこに坐っていると、少年が事務室のドアから出ていき、階段のほうへ向かうのが見えた。

立ち上がった拍子に椅子がくるりとまわった。ジョーは玄関ホールに行き、誰もいない階段をのぼった。トマスの部屋をのぞくと、トマスは眠っていた。ジョーはベッドの下を見た。クロゼットのなかも。膝をついて、もう一度ベッドの下をのぞきこんだ。何もない。

それからほかの寝室を見ていった。顎の下の血管が脈打っていた。背骨の横の筋肉の下をアリが這い上がるような感じがした。家のなかの空気は歯にしみるほど冷たかった。

そうして家全体を隈《くま》なく捜索した。終わると自分の寝室に入り、あの少年がいるだろうと思ったが、誰もいなかった。

ジョーは眠らず、夜更けまで長いこと坐っていた。少年が事務室から出ていくときに、それまでよりはっきりと顔が見えたのだが、明らかに家系の特徴が認められた。少年にはコグリン家の長い顎と小さい耳がついていた。もしあのとき少年が振り向いて、こちらをまっすぐ見た顔が父親のものだったとしても、驚かなかっただろう。

だとしても、なぜ父親が子供の姿で現われる？　あの父は幼少時代でも子供らしく見えなかったのではないだろうか。

ジョーは幽霊を見たことがなかったし、見るだろうとも思っていなかった。グラシエラが死んだあとは、幽霊でもなんでもいいから戻ってきてほしいと思った。祈りさえした。が、グラシエラはめったに夢にも出てこず、まれに現われたとしても、決まってくだらない夢だった。たいてい彼女が死んだ日、ハバナから乗った船の上での出来事だ。トマスはやんちゃ盛りの二歳になったばかり。グラシエラが船酔いになったので、ジョーは船じゅうトマスを追いかけていた。グラシエラは一度吐いたあと、残りの旅ではずっと浅い呼吸をくり返し、額に濡れタオルを当てていた。果てしなく広がる空がフロリダ海峡と接する線上に、タンパの街のスカイラインが見えてきたころ、ジョーがグラシエラに新しい濡れタオルを持っていくと、グラシエラは要らないと手を振った。「気が変わったわ。ふたつで充分」

そんな夢のほとんどで、ほかのタオルは甲板のあちこちに散らばっていた。手すりから垂れ下がっていたり、旗竿にくくられていたり。濡れていたり、乾いていたり。白や赤、ポケットに入るほど小さいものから、マットレスほど大きいものまであった。

ジョーの記憶にあるかぎり、実際にはほかにタオルはなく、グラシエラの額にのっているものだけだったはずだ。

そこから一時間のうちに、グラシエラは埠頭で血を流して倒れる。彼女を殺した男は石炭トラックに踏み潰された。ジョーは、グラシエラの横にどのくらいひざまずいていたのか思い出せなかった。トマスはジョーの腕のなかで身をよじらせ、何度か悲鳴をあげた。

やがて妻の眼から光が消えた。ジョーは彼女がその先の世界だか、虚無だかに続く扉の向こうに行くのを見た。人生の最後の三十秒間に、彼女のまぶたは九回震え、そのあと二度と動かなくなった。

警察が到着しても、ジョーは膝をついたままだった。救急車の運転手が妻の胸に聴診器を当て、主任刑事を見て首を振ったときにも。検死医が到着するころには、彼女の亡骸と、セッペ・カーボーンとエンリコ・ポッツェッタの死体から数フィートのところに立っていて、ポストン刑事と相棒の警官の質問に答えていた。

ついに彼女を動かすことになって、検死医が近づいてきた。黄色がかった青白い肌と、細い黒髪のみすぼらしい若者だった。

「医師のジェファーツです」彼は静かに言った。「奥様を運びたいのですが、ミスター・コグリン、息子さんには酷な光景ではないかと思います」

トマスはジョーの脚にしがみつき、刑事の尋問のあいだじゅう離れなかった。

ジョーは検死医のしわだらけのスーツを見た。シャツとネクタイに点々とスープの染みがついていて、最初はこんなにだらしない男に妻の検死をまかせていいものかと考えたが、改めて医師の眼を見ると、初対面の幼子と、嘆き悲しむその父親への思いやりがうかがえたので、ジョーはうなずいて感謝の意を表わした。

ジョーは脚から息子を引き離して胸に抱きかかえた。トマスは顎をジョーの肩にのせた。トマスはまだ泣いておらず、ただ〝ママ〟とくり返していた。息継ぎのないマントラのように。しばらく黙りこんだあと、また始めるのだ。「マーマ、マーマ、マーマ……」

ジェファーツ医師は言った。「敬意を持ってやらせていただきます、ミスター・コグリン。約束します」

まともに話せる自信がなかったので、ジョーは医師と握手し、息子を埠頭から遠ざけた。

その最悪中の最悪の日々から七年がたち、ジョーはグラシエラの夢をほとんど見なくなっていた。

前回見たのは四、五カ月前だった。その夢のなかでジョーは、彼女に濡れタオルではなくグレープフルーツを持っていった。グラシエラは骸骨かと思うほど痩せこけた顔でデッキチェアから彼を見上げ、同じことを言った。「気が変わったわ。ふたつで充分」

ジョーはデッキチェアのまわりを見たが、ほかにグレープフルーツは見当たらなかった。「ひとつもないけどな」

グラシエラはひどくうろたえ、侮蔑ともとれる表情を浮かべた。「冗談にしてはいけないこともあるの」

そして彼女の服に血が広がり、まぶたが震え、止まった。

その夢のあと、ジョーはスコッチのグラスを手にバルコニーに出て、煙草を半パック吸った。

この夜もスコッチと煙草は手元にあったが、屋内にいたし、煙草もあまり吸わなかった。ジョーはあの少年を待って、半身を起こしたまま眠った。

9　松林のなか

一九二九年に出所して以来、ジョーは二度と刑務所には戻らないと固く誓っていた。国内で一、二を争うほど環境が劣悪な、ボストンのチャールズタウン刑務所に三年間入ったのだ。夜八時の消灯で鉄格子がいっせいに閉まる音は、十四年たっても悪夢に出てきた。じっとりと冷や汗をかいたパニック状態で目覚め、部屋のなかをあちこち見まわして、自分の寝室だとわかって安堵する。夜の恐怖の原因をグラシエラにだけには打ち明けていた。当然だとグラシエラは言った。知り合ってから片時もじっとしていたことがないのだから、家のなかはもちろん、檻のなかに閉じこめられたジョーなどとても想像できない、と。

ジョーとトマスは、ジャクソンヴィルにほど近いクリスタル・スプリングスの滑走路まで、スアレス・シュガーの貨物輸送機で飛び、レイフォードまでの三十マイルを車で南下した。ジョーのために現地の手配をしたのは、バンスフォード・ファミリーのアル・バターズだった。酒の密造者で、逃走車の運転にかけては一級の腕前を持っている。バンスフォード・ファミリーは、デュバル郡とジョージア州北部の小さな地域を牛耳っていた。彼らがアルをよこしたのは、子供のころ水疱瘡をすませていたからだった。後部座席の暑さでトマスが眠りこむと、アルは、必要な人間にはみな金を与え、必要な手もすべて打ったとジョーに請け合った。そのことばどおり、レイフォードではカミングスという名の副所長がゲートの外で待っていて、刑務所の西側のフェンス沿いにジョーを案内した。五百ヤードほど歩くと中庭があり、その一画で、横倒しにしたオレンジの木箱の上に、テレサ・デル・フレスコがちんまりと腰かけていた。

「では、あとはおまかせします」カミングス副所長は言い、少し登り坂になった道を百ヤードほど引き返して立ち止まると、パイプに火をつけた。

　テレサは小柄だとジョーはいつも聞いていた。見たところ百ポンド（約四十五キロ）もなさそうだったが、木箱から立ち上がってフェンスに向かって歩いてくる姿は、タンパ市外の沼地で一度だけ見たヒョウを思い出させた。あのヒョウは力を内に蓄えて静かに動いていた。テレサも同じように動いた。まわりじゅうの人間に、挑めるなら挑んでこいと言わんばかりに。ジョーが腕時計に眼をやるほどの間に、ふたりのあいだにあるフェンスを軽々と跳び越えてきそうだった。

「来たんだね」テレサは言った。

　ジョーはうなずいた。「あの伝言にはそれなりの説得力があった」

「彼はなんと言った？」

「あんたの……友人か？」

「そう呼びたければ」

「トイレのしつけはすんだのか？」

「あのさ、ミスター・コグリン。そういう品のない物言いは似合わないよ」

ジョーは煙草に火をつけ、舌についた煙草の葉をつまみ取った。「誰かがあんたの殺しを請け負ったと言ってた」

「本当にそう言ったの、請け負ったと？」

「いや」ジョーは言った。「彼は田舎者だ。どんなことばを使ったかは憶えていない。だが要するに、あんたが死ねば、おれを殺そうとしているらしい人間を教えられなくなる」

「〝らしい〟じゃないよ」

「テレサ」ジョーは言った。「テレサと呼んでもいいかな」

「ええ。そっちはどう呼べばいい？」

「ジョーでいい。テレサ、いったい誰がおれを殺したがる？」

「あたしも不思議だった。あんたは特別に目をかけら《フェア・ヘアード》れてる《・ボーイ》からね」

「最近は白髪混じり《グレー・ヘアード》だが」

テレサは微笑んだ。

「なんだ？」

「なんでもない」

「いや、なんだ？」

「あんたは見栄っ張りって聞いてたから」

「三十代で白髪と言うのが見栄っ張り？」

「その言い方がだよ。ちがうよってあたしに言われたいんだろ。それほど目立たない、その水色の眼はまだ女の子をどきどきさせるって」

ジョーは笑った。「あんたは口達者だという話だった。どうやらお互い正しい情報を得ているようだ」

テレサが自分の煙草に火をつけ、ふたりは歩きはじめた。フェンスを挟んで、それぞれの側を。カミングス副所長もたっぷり百ヤードの距離を保ちつつ、ふたりを追って歩きはじめた。

「では、誰があんたを殺そうとしているか、そこから始めようじゃないか」ジョーが言った。

テレサはうなずいた。「あたしの想像じゃ、あたしのボスだね」

「ルーシャスがあんたに死んでもらいたい理由は？」

「三カ月前にキーウェストでドイツの船を略奪した」

「何をだって？」

彼女は二、三度うなずいた。「その船はイギリス国旗を掲げてセントトマス島から出航した。北アフリカに駐在する米軍に物資を供給するという名目でね。給油のためにキーウェストに寄港したけど、本当は数カ月前にドイツからこっそり運び出したダイヤモンドを積んでいて、アルゼンチン経由でセントトマス島に到着していた。そのあとキーウェストで積み荷をおろして、ニューヨークにいるドイツの工作員に渡す予定だった。その後の工作活動の資金にするために。でも、積み荷をおろしてるところをあたしたちが襲った。八人殺したよ。全員ドイツ人。お礼を言われてもいいくらいだ。戦争に貢献したんだから」

「ありがとう」ジョーは言った。「すばらしい戦功だ」

テレサは膝を少し曲げてお辞儀した。

「資金を工面したのはルーシャスか」

テレサはうなずいた。

「どのくらいの稼ぎになった？」

「ぞっとするくらいの額」

「言ってみてくれ」

「二百万」

驚きだった。ジョーはそこまで大きな強盗を、生まれて一度も聞いたことがなかった。かなり高額の強奪はいくつか耳にしたことがあるし、みずからかかわったこともあるが、二百万ドル？　鉄道会社や石油会社の一年分の利益に匹敵する。バルトロ・ファミリー全体の昨年の実績を見ても、売上総額で百五十万ドルしかなく、それでも金の海を泳ぐような状態なのだ。

ジョーはテレサに訊いた。「あんたの取り分は？」

「五パーセント」

それだけあれば、いままでより桁ちがいに快適な暮らしができる。

「で、あんたはルーシャスが払わないことを心配してるんだな」

「払うわけないさ。すでにここでふたり、あたしを殺しにきた。こっちは先週判決を言われたばかりだよ。わからないのは、あの検事が――アーチー・ボールだけど、知ってる？」

ジョーはうなずいた。

「どうしてあの検事があんなに寛大だったかだ。いい、あたしはトニーの頭を叩き割った。台所の反対側の戸棚に肉片が飛んで張りつくほどの勢いで。なのに、彼らは非故意殺の申し立てをさせた。だから、アーチー・ボールはあたしとファックしたいんだと思った。ここに護送されるまえの夜に拘置所を訪ねてくるって。でも来なかった。そこであたしは、取引を持ちかけられたときに訊くべきだったことを考えはじめた」

「なぜそのとき訊かなかった？」

「誰がもらいものにケチをつける？　こっちは前科持ちのイタリア人で、それに、そう、木槌で夫を殴り殺した。電気椅子送りになってもおかしくないのに、代わりに五年の刑を言い渡された。出所するとき息子は八歳だ。それでもまだ幼いから、充分いっしょにやり直せる」自分を納得させるようにうなずいた。「でも、もし訊いてまわったら、答えがわかったんだろうね。あんたはもう知ってるだろうけど」テレサはフェンス越しにジョーを見つめた。

ジョーはうなずき、静かに告げた。「あのアーチー

・ボールという男は、昔からキング・ルーシャスの言いなりだ」
「そう」

「ということは、最初からあんたをここに入れるのが目的だった」

テレサはまたうなずき、煙を苦々しく吐き出した。

「あたしがトニーを殺してすぐに、キング・ルーシャスは、十万ドルを払わずにすむ方法を見つけた。ことによると、やがて誰かがあたしに州当局に協力する司法取引を持ちかけると思ってるかもしれない。いずれにせよ、ルーシャスにとって、あたしが息をしてるとまずいわけ。息をするのをやめたら？　空は晴れ渡り、絶好の船出日和さ」

「ルーシャスと交渉してほしいということか」

テレサは爪のまわりの皮膚を噛んだ。「まあ、そういうこと」

「それで、命の対価は？」


テレサは大きく息を吸って吐き出した。

「九十パーセント。息子のために開いた銀行口座に一万ドル入れて、あたしは生かしておく。そうしてもらえるなら、こっちにとっては九万ドルの価値がある」

ジョーは少し考えた。「それは大金だし、賢明な額でもある。だが、考えなきゃならないのは、たとえルーシャスが受け入れたとしても、その後数ヵ月で考えを変えるかもしれないということだ。〝あの女は出所するとき腹を立てているだろう。いまは納得していても、やがてこの取引に怒り狂う。いまはちがう、だが、いつかは。そのときまたあの女が邪魔になる〟とね」

テレサはうなずいていた。「それはあたしも考えた」

「だから？」

「ルーシャスと取引をするときに、立会人を連れていって。そうすれば、仲間内で周知の事実になる。みんなが知ることになる」

「ただ一方で、十万ドルのためにルーシャスがあんたを殺そうとしたこともみんなに知られる」

「誰がそうしない？　十万ドル渡さなきゃならない雇い手が刑務所に入ったら、あたしだって殺し屋を差し向ける。それが賢いビジネスというもんでしょ」

　ジョーはあきれた。ルーシャスの下にいる連中のくそ現実主義ときたら。

　テレサは言った。「でも、こっちが多額の金で人生を買い戻したのに、ルーシャスが結局あたしを殺したという噂が流れたら？　ジョー、こういう集団にも倫理はあるのよ」

「ほう？」ジョーはそのことを考えた。「たしかに、わからないでもない。ではもしかりに、おれといっしょにルーシャスのボートに乗りこむ度胸のあるやつを見つけて、いまの話を提案し、ルーシャスが応じたとする。それでおれにどんな得がある？」

「親切心で人の命は救わない？」

「誰の命かによるな。あんたはこれまで大勢の人間を墓場に送った。おれの知人ふたりを含めて。あんたの死が自分で思うほど悲劇かどうかは自信がない」

「あたしの息子は？」

「彼の父親を殺さなかった誰かが育てるさ」

「なら、どうして会いにきたの？」

「好奇心だ。なぜあんたがおれに頼むのか、どう考えて《フォー・ザ・ライフ・オヴ・ミー》もわからなかったんでね」

「そう、まさにそれ――あんたの命のため《フォー・ザ・ライフ・オヴ・ユー》さ」テレサは尊大な笑みをのぞかせた。「あんたの息子のためでもある、ジョー。あたしの息子と同じように、彼が孤児院で育たなくてすむように」

　ジョーも同じ笑みで応じた。「おれの命が危険だと信じこませたいわけだ。おれは金は稼ぐが、波風は立てない。おれが死んだら、業界の利益は壊滅的に減る。タンパでも、ハバナでも、ボストンでも、ポートランドでも。なのに誰がおれの死を望む？」

「タンパでも、ハバナでも、ボストンでも、ポートランドでも、業界の利益を壊滅的に減らしたい人よ」

そこはテレサに理があった。「すると、危険は外から来るのか？　この稼業ではあまりないことだ」

「どこからかは知らない、本当に。内か、外か、ドイツの最高司令部か、まったくわからない。わかってるのは名前と日にちだけ」

ジョーは笑った。「おれはいつ殺されることになってるんだ。誰かがくそ日取りを決めたって？」

テレサはうなずいた。「灰の水曜日《アッシュ・ウェンズデー》」

「つまり、おれを殺したいやつらは信心深いのか。それともたんに、ニューオーリンズ出身なのか（ニューオーリンズでは、灰の水曜日の前日までマルディグラの盛大な祭りが開かれる）？」

「墓場に行くまで冗談を言ってればいい、ジョゼフ。どうぞご自由に」

ふたりはまたフェンスの角を曲がった。すぐ左手に駐車場があり、車のなかにいるアルとトマスが見えた。アルは眼の上に帽子をのせ、トマスは父親を見つめていた。ジョーが小さく手を振ると、トマスも振り返した。

「あまり知らないんだな」ジョーは言った。「その殺害計画とやらについては」

「誰がやるか知ってるし、そもそも誰が下請けに出したのかも確信してる」

トマスは読書に戻った。

ジョーは言った。「まあ、あんたが耳にしたのなら、ルーシャスが依頼元だろう。簡単に推測がつく。なのにあんたはおれをライオンの檻――いや、檻なんかじゃ生易しい――ライオンの口のなかに送りこんで、自分の自由を買い戻そうとするのか」

「ルーシャスはもう殺しはやらない」

「やつのボートに乗って帰ってこなかった最後のふたりに言ってやれよ」

「それなら、手を出せない人間を連れていけばいい。

誰も手を出せないような」

ジョーは苦笑を返した。「二日前なら、それはおれだと言っただろうな」

「一九四〇年にギル・ヴァレンタインも同じことを言っただろうね」

「ギルを殺したのは誰だ？」

「わからない。わかる人も知らない。彼の名前を出したのは、この世界では誰も安全じゃないってことをわからせたい、というより、思い出してもらいたかったから」テレサはタバコの吸いさしを芝生のなかに弾いて、フェンス越しに微笑んだ。「あんたでさえ危ない」

「誰が殺しを引き受けたか教えてくれるのか」

うなずいた。「あたしの銀行口座に十パーセントが振りこまれたらすぐに」

「おれの殺しを引き受けようなんてやつは多くない。おれが自力でそいつを突き止めたら？」

「それがまちがいだったら？」

テレサのうしろ、中庭の反対側にあるフェンスの向こうの明るい緑の丘から、あの少年が彼らを見つめていた。

「テレサ」

「何、ジョゼフ」

「ひとつ頼みがあるんだが。うしろを向いて、十二時の方角に何が見えるか教えてくれないか」

テレサはなんだろうと眉を吊り上げたが、くるりとまわって反対側のフェンス越しに丘をまっすぐ見た。

この日の少年は、ダークブルーのサスペンダーつきの半ズボンに、大きな襟の白いシャツ姿だった。テレサがその方向を見たときにも、少年は消えなかった。代わりに芝生に腰をおろして、膝を抱えた。

「フェンスが見える」テレサが言った。

「その先だ」

テレサは指差した。「あっち？」

ジョーはうなずいた。「まっすぐ先だ。あの小さな丘の上に何か見えるか」

テレサは小さな笑みを浮かべてジョーに眼を戻した。

「もちろん」

「何が見える？」

「そんなに眼が悪いの？」

「何が見える？」ジョーはくり返した。

「子鹿」テレサは言った。「可愛い。ほら、いなくなる」

少年は丘を登って向こう側に消えた。

「子鹿か」

テレサはうなずいた。「鹿の子供。バンビみたいな。わかるよね？」

「バンビみたいな」

「そう」テレサは肩をすくめた。「口座番号を書き留めるペンはある？」


トマスはパッカードの後部座席に坐り、顔や腕を掻かないようにしていた。あまりにこらえすぎて、また眠くなってきた。

オレンジ色の囚人服を着た小柄でほっそりした女性と、父親が話しているのを眺めながら、そのときが初めてではないが、父親の仕事はいったい何なのだろうと思った。実業家だということ、エステバンおじさんといっしょに砂糖会社とラム酒の会社を経営していることは知っていた。エステバンおじさんは、ディオンおじさんと同じように、血はつながっていない。彼らの暮らしでは、あることだと思ったものが別の何かだということがよくあった。

父親が向きを変えて、フェンス沿いに来た道を戻っていくのが見えた。女性は金網の反対側を並んで歩いている。髪の色がとても濃いので、トマスはまた母親を思い出した。母親についてトマスがはっきりと憶えているのは、それだけだった。母の首に顔を押しつけると、ショールを巻いたように豊かな黒髪に包まれる。石鹸のにおいがする母は、よく歌を口ずさんでいた。トマスはそのメロディーも決して忘れなかった。五歳のときに父のまえでその曲を口ずさんだら、父は衝撃を受け、眼に涙を浮かべた。

「この歌知ってる、父さん？」

「知ってる」

「キューバの歌？」

父は首を振った。「アメリカの歌だ。母さんがすごく好きだった。とても悲しい歌だけどな」

歌詞はほんの数行で、六歳になるまえに憶えたが、意味はいまだによくわからなかった。

黒い娘、黒い娘、嘘をつかずに
昨日の夜どこで眠ったか話しなさい
松林のなか、松林のなか
お日さまがちっとも輝かないその場所で
ひと晩じゅう震えてた

このほかに、娘の夫かどうかわからない男が列車に轢《ひ》かれて死んだという歌詞もある。歌の題名は『松林《イン・ザ》のなか《・パインズ》』か『黒い娘《ブラック・ガール》』だが、『昨日の夜どこで眠《ホエア・ディド・ユー・スリープ・ラス》った《ト・ナイト》』と呼ぶ人もいると父が教えてくれた。

怖い歌だとトマスはつねづね思っていた。〝嘘をつかずに〟というところが脅しているようだ。彼がこの歌に惹かれたのは、聞いて愉しい気分になるからではなく、まったくいい気分にならないからだった。この歌を蓄音機《ヴィクトローラ》にかけるたびに胸が張り裂けそうになったが、その悲しみのなかで母に触れる気がした。母は松林のなかの少女になって、ひとりでひと晩じゅう震えているとトマスは思っていた。

しかし別の日には、母は松林になどいないし、ひと晩じゅう震えてもいないと思った。夜も寒さも超越した世界にいるのだ。足元の煉瓦の道に太陽がじりじりと照りつける、とても暖かい場所にいる。市《いち》が立つ日の広場をのんびり歩きながら、トマスとジョーがやってくる日に備えて、買うものを選んでいる。

母はトマスに赤いシルクのスカーフを手渡して言った。「これを持ってて、坊や」そして『イン・ザ・パインズ』を口ずさみながら、別のスカーフを選んだ。今度は水色を。母が手にしたスカーフをはためかせて振り向き、トマスに渡そうとしたところで、車のドアが開き、はっと目を覚ますと父が後部座席に乗りこんできた。

車は刑務所を離れて幹線道路に入った。太陽が低い位置から彼らを赤々と熱く照らした。父は車の窓を開けて帽子を脱ぎ、風に髪をなぶらせた。

「母さんのことを考えてたな？」

「どうしてわかるの？」

「顔つきでわかる」

「どういう顔？」

「内向きの顔だ」父親は言った。

「母さんはいま幸せだと思う」

「そうか。このまえは暗闇のなかでひとりぼっちだと言ってたが」

「変わるんだ」

「なるほど」

「母さんは幸せだと思う？　どこにいるにしても」

父親は座席で体をまわしてトマスと向かい合った。

「じつはそう思ってる」

「でも、きっと寂しいよ」

「そうかな。ここと同じように時間が流れるとしたら、それは寂しいだろう。いっしょにいるのは母さんの父さんだけで、母さんは彼があまり好きじゃなかったから」トマスの膝をぽんと叩いた。「だが、向こうの世界に時間のようなものがないとしたら？」

「意味がわからない」

「分も、時間も、時計もない。夜が朝に変わったりもしない。父さんは、母さんはひとりじゃないと思いたい。待つ必要はないんだ。おまえも父さんも、もうそこにいるんだから」

やさしくそう話す顔を見つめながら、トマスはそれまでにも何度かあったように、父親があまりにも多くの信念を持っていることに驚いた。すべての信念を説明することはできず、それらに共通点があるわけでもないけれど、ジョー・コグリンが一度何かを決断したら、あとで思い直すことはぜったいになかった。そういう確信は害になることもあるのではないか。トマスはそんな心配をするくらいの年齢に差しかかっていたが、たとえわずかな時間でも父親のそばにいると、ほかのどこでも感じたことのない安心感を覚えた。皮肉屋で、魅力的で、ときに怒りっぽい父親は、揺るぎない自信でまわりに影響を与える男だった。

「じゃあ、ぼくたちはもう母さんといっしょにいるんだね？」トマスは言った。

父親は体を寄せてトマスの頭のてっぺんにキスをした。「そうだ」

トマスは笑みを浮かべた。まだ眠かった。何度かまばたきをすると、眼のまえの父親の姿がぼやけ、頭にされたキスはとても小さな鳥の足みたいだったと思いながら、彼はまた眠りはじめた。

誰かがおまえを殺そうとしている。

その考えがなかなか頭から離れなかった。ジョーのなかの合理的な部分は、まったくのナンセンスだと断じていた。バルトロ・ファミリーにかけがえのない財産があるとしたら、それはジョーだ。バルトロ・ファミリーだけでなく、ランスキーの事業でも、ひいてはルチアーノにとっても不可欠な存在だ。ジョーはニューオーリンズのマルセロ、クリーヴランドのモー・ディーツ、ニューヨークのフランク・コステロ、マイアミのリトル・オージーとも親密だった。

おれじゃない。

もちろん、過去にジョーを殺そうとした人間はいたが、そのときには意味があった。ジョーが分を越えて大きくなりすぎたと判断した師。そのまえには、生白い顔の北部人《ヤンキー》が自分たちの縄張りにやってきて荒稼ぎするのが気に入らなかった、クー・クラックス・クランのメンバー。さらにまえには、ガールフレンドがジョーと恋に落ちてしまったギャング。

そうした憎悪は理解できた。

なぜおれが？

最後に重要人物を怒らせたのがいつだったか、思い出せなかった。ディオンは人を怒らせる。敵も作るし、そのあとたいてい、安眠できるように相手を殺してしまう。ジョーからタンパの事業を引き継いだ一九三五年以来、ディオンは大量の血を流してきた。ジョーが顧問役《コンシリエーレ》についていなければもっと多くの血が流れただろうが、それでもかなりの量だ。ことによると殺し屋はディオンを狙っていて、その過程で顧問役も始末しなければならないと考えたのか。いや、ちがう。ディオンのようなボスを殺すには、かならず承認が必要だ。承認を協議する連中はみなジョーと親しい間柄だし、ジョーのおかげで儲けた面々は、将来もそうしたいと望んでいる。

それにテレサは、ルーシャスの弁護士がジョーの名前をあげたと明言した。ターゲットのひとりではなく、ターゲットそのものとして。

一方、テレサは殺人者で詐欺師だから、たとえ相手がジョーでもだまそうとする可能性は充分ある。ジョーは、その気になればキング・ルーシャスに接触して考えを変えさせることができる、ほんのひと握りの人間だ。テレサからすれば、あいまいだが頭の隅で時を刻まずにはいられない程度に具体的な殺しの計画を、ジョーのまえでちらつかせるのは、じつに巧妙なやり方だった。灰の水曜日《アッシュ・ウェンズデー》は八日後だった。誰かがおれの死を願う理由などどこにもない、たとえあったとしても、この世界に大勢いる友人のうちのひとりが計画を聞きつけ、いまごろ知らせてくれているはずだ、と自分を納得させた。悪徳弁護士と殺し屋のあいだで交わされた刑務所内のゴシップを唯一の例外として、そんな噂は手元の煙草から流れ出る煙と同じくらい実体がない。ターゲットが自分でなければ、つまらない策略だと笑い飛ばしているところだった。命を救ってくれそうな男から好意を引き出そうとする女の悪あがきだ、と。

しかしその噂は、どれほどあいまいで非現実的で根拠がなくても、ジョー自身に関するものだった。

ジョーは後部座席の隣にいる息子を見た。眠気を振り払おうと——無駄な努力のようだが——まばたきをしていた。トマスは問いかけるような笑みを浮かべて眼を細めた。ジョーは、なんでもない、気にするな、と首を振った。トマスが眼を閉じ、頭を垂れると、ジョーは開いている窓に頭のうしろを向けて煙草を吸った。

アル・バターズが運転席から、車を停めて小用を足したいと言った。

ジョーは了解し、ワニやヘビに気をつけろと言った。

「誰もこんな古くて固い肉に興味はないよ」アルが道端に停車すると、助手席側のタイヤが柔らかな草地に沈んだ。

アルは車をおりて数フィート歩いてからズボンのファスナーをおろした。ジョーとしては、ファスナーをおろしていると考えるしかなかった。背を向けているので、アルの手が何に触れているのかわからない。銃かもしれない。

大海原のような緑の茅《かや》と、オークの低木と、ひどく細い松の木々のあいだを、まぶしいほど白い道路がまっすぐに通っていた。空も道路と同じくらい白かった。

バンスフォード・ファミリーが仕事を引き受けたの

かもしれない。だとしたら、アル・バターズは拳銃を手に振り返り、まずジョーを撃ち、次に息子の額を撃ち抜く。あとは逃走用の車が迎えにくるのを待つだけでいい。その車は次の曲がり角の向こうでエンジンをかけて待っているのかもしれない。

アル・バターズが草原から振り返り、ファスナーを閉めながら車に戻ってきた。

アルが車に乗りこみ、路肩から離れるのを待ってから、ジョーは帽子を目深にかぶって眼を閉じた。木々の影が顔に落ち、まぶたを叩いていくのを感じた。

やがて彼の顔を叩くのはグラシエラになった。初めはやさしく、次第に強く。トマスが生まれた日にジョーを起こしたやり方だった。エステバンと出張した南米の北端から帰ってきたばかりで、よく眠れない日が続いていたときだ。ジョーは眼を開け、妻の顔を見て、真実を知った――彼らがまもなく親になることを。

「ついに？」

「ついによ」グラシエラはシーツを引き下げた。「最初の子が生まれるときが来た」

ジョーは服を着たまま寝ていた。体を起こして顔をこすり、妻の腹部に手を置いた。

陣痛が来て、グラシエラが顔をしかめた。「来て、早く」

ジョーはベッドからおり、妻について階段に向かった。「最初の子だって？」

グラシエラは振り返り、また顔をしかめた。「当たりまえでしょ、愛しい人《ミ・アモール》」左手で階段の手すりをつかんだ。

「へえ」ジョーは妻の右手を取った。「おれたちの子供は何人できる？」

「最低でも三人」

眼を開けたジョーは、顔に暑さを感じた。

グラシエラが人生最後の日に話していたのは、タオルのことではなかった。グレープフルーツでもなかった。

子供について話していたのだ。

10 評決

バルトロ・ファミリー帝国の本部は、〈アメリカ煙草製造機サービス〉社の最上階にあった。タンパ港の六番埠頭の突端にある焦げ茶色の建物で、ベージュの鉛枠の窓は埃で灰色になっていた。ジョーが到着したときには、すでにリコ・ディジャコモが待合室にいた。

待合室は奥の事務室に見劣りしないくらい立派だった。床板は幅の広い蜂蜜色の松材で、革張りの肘かけ椅子とカウチは戦前にビルマから輸入したものだ。煉瓦の壁には、ディオン・バルトロが生まれたシチリア島の小さな町、マンガナーロの大判フルカラーの写真が飾られている。ファミリーのボスの座を引き継いだ二年後に、ディオンが大枚はたいてライフ誌のカメラマンをマンガナーロに送り、撮影させた。琥珀色の偏光板で撮った写真は、革張りの椅子や蜂蜜色の床と同じく、豊かで温かみのある仕上がりだった。ある写真では、ひとりの男がロバを連れて重たげな足どりで丘を登っている。パンケーキのような太陽が右の野原に沈むところだ。別の写真では、肉屋の店先で三人の老婆が何かを笑っていた。幅の狭い教会の柱廊が、その陰で眠る犬を小さく見せている。子供の乗った自転車がオリーブの並木道を走っている。

　郷愁に心を乱されたことのないジョーには、それらの写真が、ほとんど憶えていない世界を取り戻したいというディオンの願望の表われに思えた――充分においを嗅ぎ、味わうまえにすぎ去った世界を。ディオンは四歳でイタリアを離れた。だから憶えていたとしても、せいぜい写真に写った世界の微香ぐらいなのだが、それをディオンが忘れることは生涯なかった。そのにおいは、彼が知るはずだった故郷になり、彼がなりかけていた少年になった。

　ジョーはリコと握手し、そばのカウチに腰をおろした。リコが写真のひとつを指差した。「この爺さんとロバは、まだ毎日丘を登ってるのかな」

「最近はどうだろう。戦争もあるし」

　リコは写真をしげしげと眺めた。「きっと登ってる、いまでも。おれの親父と同じで、その日の仕事を一生懸命するのさ。たとえ――いや、とりわけ頭の上から爆弾が落ちてくるときには。この爺さんとロバはな、ジョー、いまごろ爆死してるかもしれない。けど、自分の人生を捧げた仕事をしに出かけたんだ」

「仕事とは？」

「見たところ、毎日このくそロバを丘の上まで散歩させることだ」

　ジョーは噴き出した。リコとつき合うのがいかに愉しいか忘れていた。自分のボディガードより将来性のある道にリコを進ませたとき、おそらくいちばんつらかったのは、いっしょにすごせなくなることだった。ふたりはディオンの事務室に続くオークのドアを見た。「誰かなかにいるのか」

リコはうなずいた。「兄貴がいる」

ジョーはゆっくりと息を吐いた。「結局どうだった？」

リコは肩をすくめ、帽子を片方の膝からもう一方へ移した。「フレディの部下ふたりが十番通りでモントゥースと衝突して――」

「そのふたりは白人か」

「ああ。カーミットと――」

「いまはカーミットなんて名前のやつを使ってるのか」

リコは肩をすくめた。「うちのイタリア人の半分は国外だ。わかってるだろ」

ジョーは眼を閉じ、鼻のつけ根をもんでため息をついた。「つまり、えー、カーミットとその友人は、夜の十時にブラウン・タウンをうろつく唯一の白人だった？」

リコは小さな笑みを浮かべ、また肩をすくめた。「ともかく、やつらは路上でドンパチやりはじめた。で、大男のニガーが銃を抜いて、バン、バン、バン。あっという間にワイアット・ペティグルーのカボチャ頭に一発撃ちこんだ」

「ペティグルー？　三番街のモンゴル人の雑貨店の近くに住んでる、あのガキ？」

「もう子供じゃないよ、ジョー。いや、くそ、もうなんでもなくなっちまったけど、そう、たしか二十一だったかな。父親になったばかりだった」

「それは」ジョーは三番街と六番通りの角でペティグルーに靴を磨いてもらったことを憶えていた。靴磨きはさほどうまくなかったが、話がおもしろい少年で、朝刊の主要な記事をすらすらと語った。

「というわけで、ペティグルーはいまブレイクの葬儀屋だ」リコは言った。「胸に二発、顔に一発。娘は生後三日。くそ悲劇だよ、おれに言わせれば」

ふたりは同時にドアの上の時計を見た。約束の時間を十分すぎていた。ディオン・バルトロ体制のもうひとつの特徴――打ち合わせはぜったい時間どおりに始まらない。

ジョーは言った。「モントゥースはうちの部下をふたり殺した。そのあと彼は？」

「まだ人類の一員だ。けど、あとどのくらい続くかはわからない。フレディ同様、かなりやばいな」

「おまえもかかわってるのか？」ジョーは訊いた。

リコは身じろぎして大げさにため息をついた。「おれにどうしろと？　問題児を抱えた親と同じさ――勘当する？　フレディは大馬鹿だ。みんな知ってる。モントゥースの縄張りに踏みこんで、ここを奪ってやると宣言した。モントゥースはああいう男だから〝誰だ、おまえ？〟てなもんだろう。つまるところ、おれのせいだ」

「なぜ？」

「こうなるまで放っておいたからさ。何カ月もまえ、湯が沸くまえにおれが介入してれば、ぐつぐつ煮立つのは防げたかもしれない。でもそうしなかった。結果、モントゥースはフレディの部下を、つまりおれたちの部下をふたり殺した。やつを見逃してやるべきなのか」

ジョーはうなずき、首を振り、またうなずいた。

「どうだろう、わからない。しかけたのはフレディだからな。モントゥースはほかにどうすればよかった？」

リコは両手を広げて、理解と悲しみを同時に表現した。「白人をふたり殺さなきゃよかった」

ジョーはこの一件の不毛さにまた首を振った。

リコがジョーのスーツを見て言った。「遠出でもしてきた？」

ジョーはうなずいた。「わかるか？」

「スーツにしわが寄ってるところなんか見たことなかったけど。着たまま寝たみたいだ」

「それはどうも。髪はどうだ？」

「髪は大丈夫。ネクタイはもうちょっとまっすぐにしたほうがいいかな。どこに出かけてた？」

ジョーはネクタイを直しながら、レイフォードまで行ったこと、命が危ないとテレサが主張していることをリコに話した。

「殺し屋？　あんたに？」リコは大笑いした。「ジョー、くそ馬鹿げてる」

「おれもそう言った」

「しかも判断材料は、自分の妄想に呑みこまれた性悪女のことばだけ？」

「ああ。もっとも本人に関しては、その妄想にもかなり根拠があるんだが」

「たしかに。キング・ルーシャスの下で働くのは、悪魔《ベルゼブブ》の下で働くようなもんだ。それがあいつらの関係の土台だから」リコはすべすべで尖った顎をなでた。「でも、頭から離れないんだろう？　誰かがあんたを銃で狙ってるって考えが」

「理屈が通らないが、そうだな」

「誰かに狙われてるかもしれないときに、理屈がどうこう言ってられるかよ」リコはジョーを見て、眼を大きくした。「だが、ナンセンスだ、ジョー。よくわかってるだろうけど」

ジョーはうなずいた。

「まったくもって」リコは言った。「あんたが握ってる判事のリストだけで、タンパの娼館全部合わせたより価値があるってのに」と笑った。「あんたは金のガチョウだぜ」

ジョーは言った。「ならどうして自分は安全だと思えないんだろう」

「誰が吹きこんだにしろ、あんたの頭から離れなくなったのなら、それが目的だったんじゃないか？」

「なるほど。だが、なんのために？」

リコはいったん口を開けて、また閉じた。

部屋の中空を見つめ、ばつが悪そうな笑みを浮かべた。いっとき
「知るかよ」と首を振り、「ただのでたらめかも」

「だがおまえも、誰かが襲ってくると思いながら、枕に頭をのせて眠ろうとしたことがあるだろう？」

「クラウディオ・フレチェッティが、おれとやつのかみさんがファックしてると思いこんだの憶えてるかい？」

「実際ファックしてた」

「だが証拠はつかめなかった。ところがやつは、証拠をつかんでおれを殺すと息巻いてた。そのころおれはまだ賭博をまかされてない雑魚《ざこ》で、あっちは大金を稼ぐやり手だ。まったく、あのときは一カ月半ものあいだ、ふた晩続けて同じ場所で寝なかったよ。なのに、ダウンタウンで〈レクソール〉から出てくるクラウディオと鉢合わせしちまった。そしたら、眼の下に隈《くま》を作って肩をびくびくさせてたのはあっちだった。誰かに殺し屋を差し向けられたと聞いたんだな。おれなんかかまってる場合じゃなかった。つまりおれは、こそこそ隠れて一カ月半を無駄に費やし、やつはその間、自分の名前が書かれた弾が飛んでくるのを心配してたわけ」

「それは約一週間後に飛んできた。だろう？」

リコはうなずいた。「店の金を盗んでたんだっけ？」

ジョーは首を振った。「密告だ」

「クラウディオが？」

ジョーはうなずいた。「四十一番通りの在庫をまるごと失ったのはそういうわけだ。五万ドル分の商品が麻薬局のビルの裏で焼かれたからには、密告者を見つけ出して責任を取らせるしかない」

ふたりはもうしばらく時計を眺めていた。リコが口

を開いた。「二、三週間、休暇を取ったらどうだ？　キューバに行くとか。カウチで寝なくてすむ」

ジョーはリコを見た。「それが相手の策略だとしたら？　殺し屋が向こうで待ってる。そいつの腕のなかにまっすぐ飛びこむようなものだ」

「だとしたら、うまい策略だ」リコは同意した。「けど、おれたちの知り合いにそんなに頭の切れるやつがいるか？」

「キング・ルーシャスの名前がいつも浮かび上がる」

「なら、会って話そう」

「明日行くつもりだ。予定はあるか？」

リコはにんまりと笑った。「昔みたいに？」

「昔みたいに」

「ぞくぞくする」

「そうか？」

「ああ、ものすごく」

ディオンの事務室の分厚いオークのドアが開き、ふたりはマイク・オーブリーに案内されて、なかに入った。ジェフ・ザ・フィンがドアのすぐそばに待機していた。スーツの上着を脱いでいるので、ショルダー・ホルスターと拳銃が見えた。この日、マイクもジェフ・ザ・フィンも訪問者に対して無表情だったが、ディオンとジョーが一九三〇年代に経験したあのひどい状況でも彼らが平然としていられるか、ジョーには疑問だった。

ジョーとリコが飲み物をついでいると、第五分署のデイル・バイナー警部が現われて、自分の飲み物を作った。バイナーは部長刑事のころからファミリーに取りこまれていた。いずれ署長になる。バイナーがことさら堕落しているわけではなかった。警官を全面的に信用できないのはどこも同じだ。バイナーはたんに平和を望んでいるだけで、そのためにはいかなる手段もとるということだ。そのうえ人間関係ではうまく立ちまわり、金にだらしがない。完璧な組み合わせだった。

ジョーはディオンの机の向かいのカウチに腰をおろし、その横にフレディが坐った。近すぎて膝と膝が触れ合い、即座にジョーの神経を逆なでした。くそフレディが、おれといっしょに被害者面するつもりか？　絨毯にまた粗《そ》相《そう》した子犬みたいに？　どうしようもなかった、よかれと思ってやったことだった、とみんなに信じさせたがっている。

ディオンは葉巻に火をつけ、煙越しにフレディを見て言った。「よし、おまえの言い分を聞こう」

フレディは質問されたことが信じられないようだった。「おれの言い分？　モントゥース・ディックスはおれの部下をふたり殺した。だから消されるべきだ。以上。単純そのものさ」

ディル・バイナー警部が言った。「もう何カ月も噂になってたよ、フレディ。あんたがあいつを押しのけて商売を奪おうとしてるって」

「あいつ？」フレディは言った。「〈エルクス〉でいっしょに酒を飲んでるみたいな言い種だな、バイナー。あんたの近所にやつが現われたら、問答無用で撃てよ」

ジョーが言った。「一九二九年におれがここに来たときからずっと、モントゥース・ディックスはブラウン・タウンで数当て賭博をやってる。つねにビジネスマンで、公平な取引をしてきた。二年前にオールズマーで起きたあの大騒動では、スクロウスキー兄弟をかくまうことまでしてくれた。街じゅうの警官が彼らを捜しまわってるときに、モントゥースはわれわれに代わって高い氷の壁になった」

「だからあの兄弟が脱出できたのか」バイナー警部が言った。

「そうだ」ジョーは煙草に火をつけた。

「結局ふたりはどうなった？」

ジョーは灰皿にマッチの燃えかすを投げ入れた。

「そこは知らないほうがいい」

リコが言った。「いいかな、おれもみんなに賛成だ。そもそもモントゥースを狙ったフレディが浅はかすぎる」

すでに困惑顔だったフレディはますます動揺した。

「本当に」リコはフレディと眼を合わせ、右手の親指と人差し指で円を作った。「兄貴は馬鹿でかいケツの穴だ。ペンキ缶の大きさぐらいの」リコは部屋のほかの男たちに向き直った。「だけど、みんな、白人を殺したニガーは放っておけないだろう。たとえおれたちの気に入りのニガーでも。おれはモントゥース・ディックスが好きだよ。やつと儲けを分け合ってきた。それでもだ。うちの誰かを殺した外の人間を野放しにしておくわけにはいかない。何があろうと。ディオン？ジョー？　それを教えてくれたのはあんたたちだ。ファミリーを襲ったやつは誰だろうと、ファミリーの報復を受ける。それが掟《おきて》だ」

ディオンはジョーを長々と見つめた。「どう思う？ビジネス的に、私情を抜きにして」

「おれが私情に流されたことがあるか？」

ディオンは口を開こうとした。

ジョーはさえぎった。「ここ十年で」

ディオンはしぶしぶうなずいた。「それならノーだ」

「ビジネス的には」ジョーは言った。「悲惨なことになる可能性が大いにある。モントゥースの一派が全員われわれに刃向かったら？　ヘロインも、賭博の取り分も、支配下にあるいくつかの葉巻工場も大打撃を受けるだろう。娼婦については、彼らがジャマイカとハイチの供給源を握っている。つまり、ここの市場のほぼ半分だ。われわれは彼らを別組織として扱いがちだが、実際にはちがう。この二十年でモントゥースの王座を奪おうとしたやつは、みなひどい死に方をした。おまけに後継者は決まっていない。ということは、風がどう吹くにせよ、モントゥースのあとは権力の空白という悪夢になる。うちの利益は全部そこに吸いこまれるだろう」

「やつには息子たちがいる」フレディが言った。

ジョーは軽蔑を表に出さずにフレディを見た。論理的でものわかりがよく、礼儀正しい人物としてふるまっていた。「だが、有能なのはひとり、ブリージーだけだ。それに、ブリージーが後釜に坐った場合、おれが知っているだけでも、やつをつけ狙う男が少なくとも三人いる」

ディオンが言った。「だとしたら、誰が後継者になる？」

ジョーとディオンはリコを見た。つまるところ、リコの持ち場だからだ。

「いや」リコは首を振った。そして動きを止め、また振った。「いや、ないと思う」

「誰のことだ」ディオンが言った。

リコは確認のためにジョーを見た。


ジョーは言った。「おれと同じ男を考えてるのか」

リコがうなずき、ふたりはディオンに向き直って同時に言った。「リトル・ラマー」

ディオンが言った。「中国人で商売してるやつか」

ジョーがうなずいた。

リコが言った。「あの一派を束ねられるのは、やつだけだ。早めに王座につけばだが」

「それほど信頼されてるのか？」ディオンが訊いた。

ジョーは首を振った。「それほど怖れられてるってことだ」

ディオンが言った。「うちで彼と取引できるのは？」

今度はフレディとリコが顔を見合わせた。

リコが言った。「眼のまえに金を積めば、こっちの話を聞くだろうな」

フレディがうなずいた。「あいつは商売人だ。やつは——」

「やつはいやったらしいヘビだ」

全員がバイナー警部を見た。

「なかに十ドル入ってるなら、わが子だって切り刻む。二十ドルでその死体とファックする」バイナーは身を屈めて自分の飲み物をつぎ足した。「やつがやってる、その〝中国人ビジネス〟？　去年、警察は海底に沈んだ中国人の輸送用コンテナを発見した。なかに男が九人、女が七人、子供が七人いた。情報の断片をできるだけつなぎ合わせたところ、コンテナのなかのひとりの男が、十五番通りでラマーが売春させていた少女の父親だったことがわかった。その子は別の中国人とサンフランシスコに逃亡していた。ラマーは、所有権を持つ中国の貨物船にその子の父親が乗って訪ねてくることを知って、コンテナを船から落とさせた。娼婦がひとり逃げ出しただけで二十三人殺す。あんたたちが権力を与えようとしてるのはそういう男だ」

「おい」フレディがバイナーに言った。「そのくだらない口を閉じてろ」レモンにかじりついたように顔をゆがめた。「わかったな？　黙ってろ」

バイナーが言った。「なあ、フレディ、一度勤務時間外に会って、おまえがおれの口を閉じられるかどうか試してみるか。ぜひそうしよう。どうだ？」

「もういい」ディオンが言った。「まったく」自分の飲み物をひと口飲み、グラスでジョーとリコを指した。「この件はふたりにまかせる。ブラウン・タウンについて、ほかにおれが知っておくべきことは？」

ジョーには、みんなが頭のなかで言い返したことがわかった——タンパのどこについても何も知らないくせに。

だが、ディオンはボスとして現場を知らなすぎると最後に公言した男は、ディオンに気管が潰れるまで首を絞め上げられた。

ジョーは目配せしてリコに発言を譲った。

歳下のリコは掌についたピーナッツのかすをはたい

て、身を乗り出した。「別の解決策があればと思うよ。だが、ない。ディックスは消えるしかない。報復を最小限に抑えるために、その息子にも消えてもらう。ラマーをでかい机につかせて、役割を果たせないほど狂ってることがわかったら、そのころには代わりが見つかってるんじゃないか。でなきゃ、じき見つかるところか。移行期の一時的な損失は、おれたちがモントゥースの賭け屋を所有することで十二分に埋め合わせができる。ブラウン・タウンの数当て賭博のすべてだぜ。ひとつの宗教だ」また手を伸ばしてピーナッツを取った。「ほかの方法があればいいよ、さっき言ったように。でも、ないんだ」

全員がジョーを見た。

ジョーは煙草をもみ消した。「ラマーを手なずけられるとは思わない。あれはいかれすぎてる。だが、ブリージー・ディックスが父親の跡を継ぎ、かつリトル・ラマーを撃退できるほど強くないのもわかっている。うちの減収は、リコの想定をはるかに上まわるだろう。モントゥースは組織をしっかり運営し、あそこではみんなに尊敬されている。だからこそ一九二〇年以来、ブラック・イーボーは平和だ。モントゥース・ディックスのおかげで。つまり、おれの提案は、フレディの望みを叶えてやることだ——フレディがモントゥースのビジネスを引き継ぎ、モントゥースを副官にして分け前を与える。モントゥースはこの強奪を喜んで受け入れる。残る選択肢は死しかないから」

ジョーはカウチに沈みこみ、ディオンはしばらく室内を見まわした。口を開く者はいなかった。ディオンが立ち上がって、飲み物と葉巻を取り、巨大な丸窓に向かった。窓からは、船クレーンと、穀物貯蔵庫と、不景気で往来の乏しい航路が見えた。ディオンが窓から振り返り、ジョーはその顔を見て答えを知った。

「黒人は消すしかない」ディオンは肩をすくめた。「やつらにみすみすふたりの身内を殺させたという、誤ったメッセージを送ることになる」

「簡単にはいかないぞ」バイナー警部が言った。「モントゥースはすでに要塞に立てこもってる。食糧もある。あらゆるドアと窓を兵士が警護して、何人かは屋根の上にもいる。目下、難攻不落だ」

「火をつければいい」フレディが言った。

「おいおい」リコが首を振った。「いったいどうした」

「何？」

「なかに三人の妻がいるんだぞ」リコが言った。

「子供も六人」ジョーが言った。

「だから？」

近年の歴史ではどのボスより大量の血を流してきたディオンでさえ、愕然として見えた。

フレディは言った。「そう、妻かガキのひとりふたりは焼けるかもしれない。だが、これは戦争だ。戦争ではひどいことが起きる。おれはどこかまちがってるか？」

「この部屋のなかにヒヒがいるか？　くそジャッカルは？」ディオンが訊いた。「おれたちは獣じゃない」

「おれが言いたいのは――」

「また子供を殺す提案か？」ジョーが静かに言った。「そしたらフレディ、おまえはおれが殺してやる」ジョーはフレディのほうを向いた。笑みを送ったときに、フレディが彼の眼を見られるように。

「待て」リコが両手を上げた。「みんな落ち着こう、な？　フレディ、誰も子供は殺さないぞ。ジョー、誰もフレディは殺さない。わかったか《カピーチェ》？」ディオンに向き直って、「おれたちがやるべきことを言ってくれ、ボス」

「建物を銃で狙え。やつが顔を見せたら吹き飛ばす。見せなくても、せいぜい数週間で、どうしても外に出たいとなるだろう。そのときに殺す。とりあえず部下を配置につけろ、モントゥースがいなくなってからの移行がすんなり運ぶように。これでどうだ？」

「ボスはあんただ」リコはうなずき、童顔を明るく輝かせた。

11　無限の能力

ダンカン・ジェファーツがヒルズボロ郡の監察医事務室の裏口を施錠していると、二度と会わないだろうと思っていた男が、霊柩車の背後からゆっくりと近づいてきて言った。「どうも」

搬入口にいるジェファーツのところへ、ジョー・コグリンが傾斜路を上がってきた。引退したと言われるギャングは、クリーム色のスーツ姿に同色のパナマ帽をかぶり、ぱりっとした白いシャツにきちんとネクタイを結び、ぴかぴかに磨いた靴が搬入口の上の照明を反射していた。顔は七年前よりいくらか老けたが、眼は相変わらず少年のようで、無邪気に見えるほどだった。その虹彩が明るく輝いていた。近づくほどにすばらしいことを約束してくれる光だ。しかしジェファーツは、ジョー・コグリンと会った日にその光が消えたのを見たのだった。コグリンの妻が死に、ジェファーツが初めて自己紹介した日に。コグリンは生気も光もない眼で彼を見すえた。それはジェファーツにとって人生でもっとも長い瞬間だったが、次の瞬間には、この人に喉を掻き切られるという理屈に合わない確信を抱いたのを憶えていた。とはいえ、そんなことは起きず、コグリンの眼から死神が去って、代わりにジェファーツがトマスに示した配慮に対する感謝が表われた。ジョー・コグリンは彼の肩をぎゅっとつかんで握手し、息子を連れて埠頭から去っていった。

ジェファーツは、悪名高い〝引退した〟ギャングのジョー・コグリンに会ったことをめったに口外しなかった。一度妻に話そうとしたがうまくいかなかった。ことばにならないものを、ことばで説明しようとしたからだろう。ごく短い出会いのなかで、ひとりの人間が発する嘆き、愛情、力、カリスマ、そしてどこか邪悪なものをあれほど強く感じたのは、あとにも先にもあのときだけだった。

ジェファーツが妻に説明しようとしたジョー・コグリンの特徴は、無限の能力だった。

「何の能力？」妻は尋ねた。

「何もかもだ」彼は答えた。

搬入口まで上がってくると、ジョーは手を差し出した。「憶えているかな？」

ジェファーツはその手を握った。「ええ、はい。ミスター・コグリンですね、輸入業者の」

「ジェファーツ先生だろう、検死医の」

ふたりは扉の上のぎらつく明かりの下で、互いにぎこちない笑みを浮かべた。

「あの……」

「なんだ？」

「何かご用ですか」

「さあ、どうかな」

「わからないのは――」

「わからない？」

「――どうして夜のこんな時間にここへ？」

「いまは夜の何時だろう」

「二時です」

「家内のことだが」

ジェファーツは、コグリンが目深にかぶっていた帽子を少し上げて自分を見つめていることに気づいた。

「奥様が何か？」

「検死を担当したのはきみだったかな？」

「ご存じでしょう」

「いや、知らなかった。きみが死体を運んでいったことしか。ほかに検死医がいると思っていたが、きみ自身が担当したのか」

「ええ」

ジョーは搬入口の横にある鉄の手すりに腰かけた。煙草に火をつけ、ジェファーツにパックを差し出した。ジェファーツが一本取り、火をもらおうと前屈みになったときに、コグリンが言った。「きみも結婚したんだな」

ジェファーツは仕事中には結婚指輪をしていなかった。一度、死体のなかに置き忘れたことがあったのだ。探し出すのに三十分かかり、損傷を修復するのにそこから四時間かかった。

「どうしてわかりました？」

「身なりがまえよりきちんとしているから。面倒くさがりの男は、独身でいるかぎり外見に気を遣わない」

「妻に伝えます。喜びますよ」

ジョーはうなずき、舌に残った煙草の葉を吐き出した。「彼女は妊娠していた？」

「え？」

「家内だよ。グラシエラ・コラレス・コグリン、一九三五年九月二十九日死亡」ジョーはジェファーツに微笑んだが、青い眼は灰色になっていた。「妊娠してたか？」

ジェファーツはしばらく駐車場を見つめ、医師としてなんらかの倫理上の問題があるだろうかと考えた。が、あったとしても見つけられなかった。

「はい」ジェファーツはジョーに言った。

「性別は？」

ジェファーツは首を振った。

「七年前のことなのに」ジョーは言った。「ずいぶん確信を持っているようだ」

「あれが……」ジェファーツはふうっと煙を吐いて、地面に煙草を落とした。

「何？」

「あれが初めての検死だったからです」ジェファーツは向き直り、ジョーと眼を合わせた。「何もかも憶えています。胎児はとても小さくて、妊娠六週間にも満たなかった。性器結節、ペニスかクリトリスになるものですが、それは性別を判定できるほど発育していませんでした」

ジョーは煙草を吸い終え、吸殻を夜のなかへ弾いた。手すりからおり立ち、また手を伸ばした。「ありがとう、先生」

ジェファーツはうなずいて握手した。

ジョーが駐車場まで歩いたとき、ジェファーツが尋ねた。「どうして生まれなかった胎児の性別を気にするんですか」

両手をポケットに入れたまま、ジョーは長いことジェファーツを見つめていた。そして肩をすくめ、夜のなかへ消えた。

12　ボーン・ヴァレー

キング・ルーシャスに会うために、彼らは五号線を南下して三十二号線に入り、黒ずんだ紫の空の下、湿地帯を東に走った。さらに東のほうでは雨雲のあちこちから雨が降り、霧のように流れ、大きな傷のなかにできた小さな傷が血を流しているようだった。雨の下に入れば——もはや時間の問題だ——暖かいだろうとジョーは思った。神々が汗をかいているように、暖かく脂っぽい。朝の十時だが、ヘッドライトをつけていた。フロリダの天気は気が遠くなるほど代わりばえしないが、突如一変するときがある。報復めいた激しさをともなって、稲妻が天を切り裂き、風が滅びた軍隊の幽霊さながら叫び、白い残酷な太陽が秋の野原を燃え上がらせる。この地の天候はジョーに、ちっぽけな人間であることを思い出させる。自分の権力にどれほど幻想を抱こうと、ひとりの無力な人間にすぎないと。

タンパを離れて三十分ほどたったころ、リコがジョーに運転を替わろうかと尋ねた。

「いや」ジョーは言った。「まだ大丈夫だ」

リコは座席に深く坐り、額のなかばまでフェドーラ帽を引き下げた。「話す時間ができてよかった」

「そうか？」

「ああ。まあ、モントゥースを始末することで、すっきりしてないのはわかるよ。あんたと働くときに、この問題がかならず出てくるのも忘れちゃいない。とにかくあんたは、いままで会ったなかでいちばん道徳心がある、くそすばらしいギャングだ」

ジョーは顔をしかめた。「道徳じゃない、倫理だ。フレディが縄張りに踏みこむまで、モントゥースはおれたちに非礼なことはしなかった。なのに死ななきゃならない。それも――悪く思わないでくれ――フレディが大馬鹿なせいで」

リコはため息をついた。「ああ、わかってる。フレディはおれの兄貴で、大馬鹿なケツの穴だ。けど、ジョー、おれに何ができる？」

しばらくふたりとも黙っていた。

「でもな」リコがようやく口を開いた。「モントゥースのことは、いまやおれたちの問題のなかでもいちばん小さいほうだ」

「なら大きい問題は？」

「まず、おれたちの組織のなかに密告屋がいる。うちの積荷は、ほかのどんな組織と比べても二倍の頻度で摘発されてる。ほかのギャングに奪われるんじゃなくて、連邦政府や地元警察の手入れだ。ファミリーには儲けるやつが多いから、もうしばらくは持ちこたえられるが。というか、そうなるように頑張るってことだけど。加えて、うちにはあんたがいる」

ジョーはちらっとリコを見た。「おまえもな」

リコは反論しかけて、肩をすくめた。「オーケイ。まあたしかに、おれは稼いでる」

「リコ、おまえはファミリー全体の二割ほどを稼いでるんだ」

リコは帽子を額から押し上げ、座席で背筋を伸ばした。「いま、キャンプファイヤーのまわりで怖ろしい話が語られてるぞ、ジョー。本当にそこらじゅうで」

「密告者についてか」

「組織全体について。おれたちは弱ったと思われてる。乗っ取るのに手頃な時期だとね」

「誰にとって？」

「どこから始めたい？　まずはサント・ファミリーだ」

それにはジョーも異を唱えなかった。サントは七番街のイタリア人社交クラブを拠点とし、このところひどく貪欲に活動していた。貪欲とユーモアの欠如は、つねによくない組み合わせだ。

「ほかには？」

リコは煙草に火をつけ、窓からマッチを投げ捨てた。

「名前はなんだっけ、ほら、マイアミから来た」リコは思い出そうとして指を弾いた。

「アンソニー・クロウ？」

そいつだ、とリコはジョーを指差した。「ニック・ピサノに言わせると、いますぐアンソニーに大きめの縄張りを与えないと、襲われるそうだ。代わりに、おれたちの縄張りを好きなだけ奪えとアンソニーに言いかねない」

「クロウは生粋のイタリア人じゃない。跡目は継げないだろう」

「残念な知らせだけど、あいつはイタリア人なんだ。両親が移住してきたときに、名字をクロチェッティか何かから変えた。だからあいつのルーツはシチリアまでさかのぼれる。頭もいいし、卑怯だし、食卓の席次に満足していない。自分の食堂が欲しいんだ」

ジョーはそのことについて考えた。「われわれはそこまで弱ってない。たしかにいまはぐらつき気味だが、みなそうだろう。どこも収入は落ちこんでる。あのちょび髭のちびドイツ人と、くそ戦争のせいで。だが、うちはまだこの国でも一、二を争う港を支配してるし、州の半分の麻薬と、四分の一の賭博と、ほぼすべての輸送ルートを握ってる」

「けど、うちのファミリーは規律が乱れてる。そしてそれをみんなが知ってる」

ジョーは時間をかけて煙草に火をつけた。煙を外に出すために、ゆっくりと窓を開けた。「裏切りの話をしてるのか、リコ？」

「え？」

「ボスを始末するってことか？」

リコは長々とジョーを見つめ、両手を上げた。「まさか。ディオンはボスだし、それは変わらない」

「そこは肝だ」

「わかってる」

「だが？」

「だが、誰かがディオンと話さなきゃならない、ジョー。ディオンが耳を貸す人間が言ってやらないと……」

「何を？」

「もう一度手綱を引き締めろって。ディオンがボスを引き継いだときには、みんな彼が大好きだった。いまもそうだけど、ディオンはまえと同じように店番をしてないだろ？　そこらじゅうで悪口を耳にする。つまりそういうことだ」

「聞かせてくれ」

リコは間を置いた。「ボスがカード賭博に入れこみすぎてるのは、みんな知ってる。馬にも。ルーレットにも」

「なるほど」

「ここ数年で劇的に体重が減ったろ？　ディオンは病気だってみんな思ってるぞ。もうすぐ死ぬと」

「ディオンは死なない。理由はほかにある」

「知ってるさ」リコは小鼻をとんとんと叩いた。「でも、ファミリーの外の人間は知らない。いっそあいつらに、ディオンは死にかかってるんじゃなくてクスリ漬けなんだと教えてやろうか」リコはまた両手を上げた。「ジョー、この話はおれたちのあいだだけにしといてくれ」

ジョーはしばらく黙って車を走らせ、リコをやきもきさせておいた。

「おまえの言うことにも一理ある」ジョーはようやく口を開いて、助手席のほうをちらっと見た。「だが、そのことを話す権利は与えない」

「わかってるさ」リコは窓から吸いさしを弾き飛ばし、長くゆっくりと息を吐いた。「おれはこの稼業が大好きだ。本当に気に入ってる。毎朝目覚めて、世の中に一発ぶちかます方法を見つける。誰のためにもひざまずかない。誰のためにも列に並ばない。おれたちは――」人差し指でダッシュボードを突いて、「自分で生計を立て、自分でルールを作り、一人前の男として道を切り開く」そして身を乗り出し、「おれはギャングでいることが好きでたまらない」

ジョーは静かに笑った。

「なんだ?」

「なんでもない」

「なんだよ」

ジョーはリコのほうを見た。「おれだって好きでたまらないさ」

「だったら……」リコは息を吸った。「おれは危険を承知で話したんだ、その、ボスの問題――」

「問題と思われることだ」

「そう。おれは危険を承知で、ボスの問題と思われることを話した。いまの暮らしを失いたくないから。頭に二発食らって死にたくないし、服役して、出てきたところにはおれのことを知ってるやつは誰もいなくて、くそ堅気《かたぎ》の仕事か何かをしなきゃならないとか、そういうのは嫌だからな。生まれてから一度もきれいな金は稼いだことがないし、どう稼ぐかなんて習いたくもない」

ジョーはうなずき、サラソタの郊外に出るまで何も言わなかった。

「おれがディオンと話す」ようやくそう言った。「ネズミを見つけて、ファミリーを立て直す必要があると」

「ディオンを説得する」

「ディオンは聞き入れるよ」

ジョーは肩をすくめた。「かもな」

「ぜったいだ」リコは言った。「あんたが話せば。ディオンはまだあんたを尊敬してると思う」

「車から放り出すぞ」

「いや、本当に」

「ディオンについて教えてやろうか。子供のころから ディオンはおれたちのボスだった。仲間内でいちばんタフで、いちばん怖ろしかった。おれから命令される立場になったのは、ある銀行強盗で失敗したから。それだけだ。ディオンは逃亡した。おれには強力な友人ができた。その短い……期間を除くと、ディオンはつねにおれのボスで、逆ではなかった」

「かもしれない」リコは言った。「でも、やっぱりあんたは、ディオンが意向をうかがってるように見える唯一の男だ」

ジョーは何も言わず、熟れすぎたプラム色の空の下にぼんやりと延びる道を走りつづけた。

「トマス」リコが口を開いた。「子供は雑草みたいにぐんぐん伸びるな。このまえ見たとき、自分の眼が信じられなかったよ」

「そうだな。母親は背が高かったし、親戚のおじたちも長身だから」

「あんただって小人じゃない」

「だがいつか、トマスの隣に立つとそう見える日が来るかもしれない」

「どんな感じだ？」リコは少しまじめな調子で言った。「父親でいることか？」

「ああ」

「すごく気に入ってる。まあ、たいていの日はろくな父親じゃないが。思ったより多く怒鳴ってしまうし」

「あんたが声を荒らげるのなんて聞いたことがないぞ」

「いやいや」ジョーは首を振った。「たいていの人は聞いてないが、おれの息子は何度も聞きすぎて、もうこっちが怒鳴っても呆れて天井を見上げるだけだ。とにかく困る。もちろん、あいつはいい子だ。それでも納屋の屋根にのぼるような馬鹿なことをする。屋根は弱くて修理が必要だと知ってるのにだ。そんな調子で、去年もキューバの農場で腕の骨を折った。歩きはじめのころには、小さくて尖った石ころをしょっちゅう飲みこもうとした。風呂に入れてるときにちょっとよそ見をすると、立ち上がってダンスをしたり。で、ザブン、水に沈む。そのうち、こいつを生かしておくことが自分の仕事だと思うようになる。また腕の骨を折らないように、眼を失わないようにすることがな。だから、わかるだろう、くそバスタブのなかでくそダンスを踊るのはやめろ」

リコがげらげら笑いだし、ジョーもつられて笑った。

「信じられないだろうな」ジョーは言った。「だが、子供ができたら、シートベルトを締めて覚悟しろよ、相棒」

「じきそうなる」

ジョーはリコを見た。

リコが眉を上げ下げし、ジョーはリコの肩にパンチを加えた。

「痛いなあ」リコは肩をさすった。

「相手は？」

「キャスリン・コンタリーノ。みんなキャットと呼んでる」

「サウス・タンパ出身の？」

得意げな少年のような笑み。「ああ」

「美人だ」ジョーは言った。「おめでとう」

「ありがとう。そう、おれは……そう」リコは窓の外に眼を向けた。「運がいい」

「なんだ、おい。ぞっこんなのか？」

リコは眼を上に向け、うなずいた。「じつは、結婚しようと思ってる」

「何？」車がわずかに車線からはみ出た。

「たいしたことじゃないだろ？　人は結婚する」

「おまえはそんなタイプじゃないと思ってた」

「〝そんなタイプ〟じゃない？」リコは言い、座席でよじれたシャツを直してズボンに入れた。「どの口が言ってるんだか。そっちこそどうなんだ」

ジョーは笑った。

「いや、まじめに。この七年間、あんたが決まった女といっしょにいるところを誰も見てない。何か隠してるんじゃないか？」

「いや」

「本当に？」

「いたらおまえには話すさ。わかってるだろう」ジョーは真顔で言った。

リコはジョーに中指を立てた。「あんたはめったに娼館にも行かない、ジョー。行ったとしても、女たちをディナーに連れていったり、新しいドレスやイヤリングを買ってやったり、半分の時間はファックすらしてない」

「キューバになじみの女がいる」ジョーはリコの追及を逃れるために言った。「ハバナじゃない。西部の村の娘だ、自分の農場の近くの。料理もうまいし、じつに可愛い。行くのも去るのもおれの自由だ。本物の愛情じゃないが、悪くはない」

「ならいいけど。じゃあ、あとはおれの兄貴にいい女を見つけてやるだけだ」

少女じゃないといけないな、とジョーは思った。それか、少年か。

「ああ、考えておくよ」ジョーはリコに言った。

東のゾルフォ・スプリングスまであと三十分ほどになったとき、リコが言った。「心の準備はできてるかい」

ジョーは言った。「ルーシャスのことか」

リコはうなずいた。口を少し開け、眼をいつもより大きく見開いて。

「まえにも会ったじゃないか」

「だが、やつのボートの上じゃなかった。あのボートに乗ったことは？」

ジョーは首を振った。

「人が乗りこんで、おりてこないことがある。やつら、アドロカリーズとかなんとかって呼ばれてるだろ。聞いたことあるかい？」

「アンドロパゴイだ」ジョーは言った。ルーシャス宮殿の近衛兵、彼に会うために通り抜けなければならない二十人の護衛を指してそう言う。

「ルーシャスが投げ落とした死体が見つからないのは、そいつらが食っちまうからだとさ」

ジョーは無理に笑ってみせた。「それがアンドロパゴイの意味だよ」

リコはジョーを見た。「意味って？」

「食人族」

「うわっ《ファック》」リコは一音節を三つか四つに引き伸ばして言った。「なんでそんなこと知ってるんだ」

「イエズス会のハイスクールでは、やたらとギリシャ神話を勉強するんだよ」

「ギリシャ人は食人族だったのか？」

ジョーは首を振った。「アンドロパゴイは私兵だった。アフリカから来たという説もあるし、フィン人やロシア人だったという説もある。いずれにせよ、ダレイオス大王の南ロシア大侵攻に協力した。そして、あー、何人か食べたと言われている」さりげない口調で言うのには努力を要した。「だからルーシャスは、部下をそう名づけて人を怖がらせようとした」

「思惑どおりってわけだ」

さらに一マイル走ってから、ジョーが言った。「おまえは乗船しなくてもいい。おれだけおろしてくれ。見えるところにいてくれればいい」

リコは苦笑して首を振った。「気持ちを落ち着かせるために話してたんだ。いざというときに仲間を見捨てるような腰抜けじゃないぞ。くそ、ジョー、おれたちふたりで、くそアンドロカリーズの大軍に――」

「アンドロパゴイ」

「アンドロ・ファック・ゼム。これでいいだろ？」とにかく戦いを挑んで、二匹のタフなサルのほうが強いってことを思い知らせてやろうぜ」リコはフラスコを取り出してジョーに渡した。「一杯やろう」

ジョーはフラスコを持ち上げた。「おまえがいてくれてよかったよ、リコ」ひと口飲んでリコに返した。

「ここに来られてうれしいよ、ジョー」リコはぐいと酒をあおった。「街の人間をなめるとどうなるか、田舎の連中に教えてやろう」

ゾルフォ・スプリングスまであと数マイルというところで雨に捕まった。雨粒が車に激しく打ちつけ、水が道路を川のように流れた。ふたりは煙草を吸うために開けていた窓を閉めた。雨は車の屋根を鳴らし、タイヤの下で道路が軋み、ポンティアックの車体が気まぐれな突風で揺れた。

ゾルフォ・スプリングスに着くと、幹線道路を離れ、そこからはジョーがふたりのあいだに置いていた道順の地図をリコが読まなければならなかった。ここだ、次を左、いや、ふたつめを左だった、すまん。低い雲と曲がったヤシの木がすっぽり車に覆いかぶさって、雨の勢いは弱まったが、雨粒は大きくなった。ブイヨンスープのなかを走っているようだった。

チャーリー・ルチアーノもかつて言った。地上の悪魔の門番であるキング・ルーシャスに近づきすぎたから、その先の悪魔にはもう会いたくないと。マイヤーも、ルーシャスと直接会って取引しないし、ジョーもこの十五年間、可能なかぎりキング・ルーシャスを避けてきた。

キング・ルーシャスが頭角を現わしたのは、フロリダの一九二三年の土地開発ブームのころだった。一説ではロシアからニューオーリンズ経由でやってきたと言われる。訛から出身地は特定できない。腹立たしいほど訛がないからだ。ロシアかモンテネグロ、アルバニアの可能性すらある。ただ、眉や爪にほどこす手入れからも、貴族階級の出であることは疑いなかった。

ここ数年、ルーシャスの一味は国のどの地域の誰よりも金を稼いでいたが、はるか遠方のカリフォルニア州サンタバーバラから近場のキーウェストに至るまで、どこで仕事をしても、そこを活動拠点とするファミリーにかならずみかじめ料を支払っていた。タンパではバルトロ・ファミリー、マイアミではピサノ・ファミリー、ジャクソンヴィルではニコロ兄弟に。むろんすべての仕事に対してではない――そこまで正直にやると尊敬されなくなる。しかし、確実に九割についてはきまり返礼した。フロリダの三大ファミリーを大いに潤せば、かなりの程度まで、とやかく言われずに行動することができる。実際にルーシャスは行動した。一九三六年、エリオット・ファーグスがルーシャスの女の趣味について意見を述べたと聞きつけたときには、エリオットの経営するガソリン・スタンドにルーシャスみずから出向き、奥の部屋で本人を殴り殺した。一九三八年の晩秋には、ジェレミー・ケイをアリゲーターに食わせた。その後ひと月とたたないうちに、ジェレミーの弟が兄を捜してルーシャスのボートに乗りこむのを何人かが目撃したが、下船したところを見た者はいなかった。

ほかの誰かがファミリーの働き手を三人殺したら、見せしめに殺されたことだろう。それこそがキング・ルーシャスの力の証で、彼は〈委員会〉に呼ばれることすらなかった。だが、ジョーは一九三九年、ジェレミー・ケイの弟が消えたすぐあとに中央フロリダのルーシャスを訪ね、認められた景品は三つまでで、四つめはないという彼らの意向を伝えたのだった。

キング・ルーシャスは何をおいてもまず燐酸の王で、王国はピース川沿いのフォート・ミードからポート・シャーロットまで七十マイルに及んだ。長年、不正に得た利益を中央フロリダのボーン・ヴァレーの浚渫《しゅんせつ》と採掘に投資していた。ルーシャスは〈ボーン・ヴァレー肥料〉社の過半数の株式を保有したうえ、ダミー会社を使って、ピース川沿いで操業するほかの十二の採掘会社まで買い取っていた。それらはすべて、肥料や、戦争が始まってからは武器弾薬を作るのに必要な燐酸の調達にかかわる会社だった。

ジョーもボーン・ヴァレー肥料の株式を持っていた。ディオン・バルトロも、リコ・ディジャコモも同様で、彼らは過半数を所有していないが、その必要はなかった。フロリダの燐酸事業の半分は採掘だが、残りの半分は輸送にある。一九三〇年代初めに禁酒法が廃止されると、ジョーのような男たちの手には、あいにく誰にも売り払えず、輸送すべき違法な貨物もないトラックやボート、ときには水上飛行機などが多数残された。そこで一九三五年、ジョーとエステバン・スアレス、ディオン・バルトロ、そして当時はタンパ港の懐に抱かれて育った利発な童顔の少年だったリコが、共同で〈ベイ・エリア輸送〉社を設立した。ジョーの指導とリコの管理のもとで十年が経過したいま、ベイ・エリア輸送が運ばなければ、ピース川からは石ころひとつすら移動することはできない。

キング・ルーシャスの取り分は、いくら大きいとはいえ、ボーン・ヴァレー肥料にかぎられていた。ベイ・エリア輸送の株式はひと株も所有していないので、それが否応なしに互いの関係に均衡をもたらしている。ルーシャスは好きなだけ燐酸を採掘できるが、それを鉄道線路や航路で運べなければ、宝の持ち腐れだ。

キング・ルーシャスはネイプルズのコモドア・ホテルと、セント・ピーターズバーグのヴィノイ・ホテルにそれぞれスイートルームを借りているが、たいていの夜は自分のハウスボートですごし、ピース川をのぼったりくだったりしていた。二階建てのハウスボートはインドからの輸入品で、百年以上前にケララ地方で造られていた。フローズン・トフィーのようになめらかで色の濃いアンジリの板を組み上げ、一本のネジも釘も使わずに、煮たカシュー樹脂でコーティングしたココナツ繊維の縄で固定している。竹とヤシの葉ででき た丸屋根、六つの寝室、十四人が着席できる二階のダイニングなどを備えたボートは、銀糸を流したようなピース川の水面で異彩を放っていた。それを見ると、ガンジス川の岸辺に立っているような錯覚に陥る。

砕いた貝殻を敷きつめた採掘現場の駐車場にジョーとリコが車を停め、雨のなかでボートを見ていると、うしろのジャングルの残骸からアル・バターズの車が坂をおりてきた。ジャングルでは多くの木が切り倒され、それ以上に燃やされていた。人類が木々の名前や、それらを切る道具を発明するまえから、何世紀もそこに生えていた糸杉やバニヤン・ツリーが伐採されていた。アルは、このまえジョーに会ったときと同じ色褪せた緑のパッカードを、彼らの横に停めた。逆向きに駐車したので、アルとジョーの窓が向かい合った。

誰かがスイッチを切ったかのように、雨がやんだ。

アル・バターズが窓を開け、ジョーも開けた。

ジョーがハウスボートのほうを見ると、キング・ルーシャスの長年の側近オグデン・センプルが後部デッキに出て、駐車場を見つめ返していた。

「おれもいっしょに行くよ」アルが気乗り薄に言った。

「いや」ジョーは舌を動かして、口のなかを湿らせた。「おれたちが出てこなかったら、トランクにトンプソンがある」

「それでどうしろと？　あんたらを探しにいくのか」

「ちがう」ジョーの喉の奥を何かが引っかいた。甲虫のような感触だった。「おれたちを殺したのが誰だろうと、そいつが死ぬまでボートを撃ちまくれ。トランクには銃といっしょにガソリン缶が入ってる。火をつけてくそボートが沈むのを見とどけろ」ジョーはアルを見た。「おれたちのためにやってくれるか、アル？」

「あっちは軍隊だ」

リコが助手席から身を乗り出した。「あんたにはトンプソンがある。おれたちが死んだら、報復してくれるな？」

アルはようやくうなずいた。唇を動かし、眼を大きく見開いて。

「なんだ」ジョーが言った。「言ってみろ」

「悪魔は殺せない」

「やつは悪魔じゃない」ジョーは言った。「悪魔には可愛げがある」

ジョーとリコは外に出た。ジョーは、ひと続きの動作でネクタイを直してスーツのしわを伸ばした。黒いシルクの帯が巻かれた麦藁の中折れ帽を頭から取り、サテンのような空に持ち上げた。空はまぶしく光っていたが、太陽そのものは見えず、青灰色の雲の背後に隠れていた。川向こうの荒廃した岸の先、無残に焼かれた土地の奥で、小さな光が一、二度またたき、消えた。リコもそれを見ていた。

「何人いる？」

「六人」ジョーが言った。「全員、長距離ライフルを持ったプロだ。船の上でおれがネクタイをはずしたら、床に伏せる用意をしろ」

「それだけじゃ足りない」リコは帽子の角度を調節した。

「ほど遠い。だが、まずいことになったとしても、何人かは道連れにしてやる。くそ。さっさと片づけるぞ」

「同感だ」

ジョーは帽子をまたかぶり、リコとタラップを渡った。

タラップの先でオグデン・センプルが出迎えた。オグデンは数十年前の刃傷沙汰で片眼を失っていた。右のまぶたは縫い合わされて永久に開かない。もう片方は濁って色が薄く、集中力がすさまじい。何を見るときにも、顕微鏡をのぞくように眼をすがめた。ジョーはサヴェッジ三二口径オートマチックと、まえのポケットに入れていた飛び出しナイフをオグデンに渡し、リコはスミス&ウェッソン三八口径を差し出した。

オグデンが言った。「もらうといい」

ふたりはオグデンを見返した。「何を？」

「キングは風邪を引いてる。本当は寝てるべきなんだが、あんたがどうしてもと言うから打ち合わせに出る。そのせいで風邪がひどくなるかもしれない」オグデンはジョーとリコの武器を、あらかじめ用意しておいた革の袋に入れた。「キングの風邪をもらって、もっと悪くなるといい」

オグデンはキング・ルーシャスの恋人だとみな思っているが、ひとりの娼婦に入れあげているのを、ジョーは知っていた。ジョーがタンパに所有する娼館にいる女で、名をマチルダといい、オグデンは寝しなに物語を読んでやったり、長湯のあいだに彼女を磨き上げたりするのが好きだった。マチルダはジョーに、オグデンはやさしくて思いやりのある恋人で、ホワイトハウスのシャンデリア並みのペニスがぶら下がっていると報告した。唯一の奇癖は、彼女をルースと呼びたがることだった。確証はないものの、ルースというのはオグデンのずいぶんまえに死んだ妹か娘の名前かもしれない。そのことをジョーに話しながらマチルダは眼を輝かせ、ジョーが部屋から出ていくまえに言った。

「あたしたちの知り合いはみんな壊れてるの？」

ジョーは彼女を振り返って、真実を口にした。「かなりな」

オグデンが甲板で梯子を指差し、ジョーとリコに二階へ上がれとうながした。オグデン自身はふたりの銃が入った袋を足元に置いて甲板にとどまり、ボートが桟橋を離れて下流に向かうあいだ、駐車場にいるアル・バターズを見ていた。

13　病気ではない

　二階では二十人の男が壁のように並んで、ジョーたちとボートのほかの部分を隔てていた。客の体を調べるために、集団のなかからふたりがまえに出てきた。ほかの者たちは身じろぎもせずに薄茶色の円蓋の下に立ち、その眼からはあらゆる光が消えていた。ほぼ全員が長身だ。誰もシャツを着ていないので、腕の注射痕があらわになり、アスファルトで焼かれた虫のように黒く見えた。みな肋骨が浮き出ていた。

　彼らの人種はさまざまだった——トルコ人、ロシア人、東洋人がふたり、アメリカのいろいろな貧乏白人が三、四人。ジョーの体を検《あらた》めたのは、トフィー色の肌に、麦藁色の髪を頭皮の近くまで刈りこんだ口唇裂の男だった。腰からさげた革の鞘には、象牙の柄の弓なりに反ったナイフが入っていた。リコを調べた男はスラブ系の鋭い顔立ちで、髪はこの日の空のように黒かった。どちらも爪を長く伸ばしていた。見るとほかの十八人も全員、爪が長い。何人かはその先を尖らせていた。多くがぼろズボンの腰まわりにこれ見よがしにナイフをぶら下げ、そうでない者は拳銃を突っこんでいた。ふたりがジョーとリコのボディチェックを終えると、壁が分かれて、マホガニーのプランテーション・チェアに坐ったルーシャスの姿が見えた。

　ジョーは以前、ハバナのカジノのマネジャーがキング・ルーシャスについて、体重は〝軽く三百ポンド（約百三十六キロ）を超え、巨大な頭が卵みたいにつるつるだ〟と言うのを聞いたことがあった。また別のときには、タンパのバーテンダーが三人の酔っ払いに、ルーシャスは〝死神より痩せていて、神より背が高い〟と言っているのを耳にした。

ジョーはルーシャスを十五年近く知っているが、いつもその容姿が記憶に残りにくいことに驚かされる。ルーシャスの身長は、ジョーと同じく六フィートに三、四インチ足りない（約百七十五センチ）。頭の形は桃のようで、頬と耳が赤らんでいる。髪は色が抜け、薄くなりかけている。ふっくらとした唇は、女性なら色っぽいと言われるだろう。小粒の歯は灰色で、薄緑の眼は軽く驚いた状態で止まってしまったかに見える。が、完全に静止しているようで、なぜか動いている。ジョーはよく、その眼に取り囲まれていると感じたものだった。

ルーシャスはキューバのぶかぶかの白いグアヤベラ・シャツと、ゆったりしたシアサッカーのズボンという恰好で、ピンク色の足に厚底のサンダルをはき、船上でもっとも無害な男に見えた。

隣の長椅子にひとりの少女がうつぶせで寝そべっていた。ルーシャスは椅子から立ちながら、少女の尻を軽く叩いた。「ほら、ヴィダリア、今日は仕事の予定が入ってるんだ」少女が起き上がるあいだに、ルーシャスはジョーとリコに近づいて手を差し伸べた。「ようこそ、おふたかた」

少女がふらふらと歩いてきた。半分寝ぼけているか、何かでラリっていた。

「私の友人たちに挨拶するんだ、ヴィダリア」

「ハイ、友人たち」少女は彼らのまえまで来ると、つぶやいた。白いシルクのバスローブを、ベルトを締めずにはおっていて、その下はフリルつきの黒い水着だった。

「握手しなさい」

名前を言われなければ気づかなかったかもしれないが、ジョーはそれまでの人生でもうひとりだけ、ヴィダリアを知っていた——去年までボビー・Oのガールフレンドだった娘だ。やはり同一人物だとわかり、悲しくなった。十二カ月から十四カ月前のヴィダリア・ラングストンは、当時のボビー・Oのガールフレンドがみなそうだったように、性的同意年齢に達していない少女だった。ジョーの記憶が正しければ、アイオワ州かアイダホ州から移ってきたばかりだったはずだ。ヒルズボロ・ハイスクールの最上級生で、チアリーディングチームのメンバー。クラスの会計係をしていたのは、本人がジョーに打ち明けたところによると、級長に立候補するには少し気性が激しすぎるとクラスメイトが判断したからだった。そのヴィダリア・ラングストンは、ほぼあらゆることについて自由奔放だった――大声で笑い、クラブでいきなり尻を突き出して即興のダンスを踊り、豊かな黒髪を片方の眼にかかるピーカブー・カットにしていた。

ヴィダリアはボビー・Oより人間の格が数段上だったので、彼の嗜好を矯正したのかもしれない。ヴィダリアのあと、ボビー・Oはコーヒーショップの年増のウェイトレスとつき合いはじめたからだ。ジョーには、体の成長に頭が何年分も追いつかない少女とベッドに入りたい気持ちがさっぱりわからなかったが、そんなジョーでさえ、ヴィダリアに何度か心地よい気まずさを感じたことがあった。

ところが、いま握手をしたヴィダリアの手は、老女のような肌触りだった。彼女は口のなかが渇きすぎたかのように唇を鳴らし、体をわずかに左右に揺らしていた。ジョーのことを憶えているのかどうか。彼の手を離し、円蓋の向こう側の甲板へ歩いていって、別の長椅子に横たわった。はおっていたシルクのガウンを肩から落とすと、背中の骨が見えた。背骨に流れ落ちた髪は、いちばん下の肋骨に届きそうだった。ルーシャスはいつもそういう女を選ぶ――最初は、長くて豊かな髪を持つ若い女を。しかし、終わるころには、彼女たちはかならず別の何かになっている。一年前にヴィダリアに教えてやればよかったとジョーは思った。束縛から逃れた夢は、往々にして絶望的な束縛で終わるのだと。

ルーシャスはジョーとリコを連れて円蓋の下に戻り、自分の椅子の左右に置かれた椅子を勧めた。全員が着席すると、調和が生まれたとでも言うかのように、一度パンと手を叩いた。「わがパートナーたち」

ジョーはうなずいた。「また会えて何よりだ」

「同じく、ジョー」

「具合はどうだい？」リコが尋ねた。

「すこぶる元気だ、エンリコ。なぜ？」

「風邪気味だと聞いたものだから」

「どこでそんなことを？」

余計なことに立ち入ったと気づいたリコは、話をそらそうとした。「早くよくなるといいな。暖かいときに引く風邪は最悪だから」

「風邪は引いていない」

ルーシャスの傍らのテーブルには、温かい紅茶、レモン、ティッシュの箱が置いてあった。ルーシャスはふたりを見つめ返した。秘密など何もないという顔だった。

「まあ、元気そうに見えるけど」リコが言った。

「いくらか予想外だったような口ぶりだ」

「そんなことはない」

「ほかに誰か、私が病気だと言った者がいるのかな？」

「いや」リコは言った。

「病気で弱っているとか、臥しがちだとか、気分がすぐれないとか？」

「まったく。たんに元気そうだと言っていた」

「あなたと同じように元気だよ、リコ」ルーシャスはジョーのほうを向いて確かめた。「だが、こちらは疲れているようだ」

「思い当たる節がない」

「よく眠れるかな？」

「それはもう」

「ならよかった。私たちはみな、金を払って徴兵を免れなければならないほど健康というわけだ」ルーシャスは灰色の顔でちらっと笑った。「ここに来た理由は？　緊急の用件ということだが」

テレサ・デル・フレスコから連絡されたこと、テレサが身の危険を感じていることをジョーが話していると、多人種のアンドロパゴイたちが大きなコーヒーテーブルを運んできて、テーブルマットを敷き、その上に皿や銀器を並べた。さらに脚つきグラス、リンネルのナプキン、水差し、白ワインの壜が入ったアイスバケットが続いた。

ルーシャスは片方の眉を穏やかに上げてジョーの話を聞いていた。ところどころで驚いて口がOの形になった。部下のひとりにうなずくと、その男が三人のグラスにワインを注いだ。

ジョーが話し終えると、ルーシャスは言った。「わけがわからない。テレサは私が彼女の命を狙ったと思っているのかな？　あなたも思っている？」

「いや、まったく」

「いや、まったく」ルーシャスはリコに微笑んだ。「昔気づいたのだが、人がきっぱり言いきるときには、何かを信じさせたいのだよ」ジョーに向き直った。「その許しがたい行為に私がかかわっていると思っていないなら、なぜそもそも私に話す？」

「そうした行為をやめさせられる力があるのは、あんただけだからだ」

「あなたには有力な友人が何人もいる。もちろん、あなた自身も」

「おれの力には限界がある」

「だが、私にはないのか？」

「ユニオン郡のなかでは」

ルーシャスは自分のワイングラスに手を伸ばし、ふたりにもどうぞとうながした。グラスを持ち上げて言った。「パートナーシップの継続に」

リコとジョーはうなずき、グラスを掲げてワインを飲んだ。アンドロパゴイが料理を運んできた——ローストチキン二皿、茹でたジャガイモ、蒸したトウモロコシ。ひとりがテーブルでチキンを切り分けた。洞窟のなかに差しこんだ光の筋のように長いナイフで、肉を薄く切っていった。ほどなくテーブルの中央に置かれた大皿に肉の山ができ、身を削がれた残骸は持ち去られた。

「つまり、テレサ・デル・フレスコの安全を買うためにやってきた?」

「そうだ」

「なぜ?」ルーシャスはチキンをフォークで刺して自分の皿に移し、ジョーが答えるまえに言った。「さあどうぞ。やってくれ。リコ、まずはトウモロコシから。ジョー、ジャガイモを」

彼らはめいめい食べ物を皿に盛った。途中でヴィダリアがふらふらと横を通りすぎて、昼寝をするとルーシャスに言った。ヴィダリアはジョーとリコに、夢から覚めたようなぼんやりした笑みを向け、ルーシャスに小さく手を振った。ジョーは階段に歩いていくヴィダリアを見て、この世界に生きる男はみな、出会うすべての女を堕落させるのだろうか、それとも、ある種の女が堕落を求めて近づいてくるのだろうか、ともう何度目かに思った。ヴィダリアのあのぼんやりした笑みは、一年前の彼女のレパートリーには入っていなかった。当時はスチール網でも破って逃げそうな笑い方だった。ジョーはあの笑い声を生涯忘れない。ヴィダリアは憶えているだろうか。

「おれが来た理由が知りたい?」ジョーはルーシャスに言った。「そういう質問だったかな?」

「ろくに知らない女をなぜ助ける?」

「頼まれたからだ。業界の仲間に手を差し伸べるのもたまにはいいだろう。小さな親切だ」

ルーシャスは拳のなかに何度か咳をした。痰《たん》のからんだ濡れた咳で、治まるまでもう一方の手を上げていた。ルーシャスはしばらく椅子の背にもたれ、胸に手を当てていた。やがて眼の焦点が合うと、咳払いをした。「で、こちらが協力すれば彼女は報酬を払う？」

「そうだ」

「見返りにあなたは何をもらうのだ」

「おれの命にかかわる重大な情報を握ってるそうだ」

「どういう？」

「おれの殺しが依頼されたらしい」ジョーはチキンを食べてみた。

ルーシャスはリコを見、またジョーを見て、皿に眼を落とした。ハウスボートはゆっくりと川を下っていた。川沿いに湿った灰のような燐酸石膏の小山が並んでいた。その先には、枯れた木々と、丸まって焼け焦げたヤシの葉が積み上げられている。白い太陽がまた顔を出して、それらすべてに照りつけていた。

ルーシャスはワインをひと口飲んで、グラスの縁越しにジョーを見つめた。「妙な話だな」

「なぜ？　この業界に暴力はあふれている」

「あなたのように誰の脅威にもならない人気者にとってはちがう。もう権力を誇示していないし、すぐカッとなるとか、ギャンブル癖で有名なわけでもない。ほかの男のかみさんともファックしない、少なくともこの世界で働く男の妻とは。たしかに敵はいたが、最後の敵はあなた自身が一日であっさり始末した。そのことを軽く考える者もいない」ルーシャスはまたワインを飲み、身を乗り出した。「あなたは自分を邪悪な人間だと思う？」

「あまり考えたことがない」

「儲けている事業は、売春、麻薬、借金の取り立て、違法賭博――」

「ほとんどがキューバでは合法だ」

「当然ながら、合法であれば道徳的というわけではない」

ジョーはうなずいた。「同じ理屈で、違法なら不道徳というわけでもない」

ルーシャスは微笑んだ。「数年前、ハバナ経由でタンパに中国人を不法入国させなかったかな？　何千とは言わないが、何百人も」

ジョーはうなずいた。

リコが話に加わった。「おれもやった。共同事業だったんだ」

ルーシャスはリコを無視し、片時もジョーから眼を離さなかった。「何人か死者が出たはずだが？」

ジョーは少しのあいだ、長く連なる水辺をイソシギがせわしげに歩くさまを眺め、ルーシャスに眼を戻した。「航海の途中で一度、そう」

「女たち？　子供？　私の記憶が正しければ、一歳の子が船荷のなかで祝日のハムのように茹であがった」

ジョーはうなずいた。

「ならば、あなたの台帳に人間の密輸も記載しておこう。むろん殺人も。己の師を殺したのだから。同じ日に、その息子と部下の殺害も命じた」

「やつらがうちの部下を何人も殺したあとでな」

薄笑い。またグラスの縁越しの凝視。「それでも邪悪ではない？」

「話の要点がわかりかねるが、ルーシャス」

ルーシャスは川の水面を見つめた。「あなたは、自分の罪を反省すれば善良になれると思っている。そういう思い上がりを軽蔑する人間がいるかもしれない」

視線をジョーに戻した。「あなたの殺しが依頼されていると聞いたときには、たしかに信じられないと思った。それが最初の反応だろうね。どうだ、リコ？」

「そのとおり」リコが言った。

「だがおそらく、その考えは甘い。あなたはこれまでたくさんの罪を世に生み出してきた、ジョゼフ。潮が満ちて押し返してきたのかもしれない。われわれのような人間は、われわれのような人間でいるために、永遠に心の平穏を犠牲にせざるをえないのかもしれない」

「あるいはな」ジョーは言った。「来月、閑なときにじっくり考えてみよう、まだ生きていたら」

ルーシャスは両手を組み合わせて身を乗り出した。

「では、ひとつずつ検討していこうか。殺しの依頼があったと聞いたのはどこかな？」

「テレサからだ」

「テレサはなぜその情報をあなたに伝えたのだ。自分の得にならないことはぜったいしないのに」

「おれがここに来て、彼女の保護を申し入れるように」

「だからあなたは来た」ルーシャスのもの言わぬ部下のひとりが、ワインの壜を新しいものに取り換えた。

「テレサは私に何を提供する？」

「あんたの部下がキーウェストでドイツ船を襲ったときの、彼女の取り分の九十パーセント」

「九十」

ジョーはうなずいた。「残りの十パーセントはおれが受け取り、テレサの指定した銀行口座に入れる。テレサが刑務所にいるあいだ、彼女の母親が引き出せるように」

「九十パーセント」ルーシャスはまた言った。

「刑務所にいるあいだ、完全に保護されるための代金だ」

「ちょっとした問題がある」キング・ルーシャスは椅子の背にもたれ、左の踵を右膝に乗せた。

「なんだ？」

「テレサの言う金はすでに私が手にしている金だ。あなたは私に何も提供していない。この会話を続けてもこちらの利益になるとは思えないな」

「あんたとおれはパートナーだ」ジョーは言った。「あんたは好きなだけ燐酸を採掘できるが、おれなしでは輸送できない」

「そうとも言いきれない。縁起でもない話だが、なんらかの災難があなたに降りかかった場合、あなたの仕事仲間は、大いに悲しむことは別として、事業は続けるだろう。いまの条件は公平だと思うかな？」

「きわめて」ジョーは言った。

ルーシャスは笑った。「だろうね、あなたにとっては。そちらの得になるから。だが、レートが不当に高いとこちらが思っているとしたら？」

「思ってるのか？」リコが訊いた。

「そのせいで安眠できなかった夜が一、二度あると言っておこうか」

ジョーが言った。「うちのトラックを使用するのに、あんたは相場よりはるかに少ない額しか支払っていない。手数料は……」とリコを見た。

「一ポンドにつき二十セント、一マイルにつき四ドル」

「特売価格だ」ジョーは言った。

「一ポンド十五セント」ルーシャスが言った。

「十七」

「それと一マイル三ドル」

「寝ぼけてるのか」

「三ドル二十五セント」

「近頃のガソリン代を知ってるか？」ジョーは言った。

「三ドル七十五」

「三ドル五十」

「三ドル六十五」

ルーシャスは皿を見おろし、しばらく食べ物を咀嚼していた。そしてリコのほうを見て、にやりと笑い、ナイフでジョーを指した。「若きリコ、この男からいろいろ学びたまえ。つねに成績優秀だ」

ルーシャスはナイフを落とし、テーブル越しに手を差し出した。

手を握るためにジョーは身を乗り出さなければならなかった。

「個人的には、あなたには生者のひとりでいてほしいと願っている、ジョー。少なくとも私が生きているあいだはね」

ふたりは握っていた手を離した。

川辺では黒人の子供たちが、傾いた桟橋から、燐酸の残留物で石灰色に染まった水面に釣り糸を垂れていた。彼らの背後は緑と黄色のジャングルで、あばたのように小さな掘っ立て小屋が集まっていた。小屋のうしろには白い十字架を掲げた地元の教会があるが、大きさは小屋とあまり変わらず、立派でもない。対岸の木々はすべて伐採され、土手のすぐ近くを道路が走っていた。ジョーには、アル・バターズが車でゆっくりと併走しているのがはっきりと見えた。

「あなたはなんだ？」ルーシャスがリコに言った。

「おれがどうした？」

「兄貴の番人か？」

「そんなつもりはない」

「なら、どうしてここにいる？」

リコは困惑した笑みを見せた。「たまには都会を離れて田舎を見物したかった。そういうことってあるだろ？」

「いや、とくにない」ルーシャスは笑っていなかった。「あなたは縄張り《シマ》のボスだ。ちがうかな？」

「ちがわない」

「組織でいちばん若い」

「たぶん」

「ここにいる師匠の若かりしころを思わせる神童だ」

「ただの一員さ、ルーシャス、仕事をしてるだけの」

「ほう、これは仕事か。仕事でここにいるわけだ」

リコは煙草に火をつけた。努めてさりげなくふるまっていた。「ちがう。力を貸しにきただけだ」

ルーシャスはジョーを指差した。「彼に？」

「ああ」

「だが、どうして力を貸す必要がある？」

「必要はない」

「それなら、どうしてここにいる?」

「言っただろ」

「もう一度言ってくれ」

「遠出したい気分だった」

ルーシャスの表情は微動だにしなかった。「あるいは、証人になりたかった?」

「なんの証人だ?」

「なんであれ、今日起きることの」

リコは心持ち姿勢を正して眼を細めた。「今日ここで起きてることを言おうか。仕事仲間が集まって近況報告をしてるだけだ」

「加えて、そのなかのひとりがもうひとりを買収して、第三者の保護を求めている」

「それもだ」

ルーシャスは自分のグラスに三杯目のワインを注いだ。「あなたは約束の証人になるために来たのだと思う。あとで私が約束を破ったときに備えて。あるいは、友人を守りたいというむなしい希望を抱いて。後者の場合、客人に食べ物とワインをふるまい、休息場所を提供した私を、あとで危害を加えるような男と見なしていることになる。恥ずべき罪だ。いずれにせよ、エンリコ、あなたがここにいることは、私に対する侮辱だ」そしてジョーのほうを向き、「あなたはさらにひどい。ジャングルのなかの狙撃手を私が見逃すとでも思ったか? あれは私のジャングルだ。これは私の川だ。アヴィルカ」

黄色い髪のアンドロパゴイが現われた。ルーシャスの横に膝をつくと、ルーシャスが耳打ちをした。アヴィルカは何度かうなずいて立ち上がった。ボスの横から離れ、下の甲板におりていった。

ルーシャスはジョーに微笑んだ。「見張り番に、腐れバンスフォード・ファミリーのあほうを雇った? 敬意はどこにあるのかな、ジョー。礼儀作法というやつは?」

「不敬を働くつもりはなかった、ルーシャス。バンスフォードの顔を立てただけだ。先週、自家用機で彼らの領地に着陸したから」

「それで私の領地にあんな臭いものを持ちこんだのか？」ルーシャスはまたワインを飲んだ。顎が動き、視線が左右に動いて川に向かい、また戻ってきた。「あなたは運がいい」ルーシャスは言った。「私はめったなことで腹を立てないから」

オグデン・センプルとアヴィルカが船首に現われた。オグデンが大判のマニラ封筒を手にテーブルに近づいてきて、ルーシャスに渡した。

ルーシャスは封筒をジョーの膝の上に放った。「テレサの十パーセントだ。数えたいならご自由に」

「数える必要はない」ジョーは言った。

ボートは舳先を川岸に向けて右に曲がり、川のなかで方向転換した。彼らは引き返しはじめた。大型のモーターが力を増し、大きくうなっていた。

「私をこけにしているのではないな、ジョー？」

「そんなことをする人間など想像もつかない、ルーシャス」

「試してみた人間はいるよ。驚いたかな？」

「ああ」ジョーは言った。

ルーシャスが煙草入れを開け、煙草を口に持っていくまえに、すかさずオグデン・センプルが火を差し出した。

「いまの話を聞いて驚いたか、オグデン？」

オグデンはライターの蓋をパチンと閉じた。「はい、非常に」

「どうして？」

「誰もあなたをこけにしないからです」

「なぜだね？」

「あなたは王だから」

ルーシャスはうなずいた。ジョーは最初、ルーシャスがたんにオグデンに同意しているのだと思った。が、ふたりのアンドロパゴイが群れから進み出て、ひとりがオグデンの背中を刺し、もうひとりが胸を刺した。ふたりとも仕事が速く、体の十六、七カ所に穴をあけるのに、同じくらいの秒数しかかからなかった。オグデンの口から鋭い叫びがあがり、やがて小さなうめき声になった。殺し屋たちが一歩離れると、彼らのむき出しの胸に血が飛び散った。オグデンは甲板に膝からくずおれた。混乱してルーシャスを見上げ、腹の穴からずるずると出てくる自分の一部を腕で押さえようとした。

ルーシャスがオグデンに言った。「この人生でも次の人生でも、金輪際、私の具合が悪いなどと人に言うな」

オグデンは答えようとしたが、アヴィルカがそのうしろに膝をつき、半月刀で喉を掻き切った。ほとばしる血が、はみ出た内臓や四肢に降りかかり、オグデンは甲板に倒れて、見えるほうの眼を閉じた。

川の上にいたシロサギが大きな白い翼をはためかせ、ハウスボートをかすめて飛んでいった。

ルーシャスはジョーを見すえ、死体のほうへ顎を振った。「私があれをどう感じていると思う？　いい気分か、悪い気分か」

「わからない」

「当ててみろ」

「悪い」

「なぜ？」

「彼はあんたに長く仕えていたから」

ルーシャスは肩をすくめた。「じつは何も感じない。彼に対しても、あらゆる生き物に対しても。最後に何かを感じたのがいつかも思い出せない。それでも、逃れようのない神の目のもと」と言いながら太陽に眼を細めた。「私は富み栄えている」

14 照準線

「連中はあいつを食ったのか？」三十二号線を西に車を走らせながらリコが訊いた。

「おれに意見はない」ジョーはライウイスキーのパイント壜をあおった。先住民の子供ふたりと老女ひとりが働いている道路脇の果物の露店で買ったものだった。壜をリコに渡すと、リコもひと飲みした。

「あの男の何が悪かったんだ？」

「それもおれには想像すらできない」

しばらく黙って壜を往復させながら走っていると、まわりの植物の葉の先が尖り、緑が濃くなってきた。

「いや、たしかに、おれも男は殺したことがある」リコが言った。「女や子供は殺してないが」

ジョーはリコを見た。

「意図的にはな」リコは言った。「あの中国人の子は運が悪かっただけだ。あんたも男は殺しただろう」

「もちろん」

「だが、理由あってのことだ」

「そのときにはそう思った」

「さっきのは理由なんてなかった。ボスが風邪を引いてるとおれたちにもらしただけで、いまはもう死人だよ。どんな基準があるってんだ」

ジョーは毛穴にあのボートを感じた。頭皮からこすり落としてしまいたかった。

「あの娘はどこかで見たことがある」リコが言った。「ジョージ・Bと寝てた子だったかな」

ジョーは首を振った。「ボビー・Oだ」

リコは指を鳴らした。「そう、それだ」

「よく〈カリプソ・クラブ〉に来てた」

「ああ、いや、いま思い出した。くそ。ふるいつきたくなるほど魅力があった、あの子か」

「もうちがう」

「もうちがう」リコは低くて長い口笛を吹いた。「あの子には力があった」

ジョーはうなずいてリコと眼を合わせ、同時に言った。「もうない」

「女の子は自分のプッシーに力があると思ってるし、それが正しいこともあるだろう、短いあいだなら。おれたちはおれたちで、自分のタマと筋肉に力があると思ってる。それも正しいかもしれない、短いあいだなら」リコは残念そうに首を振った。「本当に短いあいだならな」

ジョーはうなずいた。力はたいていの場合――ヴィダリアの場合にはまちがいなく――鷹のふりをしている蝿だ。蝿を鷹と呼び、猫を虎と呼び、人を王と呼ぶことに同意する者だけを支配することができる。


彼らは白い太陽の下で陽炎の立つ白い道を走った。両側には糸杉がまばらに並び、立ち枯れ、波打っていた。州のこの一帯はまだ開発されておらず、野放図に成長したジャングルや、ワニ、ヒョウ、薄い緑の霧の下でぎらつく油の浮いた沼で満ちあふれていた。

リコが言った。「灰の水曜日まであと、一週間？」

「ああ」

「くそ、なんてこった、ジョー」

「なんだ？」

「なんでもない」

「いや、言えよ」

「あんたの知性にケチをつけることになる」

「いますぐつけてくれ」

リコは道路をまっすぐ見つめて、少し考えていた。

「ルーシャスとまたちょっと会って、あいつがいかに狂ったくそ倒錯者だったかを思い出すまで、おれは信じちゃいなかった。あいつは今日、オグデンを殺さなきゃアル・バターズを殺してた。それか、あの娘を。あるいは、おれたちのどっちかを。要するに、今日誰か殺すつもりだったんだ。理由なんかない。たんなる思いつきさ。だから、今回の殺し屋の件にルーシャスが少しでもかかわってるなら、あんたはほとぼりが冷めるまで姿をくらましたほうがいい。一、二週間、自分の農場でおとなしくしてりゃいいじゃないか。そのあいだにおれたちが、殺しを依頼されたやつを見つけ出す。理由も調べて、支払小切手を無効にしてやる」リコはジョーを見た。「喜んでそうするよ、信じてくれ」

ジョーは言った。「ありがたい申し出だ」

リコはハンドルをぴしっと叩いた。「〝だが〟って言わないでくれ。言うなよ、ジョー」

「だが、街でやるべきことがある」

「そんなのは、あとまわしだ」またジョーを見た。「嫌な予感がするんだ。そうとしか言えないが。おれは生まれてからずっと悪党だ。おかげで直感だけは鋭くなった。その直感が、隠れろと告げてる」

ジョーは窓の外を見た。

「恥ずかしく思うことなんかないさ、ジョー。逃げるわけじゃない。休暇を取るだけだ」

「考えてみよう」ジョーは言った。「当面の仕事を片づけられるかどうか」

「わかった。それならひとつだけ約束してくれ——おれかディオン、あんたの選ぶほうでいいから、家に警護をつけさせてくれ」

「家にだぞ」ジョーは同意した。「おれにじゃない。おれは警護なしで行動したくなったら、そうする。いいか？」

「ああ。それでいい」リコはジョーを見て、にやりとした。

「なんだ？」

「これであんたが地元の女とファックしてることがわ

かった。相手は誰だ？」

「運転に集中しろ」

「はいはい」リコは小さな声で笑った。「やっぱりな」

しばらく無言で車を走らせたあと、リコがすぼめた口から息を吐き出し、ジョーにはリコが誰のことを考えているかわかった。

ハンドルを握るリコの指が白くなった。「さっきの話だけど、おれは人を殺したことがある。けど、あの野郎？　あいつはどうしようもない野蛮人だ」

ジョーは窓の外を流れる有史以前からの植物を見つめながら、それがまさにいまの自分の悩みなのだと思った。ジョーの魂を苦しめているのは、自分と野蛮人とのちがいだった。

ジョーはみずからに言い聞かせた——ちがいはある。ぜったいあるべきだ。

ちがいはある。

ちがいはある。

ライウイスキーをまた何度か飲むと、信じられる気がした。


レイフォードに着くと、リコは車のなかで待ち、ジョーは刑務所をぐるりと囲む土の道で副署長とまた握手をした。ジョーがフェンスに向かって丘を登っていくのを、副所長は立って見ていた。テレサが金網に近づいてきて、ジョーは中身が見えるように封筒を開けた。

「あんたの十パーセントだ。明日の朝、銀行に預ける」

テレサはうなずき、フェンス越しにジョーを見た。

「酔ってる？」

「なぜそう思う？」

「こっちに歩いてくる足取りが用心深かったから」

「少し飲んだ」ジョーは煙草に火をつけた。「さあ、聞かせてもらおうか」

テレサは指をフェンスにからめた。「ビリー・コヴィッチ。襲撃はイーボーで。だから、あんたが家にいるあいだだと思う」

「ビリー・コヴィッチを家に入れるわけがない」

「なら、ライフルを使うんだろうね。とびきり腕のいい狙撃手だから。まえの大戦で大活躍したらしい」

書斎の窓際に坐ってすごす日々は終わった。

「それか」テレサは言った。「路上にいるあんたを狙う。たとえば、行きつけのコーヒーショップや、ふだん足を運ぶどこかで。だけど、あんたがふだんしてることをしなくなったら、あっちも気づかれたと思うだろうね」

「そして退散する？」

テレサは冷たく鋭い笑いを発して、首を振った。

「予定を早める。あたしなら」

ジョーはうなずいた。視線を落とすと、田舎の一日で靴が傷だらけになっていた。

「休暇を取ったらどう？」テレサが言った。

ジョーはいっときテレサを見つめ返した。「誰かがおれを街の外に出そうとしている。そう考えると、すべての辻褄が合う」

「つまり、誰もあんたを殺そうとしてないと思うわけだ」

「合理的に考えれば、オッズは三倍といったところかな」

「その数字に満足してる？」

「からかってるのか？」ジョーは言った。「ものすごく怯えてるよ」

「だったら逃げな」

ジョーは肩をすくめた。「おれは理性のほうが感情より役に立つという考えでこれまで生きてきた。だが、今回初めて、どっちが決定を下すのかわからなくなっている」

「じゃあ、居残るつもりなんだ」

ジョーはうなずいた。

「まあ、でも、直接知り合いになれてよかった」ジョーが持っている袋を指差した。「よければそれを手遅れになるまえに預けてほしいんだけど」

ジョーは微笑んだ。「朝いちばんに」

「さよなら、ジョー」

「じゃあ、テレサ」

ジョーは丘を下って引き返した。背骨に、胸に、額の中心に銃の照準線が向けられているところを想像しながら。

ジョーが一〇七号室に到着したとき、ヴァネッサはいなかった。彼女は桟橋にいた。桟橋は乗ると軋み、ジョーはふと、このまえそこで待っていた少年を思い浮かべたが、そのまま歩きつづけた。顔に笑みを浮かべて、ヴァネッサの正面に腰をおろした。

「今日はそういう気分になれないと言ったら怒る？」ヴァネッサが言った。

「いや」ジョーは言い、本心でそう言っていることに気づいて驚いた。

「でも、隣に坐って」ヴァネッサは腰の横の板を叩いた。

ジョーは横にずれて近づき、互いの腰を触れ合わせた。ヴァネッサの手を取り、ふたりで水面を眺めた。

「何か悩みがあるのか？」ジョーは尋ねた。

「まあ、何もかも、とも言えるし、何もないとも言えるし」

「それについて話したい？」

ヴァネッサは首を振った。「あまり。あなたは？」

「ん？」

「いま抱えてる問題について話したい？」

「おれが問題を抱えてると誰が言った？」

ヴァネッサは小さな声で笑い、ジョーの手をぎゅっと握った。「それなら、ただここに坐って話さないでいましょう」

ふたりはそうした。

しばらくたって、ジョーが言った。「いいね」

「ええ」悲しげな驚きとともにヴァネッサが言った。「そうね」

15 自分で治せ

その夜は眠れなかった。

眼を閉じるたびに、半月刀を手に迫ってくるアンドロパゴイの姿が浮かんだ。闇を切り裂いて額にまっすぐ飛んでくる銃弾の先が見えることもあった。ジョーは眼を開けた。家が軋み、壁がうめき、誰かが階段を歩いているような音が聞こえた。

外では木々がガサガサ鳴っていた。

ダイニングルームの時計が二時を打った。眼を開けると——まだ閉じていたことに気づかなかった——ブロンドの少年が指を口に当ててドアのまえに立っていて、指差した。ジョーは初め、自分が指差されたと思ったが、ちがった。少年はジョーのうしろの何かを指していた。ジョーはベッドの上で体をねじり、右肩越しに暖炉を見た。

少年は、今度はそこに立っていた。表情はなく、眼は何も見ていない。白いナイトシャツ姿で、何もはいていない足に紫や黄色のあざがあった。少年がまた指差し、ジョーはドアのほうを振り返った。

何もない。

暖炉に眼を戻した。

誰もいなかった。

「指の先を見て」

ネッド・レノックス医師は、ジョーの顔のまえで人差し指を右から左、左から右へと動かした。

レノックスは、ジョーが実務を仕切っていたころからのバルトロ・ファミリーのお抱え医師だった。セントルイスで医師としての将来が約束されていた彼が、なぜこんなところに追いやられてきたのか。噂には事欠かない――酩酊して手術した、ミズーリ州の大立者の息子を過失で死なせた、女との情事、男との情事、子供との情事、薬剤をちょろまかして売り飛ばした。だが、そうした噂は、タンパの裏社会で囁かれるさまざまな噂と同じく、すべてまちがっていた。

「はい、よろしい。今度はそっちの腕」

ジョーは左腕をまえに出した。華奢で物腰の柔らかい医師は肘のすぐ上を指先でつまみ、腕の内側を見た。肘の腱を打診用ハンマーで軽く叩き、同じことを右腕と両膝におこなった。

ネッド・レノックスはセントルイスを追われたのではなかった。医師として高い評価を得ていながら、自分の意思で街を出たのだ。聖ルカ病院の年嵩の医師たちは、何かの拍子にレノックスを思い出しては、一九一九年の秋になぜ彼が去ったのか、その後どうしているのかと考えた。たしかに、若い妻が分娩時に死んでちょっとした騒ぎになったが、州医療委員会という権威ある機関が直々に調査し、インフルエンザ大流行の折に身を粉にして働いた英雄であるレノックス医師は、妻子を死に至らしめた状況になんら責任を負わない、と裁定した。妻の子癇前症（妊娠中毒症の一種）はインフルエンザとそっくりの症状で始まった。若い妻と胎児を脅かす真の病を哀れな夫が理解したときには、すべてが手遅れだった。当時は街の人口の三十パーセントがインフルエンザに罹り、毎日十五人ずつ死んでいた。医者ですら病院に電話しても応答がなく、同僚に往診してもらうこともままならなかった。かくして愛する妻を奪われたネッド・レノックスは、自宅にひとり残された。絶大な敬意を払われる医師が妻を救えなかったという残酷で皮肉ななりゆきに、彼はこの先生きていけないのではないかという臆測もあった。が、出生に関するプロが束になってかかっても、おそらく結果は同じだった。

「先週、何回ぐらい頭痛が起きた？」ネッドはジョーに訊いた。

「一回」

「ひどかった？」

「いや」

「思い当たる原因は？」

「チェーン・スモーキング」

「最新の治療法がある」

「どんな？」

「チェーン・スモーキングをやめることだ」

「さすが」ジョーは言った。「一流の医学校を出ただけのことはある」

　ネッドは一九三三年に、別バージョンの身の上話をジョーに聞かせた。ラム酒をめぐる醜い戦いのなかでとくに大きな被害の出た日、空っぽのホテルの舞踏場に設えた間に合わせの手術室で、ジョーの手も借りて、兵士たちを夜どおし手当てしたあとのことだった。翌朝、桟橋にふたりで腰かけ、釣り船やラムを積んだ船が湾を往き来するのを眺めながら、ネッドはジョーに、出会ったときの妻はひどく貧しく、自分よりはるか下の階層にいたと語った。

妻の名前はグレタ・ファーランド。角張った顔の母親、細長い顔の父親、ほぼみな細長い顔の四人の兄弟とともに、グラボワ・クリーク沿いの小作人用の小屋に住んでいた。グレタを除く家族全員が、カニの甲羅のように丸まった背と、尖った顎、排水溝の壁のように高くのっぺりした額、残忍そうな飢えた眼を持っていたが、グレタだけは、尻も胸も唇もふっくらしていた。ミルク色の肌は街灯の下で仄白く光り、めったに見せない微笑みは、大人の女の欲望を芽生えさせた少女のそれだった。

「立ってみてくれ」

ジョーは立った。

「歩いて」

「え？」

「歩くんだ。踵から爪先まで使って。ここの壁からあっちの壁まで」

ジョーは歩いた。

「今度はこっちに戻って」

ジョーはふたたび部屋を横切った。

グレタはネッドに愛を返してくれなかったが、ネッドは、いっしょにいてどれだけ暮らしが楽になるか彼女が理解すれば、それも変わるだろうと思った。交際期間は短かった。〝川っぷち〟で育った貧しい白人女性にとって、ネッドのような男と出会うのは人生に一度あるかないかだと、グレタの父親にはわかっていた。グレタはネッドと結婚し、すぐに環境に溶けこんだ。

ディナーフォークとサラダフォークのちがいを学び、メイドを叩くようにもなった。暗い気分にまた呑みこまれるまでの三、四日は、ネッドに一日じゅう明るく接することもあった。そんな幸せな時期があるので、ネッドも、妻はもうすぐ目覚めて、夢だと思っていたことが現実になった——もう食べ物や逃げ場所の心配は要らない、立派で謙虚な男の愛を探す必要もない、憂鬱な気分も消えてなくなる——のに気づくはずだと信じていられた。彼女の人に対する冷ややかな見方が、いつか思いやりに取って代わられると思っていた。

ネッドは眼鏡をかけ直し、クリップボードの処方箋に何やら書きこんだ。「ゆっくりして」

ジョーは言った。「もう袖を戻していいか?」

「どうぞ」またペンの音がした。「で、耳の痛みはなく、息切れもなく、鼻血もしょっちゅう出ない?」

「ない、ない、ない、ない」

レノックス医師はちらりとジョーを見た。「体重が少し落ちたな」

「悪いことか?」

医師は首を振った。「何ポンドか落ちたって、あなたには問題ない」

ジョーは喉の奥を鳴らして煙草に火をつけ、レノックスにもパックを差し出した。医師は首を振ったが、自分のパックを取り出して一本火をつけた。

グレタが妊娠すると、ネッドは物事が一気に好転すると思った。しかし、妊娠は彼女をいっそう気むずかしくした。彼女が幸せだったのは——先も見えずつらい幸せではあったけれど——家族といっしょにいたころだけだった。ファーランド一家は総じて、先が見えずつらいときにこそ幸せなのだった。家族が訪ねてくると、高価な調度品や銀器が消える。ネッドは彼らに憎まれているのがわかった。欲しくてたまらないのに、あまりにも長くそれなしで生きてきたので、手に入れても扱い方がわからないものを、ネッドがすべて持っていたからだった。

ネッドは煙を吐き、パックをシャツのポケットに戻した。「もう一度話してくれ」

「同じことを言わせるな」

「あなたには幻が見える」

ジョーは顔が赤らむのを感じ、相手を睨みつけた。

「脳腫瘍なのか、ちがうのか?」

「その徴候はない」

「だからといって、腫瘍がないとはかぎらない」

「ああ。だが、可能性はきわめて小さいということだ」

「どのくらい小さい?」

「晴れ渡った空の下でゴム農園にいるときに、雷に打たれる確率くらいかな」

ネッドは驚かなかった――ショックだったかもしれないが、驚きはしなかった。予定外に早く帰宅したあの日、妊娠四カ月のグレタがベッドにいて、彼女の父親がうしろから激しくペニスを突き立てていた。レノックス家に三代受け継がれてきたベッドの上で、二匹の豚が発情していた。婚約記念に贈った姿見に、茫然としたネッドが映っているのを見ても、ふたりは動きを止めなかった。それっぽっちの人間らしささすら持ち合わせていなかった。

「では、睡眠について訊こう。眠れている?」

「あまり」

医師はまた何か書いた。「眼の下の隈を見ればわかるな」

「それはどうも。生え際も後退している?」

レノックスは眼鏡のレンズの上からジョーを見た。

「ああ、しかしそれは今日の話題じゃない」

「なら今日の話題は？」

「その、あー、幻を最後に見たのはいつ？」

「二、三日前」

「どこで？」

「自宅で」

「そのとき、暮らしに何か変わったことは？」

「何も。あ……」

「なんだね？」

「なんでもない」

「ここに来たのは理由があるからだろう。話してくれ」

「知り合いのひとりがおれに腹を立てているという噂がある」

「なぜ？」

「わからない」

「その知り合いは、きちんと説明しても聞かないやつなのか」

「それもわからない。誰かも知らないんだ」

「そちらのビジネスでは」レノックス医師は用心深く言った。「腹を立てた知り合いは、対立を解消するのにかならずしも……」続くことばを探した。

「上品な方法はとらない」ジョーが言った。

医師はうなずいた。「まさしく」


グレタの父親、エゼキエル・〝イージー〟・ファーランドは数分後、客間にいたネッドを見つけた。義理の息子の真正面に椅子を引くと、ダイニングルームから持ってきた桃にかぶりついた。

「さぞ言いたいことがあるだろうよ」彼はネッドに言った。「けどよ、言ったところで、おれにも家族にもなんの意味もない。うちにはうちのやり方がある。おまえさんにもしたがってもらうぜ」

「こんなこと、したがえるわけないだろう」ネッドの声は震え、女のように裏返った。「ぜったい無理だ。あんたの娘をこんなことから救い出して——」

イージーはネッドの睾丸にナイフの切っ先を当て、もう一方の手でネッドの喉をつかんだ。「このままいくしかないんだよ。口のなかにおれの味がするまで、おまえのケツを突きまくってやる。それから息子たちを呼んで、順番に同じことをさせる。わかったか。もうおまえはうちの家族に入ったんだ。家族の一部なんだよ。そういう契約を結んだのさ」

ネッドにわからせるために、イージーは彼の股間の睾丸のすぐ上、ペニスの右をナイフですっと切った。「医者だよな」ネッドのシャツで刃をぬぐった。「自分で治せ」

ジョーは右の袖口にカフスを通した。「それで、この幻はなんのせいだと思う？」

「ストレス」

「まったく」ジョーが言うと、カフスが床に落ちた。「ばかばかしい」屈んで拾った。「本当に？」

「本当にストレスを受けていると考えているか？　それとも、本当にストレスが幻の原因だと考えているか？　正直に言っていいかな」

ジョーはまたカフスをいじりはじめた。「もちろん」

「ひとりないし複数の人間が、あなたに危害を加えようとしているかもしれない。奥さんを暴力的な事件で亡くしたあと、男手ひとつで息子を育てている。移動が多すぎ、煙草の量も多すぎる。おそらく酒の量も多いだろうし、睡眠は足りていない。それで幽霊の大群を見ないほうが驚きだね」

それから一カ月、ネッドは歩き、食べ、仕事に行ったが、何をするにもまともに考えられなかった。三十日のあいだ、手足は彼に指示されたからではなく、ただ長年の記憶にしたがって動いた。食べ物が口に入るのも――まるで舌にのる濡れた灰――意識してではなく、たんなる習慣からだった。ネッドは往診に出かけ、インフルエンザの大流行にみまわれた街の病院で通常勤務もこなした。ある程度の人数のいる家族では、最低ひとりが感染し、その半分が死んだ。ネッドは率先して重症患者の治療にあたった。なかには快癒する者もいたが、残りの者には死亡宣告をした。そうしたことを何ひとつ憶えていなかった。毎晩、家に帰った。毎朝、家から仕事に出た。

毎朝おこなう妻への検診で、あるとき、血圧が急上昇していることに気づいた。その日は血圧については考えないことにして、仕事に出た。帰宅すると、グレタの状況は悪化していた。尿検査の結果、明らかに腎臓が機能不全に陥っていた。妻には心配ないと言った。聴診器を当てると、早鐘を打つ心臓と、肺にたまった水の音が聞こえた。ネッドは妻の手を取り、妊娠中期によく見られる症状だと安心させた。

「すると、これはストレスなのか？」ジョーは言った。

「まさにストレスだ」

「そういう感じはしないんだが」

医師は鼻から長いため息をついた。

「いや、ふだんに比べてそうひどくはないということだ」ジョーは説明した。「たとえば、そう、十年前と比べたらどうってことはない」

「ラム戦争のさなか、酒を密造してたころか」

「という噂があったころだ」ジョーはいつもの答えを返した。

「そのころあなたには、すがりついてくる子はいなかった。それに、いまより十歳若かった」

「若者は死を怖れない？」

「怖れる者もいるが、たいがい本心ではわが身に起きると思っていない」医師は煙草の火をもみ消した。

「あなたが呼び出している少年について話してくれ」

ジョーはためらい、レノックスの顔にわずかでもおもしろがっている気配がないか探したが、あるのは熱心な探究心だけだった。少年の話ができることに、ふいに心が浮き立ったことを認めるのはきまりが悪かった。もうひとつのカフスを留め終え、レノックスの向かいの椅子に坐った。

「ほとんどの場合」ジョーは話しだした。「彼の顔は使いかけの消しゴムに似ている。わかるかな。鼻も口も眼もたしかにあるけれど、ちゃんと見えなくて、なぜ見えないのかもわからない。ただ、見えないんだ。一度、横顔を見たが、そのときには家族のように思えた」

「家族？」レノックスは新しい煙草に火をつけた。「息子に似ているとか？」

ジョーは首を振った。「いや、おれの父親か、昔会ったいとことかだな。兄の子供のころの写真とか」

「お兄さんは健在？」

「ああ。ハリウッドで映画の脚本を書いてる」

「親父さんかもしれない？」

「そうかなとも思った」ジョーは言った。「だが、ちがう気がする。おれの父親は、大人の男として子宮から出てきたような人だったから。どういうタイプかわかるだろう？」

　レノックスは言った。「とにかく、親父さんという気はしないわけだ」

「よくはわからないが」

「幽霊を信じる？」

「昔は信じてなかった」

　聞いてレノックスは煙草を振った。「この件であなたは霊媒師や占い師のところへは行かず、医師である私のところに来た。腫瘍が心配だったようだが、私はストレスだと思う。呼び出しているものがなんであれ、それはあなたにとって意味のある何かだ。親父さんが自分を少年と思っていたかどうかは別として、あなたは少年の姿の彼を想像しやすかったんじゃないか。でなければ、さっき言ったいとことのあいだに何かあったのかもしれない。昔、心残りになるようなことが」

「あるいは」ジョーが言った。「正真正銘のくそ幽霊か」

「もしそうなら慰められる――神がいるということだから」

ジョーは顔をしかめた。「いまなんと？」

「幽霊なんてものがいるなら、死後の世界があるということだ。死後の世界があるのなら、超越した存在がいて当然だ。ゆえに《エルゴ》、幽霊は神の存在証明になる」

「あんたは幽霊を信じないと思ってた」

「信じない。したがって、神も信じない」

グレタが大声で叫びだしたので、ネッドは猿ぐつわを嚙ませた。ベッドに縛りつけ、足首も縛った。すでにグレタは発熱していて、意識は混濁し、うわ言を言っていた。ネッドは彼女の額の汗をぬぐい、耳元で憎しみを囁き、近親相姦でできた子供のさまざまな症例について、医学校で習ったあらゆる統計結果を吹きこみつづけた。

「きみの家系は絶やさないとね」妻の耳の端を嚙みながら囁き、ふくらんだ乳房を愛撫した。子癇の発作が起きたときには頰を張るか喉をつねるかして、気絶させなかった。やがて発作は止まらなくなった。彼がこの女より美しい女に会ったことがないのは確かだった。産気づいてから三時間十一分後に、女は死んだ。

地上のいかなる文明社会でも許されない、忌まわしい罪の産物だった赤子も、死後の世界に入った。待ち受ける恐怖を知ってか、その眼は固く閉じられていた。

レノックスは丸椅子の上で背を反らし、ズボンの膝のしわを伸ばした。「幽霊を信じない理由を教えようも言わない家のなかにいるより」

ジョーはくすっと笑った。「あんたがそう言うなら……」

レノックスは処方箋を書き上げた。「これを七番街の薬局に」

ジョーはポケットにしまった。「何が出る?」

「催眠剤だ。用量を超えないように。でないと一ヵ月眠りつづけてしまう。だが、夜は楽になるだろう」

「昼間はどうすればいい?」

「充分休息がとれれば、昼でも夜でも幻を見なくなるさ」レノックスの眼鏡が少しずり下がった。「幻か不眠が続くようなら電話してくれ。もっと強いやつを処方するから」

「わかった」ジョーは言った。「そうする。ありがとう」

「お大事に」

ジョーが去ったあと、ネッド・レノックスは煙草に火をつけ、しばらく考えていた。まだ死んでいない人間が幽霊になろうとする話か。退屈だからだ」

「え?」

「退屈だろう」医師は言った。「幽霊でいることは。だって、あり余る時間をどうすごす? 自分が本来存在しない場所を午前三時に歩きまわり、猫や、そうだな、妻とかをびっくり仰天させたあと、壁のなかに消える。時間にすると――長くて一分くらい? 残りの時間はどうするんだ。さっきも言ったが、幽霊を信じるというのは、死後の世界も信じるってことだ。信じなきゃならない。ふたつはいっしょだ。死後の世界がないなら、幽霊もいないし、私たちはみな腐って虫の餌になるだけだ。だが、幽霊がいるのなら、死後の世界、精神世界があることになる。精神世界、天国、地獄、まあ呼び方はなんでもいいが、そこで何が起きるにしろ、一日じゅう家のなかをうろうろしてるより少しはおもしろいことがないと、やってられない。こっちが帰るのを待っていて、帰ったらじっと見つめて何火をつけ、右手の人差し指と中指のあいだがニコチンでひどく黄色くなっていることに改めて気づいた。爪も同じだった。診察台の下で震えている赤ん坊のことは無視した。赤ん坊は女で、ジョー・コグリンの診察中もずっとそこにいた。自分の父親が、死後の世界は幽霊が暮らすには退屈すぎると嘘を言っているときにも、ずっと体を揺らし、震えていた。生まれたときとちがって彼女の眼は開いていて、顔もしわくちゃではなかった。おもに顎の線が母親に少し似ていたが、それ以外はレノックスにそっくりだった。

ネッド・レノックスは、赤ん坊の正面の床に腰をおろした。彼女がいつまでいるかわからなかったし、いっしょにいるのが好きだったからだ。彼女と母親を殺したあとの数年間は、夜ごと現われて、床やベッド、ときには壁を這いまわった。最初の一年は音を立てなかったが、二年目からは泣くようになり、甲高い声で空腹を訴えた。ネッドは家を避けるために診療所でひたすら働き、往診をこなした。そして最後に、裏社会のバルトロ・ファミリーと友人たちのお抱え医師になった。その仕事を彼は大いに愉しんだ。ジョー・コグリンのような男たちやその生き方に憧れたわけではない。強欲と制裁に支配された彼らは、血まみれで死ぬか、ほかの人間を同じように死なせるしかない。私欲を満たすことを除いてルールも道徳規範もないくせに、すべてはファミリーのためという、正反対の幻想を広めようとしている。

それでもネッドは、この裏社会に、ほかのほとんどの場所で見られない正直さがあることに気づいた。この世界で会った男たちはみな、犯した罪の囚人であり、自分の壊れた部分の人質だった。人がジョー・コグリンや、ディオン・バルトロや、エンリコ・ディジャコモにならないのは、魂が完全で心が縛られていないからだ。逆に、裏社会の一員になるのは、罪と悲しみがあまりにも大きくなり、ほかの生き方ができなくなるからだ。

　タンパのラム戦争が凄惨をきわめた一九三三年三月十五日、二十五人の男が死んだ。撃たれた者も、吊された者も、刺されたり、轢き殺されたりした者もいた。彼らはたしかに兵士で、みずから生き方を選んだ大人の男だったが、ある者は泣き叫び、ある者は妻や子のために命乞いをした。メキシコ湾のボートの上で無残に殺された十二人は、蹴り落とされて、サメの餌になった。サメの狂乱の宴の話を聞いたとき、ネッド・レノックスは、その十二人全員が海に落ちたときには死んでいたようにと祈った。彼らの死を命じたのは、ジョー・コグリンだった。同じジョー・コグリンがこの診療所に来ると、理性的で、眼にやさしさをたたえ、一分の隙もない服装で、幻が見えると訴える。

　罪が充分大きいと、罪悪感がいつまでも消えないことをネッドは知っていた。それどころか罪悪感は強くなり、ちがう形態をとる。怒りが怒りを生むことが何度もくり返されると、宇宙の骨組みが揺らぎ、その宇宙が押し返してくる。

　ネッドは脚を組み、見つめ返してくるわが娘を眺めた。いびつにゆがみ、悪意に満ちた、幼児になりかけの子。彼女が歯のない口を開け、この二十四年間で初めて話しても、ネッドは驚かなかった。声が娘の母親のものだったことにも、驚かなかった。

「あたしはあなたの肺のなかにいる」娘は彼に言った。

16　今回は

〈ベイ・パームズ・タクシー・サービス〉の配車係のビリー・コヴィッチは、仕事を終え、ウイスキーとビールをやりにモリソン通りの〈タイニー・タップス〉に寄った。ウイスキーはいつもオールド・トンプソン、ビールはシュリッツで、どちらも二杯目を飲むことはなかった。タイニー・タップスを出ると、ゴーリー小学校まで車を走らせ、鼓笛隊の練習が終わるのを待って息子のウォルターを拾う。ウォルターはテナードラム担当で、奨学金をもらえるほどうまくはないが、追い出されるほど下手でもなかった。どちらにしろ、息子の成績なら音楽の奨学金に頼る必要はない。眼鏡をかけた十二歳のウォルターは、ビリー・コヴィッチの人生最大の驚きだった。ビリーにはほかにエセルとウィリーという子がいるが、妻のペネロピがウォルターを身ごもったとき、どちらもすでに高校生だった。当時、ペネロピは四十二歳、ビリーも産科医も、小柄でか弱い女性がその歳で無事出産できるだろうかと心配した。医者のひとりは、赤ん坊は臨月までもたないだろうとビリーに耳打ちしたほどだった。が、赤ん坊は臨月まで育ち、出産も楽だった。もしウォルターがあと二カ月遅く生まれていたら、母親の卵巣の腫瘍はおそらくそのとき見つかっていただろう。

ペネロピが死んだとき、一歳になったばかりのウォルターは歩きだしたところで、通夜でも酔っ払った先住民のように右へ左へよろけていた。そのころから静かな子で、内向的というより引きこもりに近かったが、とにかく頭がよかった。すでに小学三年生を飛ばしていて、アルテミス・ゲイルというヴァンダービルト大学を出たばかりの若いクラス担任は、本人にその気があるなら、次の秋にはタンパ・カトリック高校への進学を考えてもいいかもしれないと言っていた。学力面ではなんの問題もない、生活の変化に気持ちの面で対応できるかどうかだ、とゲイルは請け合った。

「息子はあまり気持ちを表わさないんだ」ビリーは言った。「表わしたことは一度もない」

「この学校で息子さんに教えられることは、もうあまり残っていないんですよ」

子供三人を育てたオビスポ通りのダッチ・コロニアル様式の家に帰る車中で、ビリーは息子に、秋に高校へ入学できるかもしれないがどう思うと尋ねた。息子は膝に置いた教科書から眼を上げ、眼鏡を押し上げた。

「いい話だね、ビリー」

ウォルターは九歳のときに、ビリーを〝父さん〟と呼ばなくなった。父性優位を押しつけられる子供の不利益について、完璧な議論を展開したのだ。同じことをエセルかウィリーが言ったら、ビリーは残る生涯〝父さん〟と呼ばせ、できないなら引っぱたくと叱っただろう。だが、そういう脅しはウォルターにはまったく効かなかった。以前、尻を叩いたときには、息子のびっくりして憤った表情が、戸惑いと軽蔑に変わった。その表情は、ビリーが過去に殺したどの男の顔よりはるかに頭にこびりついた。

オビスポの自宅の車庫に車を入れ、家のなかに入った。ウォルターはテナードラムと本を持って二階に上がり、ビリーはレバーと玉ねぎを揚げ、インゲンとジャガイモを炒めた。ビリーは軍隊時代から料理が好きだった。入隊は一九一六年、最初はキャンプ・カスターの料理係だったが、戦争が勃発してフランスに送られた際、部隊長にその才能を見出された。ウィリアム・コヴィッチ伍長は、ライフルの遠距離射撃で人を殺すのが非常にうまかった。

終戦後、ビリーはニューオーリンズに流れつき、酒場で喧嘩をして親指一本で相手を殺した。しょっちゅう誰かが怪我をする類の酒場ではあったが、死人が出たのは六年ぶりだった。やってきた警察に、常連客はみな、気の毒なデルソン・ミッチェルソンを殺したのはブドローという名のいかれたケイジャンで、たぶん川向こうのアルジェのほうへ逃げていったと証言した。ビリーがあとで知ったところでは、当のフィリップ・ブドローは何カ月もまえにカードゲームで五枚目のジャックがばれて殺されていた。満月の夜にワニの餌にされたらしい。以来ブドローは、フレンチ・クォーターで起きたほぼすべての殺人とストーリーヴィルの二件の殺人の犯人にされていた。殺人の夜に隅のテーブルについて坐っていた店主は、ルーシャス・ブロジュオラと名乗って、自己紹介した（「友人にはキング・ルーシャスと呼ばれているがね」）。キング・ルーシャスはビリーに、この国はもうすぐ禁酒になる、南のタンパで儲ける当てがあるんだが、腕の立つやつを何人か仲間に入れたい、と言った。

そうしてビリーはタンパに住みついた。平凡な下流中産階級の暮らしをひっそりと続け、裏では指示を受けて金のために人を殺した。稼いだ金は、一九二〇年代初めのフロリダの不動産ブームに乗じて投資にまわしたが、一般の人が湿地や臨海地を買ったのに対し、ビリーはタンパのダウンタウンや、セント・ピーターズバーグ、クリアウォーターの土地ばかり購入した。つねに裁判所や警察署、病院のそばの物件を。そういう場所のコミュニティは急成長する可能性が高いことに気づいたからだ。ある時点でコミュニティが拡大し、ビリー・コヴィッチの所有する小さな区画を買い取る必要が生じる。ビリーはいつ買い手が現われてもいいように、所有地に上物を建てたりせず、適切に管理していた。取引で大儲けはしなかったが、堅実な利益は得られた。何より重要なのは、ベイ・パームズ・タクシー・サービスの配車係がどうして娘をマイアミのハンター教員養成カレッジに送り、息子をエモリー大学に入れ、自分は三年ごとにダッジを新車に買い替えられるのかという説明がついたことだった。各市のビリーの取引相手は、優良物件を適正な価格で売ってくれる人物の経済状態を立ち入って調べようとはしなかった。

夕食のあと、ビリーとウォルターは皿を洗いながら、世の人々と同じように、海の向こうの戦争について意見を交わし、勝つまでどのくらい時間がかかるかを話し合った。

最後の皿をふきながらウォルターが訊いた。「こっちが勝たなかったらどうなるの？」

あのドイツの悪党がロシアで身動きできなくなっている現状を見ると、ビリーには、ナチスが二、三年先まで戦争を続けられるとは思えなかった。要は単純な原油の問題だ。ロシアで原油を無駄遣いすればするほど、北アフリカとルーマニアの供給元を守れなくなる。

ビリーは息子にそう説明し、ウォルターはいつものようにじっくり考えた。

「でも、ヒトラーがソヴィエトのバクー油田を奪ったら？」

「なるほど」ビリーは言った。「そしたらソヴィエトは負けて、ヨーロッパはたぶん壊滅するだろう。だが、そうなったとして、おれたちになんの関係がある？　こっちまで攻めてくるわけじゃないんだから」

「なんで攻めてこないの？」ウォルターは訊いた。

ビリーには答えられなかった。

目下、多くの少年がそのことを心配していた。きわめつきのブギーマン、アドルフは進軍中だし、いずれ海を渡ろうとするだろう、と。

ビリーは息子の首のうしろをつまんだ。「もしそうなったら、そのとき手を打つさ。どっちにしろ、大きな〝もし〟だ。それにおまえには宿題が残ってる」

ふたりはいっしょに二階に上がった。ウォルターは自分の部屋に入ってそのまま机に向かい、教科書を一冊開き、脇に三冊積んだ。

「夜更かしするなよ」ビリーが言うと、息子は助言を無視することが明らかなうなずきを返した。

ビリーは廊下を進んで、部屋に入った。子供三人を授かり、ペネロピが息を引き取った部屋だった。彼はたいていの人より死とのかかわりが深い。数えてみると、それまで確実に二十八人は殺していて、五十人にのぼる可能性もあった。四日間のソワソンの大殺戮で発射された弾のどれがビリーのもので、どれが仲間のものだったかによって、数字が変わるのだ。頬と鼻に人の最後の息が当たったことも五、六度あった。人の眼から光が消えるのも十回以上見た。妻の眼から消えるのも。

死についてビリーが言えるのは、怖れたほうがいいということだった。この世界の先に別の世界がある気配など感じたことがない。死にかかった人が眼に安らぎを浮かべるところも、問いの答えが得られそうだと安堵するところも、一度も見たことがない。たんに終わるだけだ。死はつねに早すぎ、つねに驚きであり、生涯の疑問に容赦なく答えを与える。

妻と使っていた寝室で、ビリーは袖を切り落とした古いスウェットシャツと、ペンキの染みのついたズボンに着替え、階段をおりてパンチバッグを打った。

車庫の先に鎖で吊られたバッグを、華麗な動きとは言えないまでも、手慣れた感じで打った。ことさら強くも速くもなかったが、半時間も打つと、両腕は濡れた砂が詰まったように重くなり、心臓が激しく鳴り、スウェットシャツが汗みずくになった。

手早くシャワーを浴び――このごろ誰しもシャワーは手早い――パジャマに着替えた。息子の様子を見にいくと、ウォルターは、あまり夜更かしはしないからと父を安心させ、ドアを閉めてと頼んだ。ビリーは息子を地理の勉強に戻してやり、パンチバッグのあとに自分に許しているビール二杯のために階下《した》におりた。

台所に、ジョー・コグリンが坐っていた。手にマキシム・サイレンサーのついた銃を持って。冷蔵庫からすでに二本のビールが出され、テーブルの空《から》の椅子のまえに缶切りと並べて置いてあったので、ビリーはどこに坐ればいいかだけでなく、毎晩の習慣をジョーに調べられていたことを知った。ジョーが視線で椅子を指し、ビリーは坐った。

「ビールを開けろ」ジョーが言った。

ビリーは缶の上部に穴をあけ、中身が出やすくなるように反対側にもあけると、一度ぐいと飲み、テーブルに戻した。

ジョー・コグリンが言った。「おれがなぜここにいるか訊くような、くだらないゲームをする必要があるか?」

ビリーは考え、黙って首を振った。右膝のすぐ上のテーブルの裏に、ナイフを固定してある。坐っている場所から取りやすくはないが、袖にすべりこませて、なにげない会話を続けながら、数分のうちに相手に近づくことができれば、チャンスはなくもない。

「ここに来たのは」ジョーが言った。「おれの殺しの依頼があったことを知っているからだ」

ビリーは言った。「そんな依頼なんかない。噂は聞いたが」

「おまえじゃないなら誰なんだ」

「推測を言おうか? マンクだ」

「やつはペンサコラの療養所だ」

「ならちがうな」

「可能性はほぼない」

「なぜおれだと思った?」ビリーは言った。

「おれに近づける人間に依頼したはずだからだ」

ビリーは鼻を鳴らした。「近づける人間なんているもんか。おれがあんたの蒸溜所にのこのこ入っていったり、イーボーのあんたの行きつけのコーヒーショップに偶然いたりしたら、怪しまれないわけがない。あんたを狙うなら、近づくんじゃなくて、遠くからでないと」

「だがビリー、おまえには長距離射撃の腕があるだろう」

二階でウォルターが椅子の位置を変えた。頭上から床をこする音が小さく聞こえ、ふたりが天井を見上げると同時に、ビリーは右手をテーブルの下にまわした。

「息子だ」

「知っている」ジョーが言った。

「息子がミルクか何か飲みにおりてきたらどうする？　それは考えたのか」

ジョーはうなずいた。「階段に来れば音でわかる。とくに最上段はギシギシいうからな」

この家にそこまでくわしいのなら、ほかに何を知ってる？

「おりてくる音が聞こえたら？」

ジョーは両肩を軽くまわした。「まだおまえが危険だと思ったら、その顔を撃って、裏口から出る」

「思わなかったら？」

「息子はおりてきて、父親と友だちがしゃべっているのを見るだろう」

「何について？」

「タクシー事業について」

「あんたは八十ドルのスーツを着てる」

「百十ドルだ」ジョーは言った。「おれがオーナーだと説明すればいい」

また床が軋み、足音がした。寝室のドアの音が聞こえ、ウォルターが明らかに部屋から出た。廊下の足音が階段のほうに進んだ。

ビリーはナイフに手を伸ばした。

階上でウォルターはトイレに入り、ドアを閉めた。

テーブルの裏には何もなかった。ビリーは手をテーブルの上に戻して、ビールを取った。ジョーが見ていた。

「道具小屋に戻しておいた」ジョーは右の足首を左膝にのせた。「冷蔵庫のうしろの二二口径、食器棚の上の別の二二口径、リビングルームのカウチの下の三八口径、おまえの寝室の三二口径、それからクロゼットのライフルもな」

階上で水の流れる音がした。

「武器のことにおれが触れないときには」ジョーは言った。「あえてそうしていると考えたほうがいい。とにかく、どうやって銃やナイフを手にしようかと考えるのをやめて、こっちの質問に答えれば、話ははるかに早くすむ」

ビリーはビールをひと口飲んだ。ウォルターの足音がトイレから子供部屋に戻った。ドアが閉まるときにまた音を立て、椅子が床をこする音が続いた。

ビリーが言った。「訊いてくれ、ミスター・コグリン」

「ジョーだ」

「訊いてくれ、ジョー」

「誰に雇われた？」

「言ったとおり、おれは雇われてない。噂を聞いただけだ。あんたが心配しなきゃならないのはマンクだ」

「マンクを雇ったのは誰だ？」

「キング・ルーシャス。だが、彼も下請けじゃないかと思う」

「誰の？」

「わからない」

「で、おまえは水曜にやることになっていた？」

ビリーは首を傾げた。

「ちがうのか？」ジョーが言った。

「ちがう」ビリーが言った。「第一、おれは引き受けてない。申し出すらなかった。第二に、どうして日付までわかってる？」

「どうしてかな」ジョーは言った。「だが、実行日は灰の水曜日だと聞いた」

ビリーは笑い、またビールを飲んだ。

「何が可笑しい？」

「別に」ビリーは肩をすくめた。「まったく馬鹿げてる。灰の水曜日《アッシュ・ウェンズデー》？　なんで聖枝祭《パーム・サンデー》や植樹祭《アーバー・デー》じゃいけない？　誰かに死んでほしいなら、ただ殺す。そいつの最低最悪水曜日とか、どん底どつぼの金曜日に。なあ、ジョー、あんたは〈委員会〉のメンバーだろ。よく知ってるはずじゃないか」

　ジョーは、ビリー・コヴィッチが一本目のシュリッツを飲み干し、二本目に缶切りを使うのを見た。ビリーはいかにも裏表のなさそうな顔をしていた。みな彼の顔を見ると、緊張が解ける。少年らしさと武骨さがない交ぜになった、労働者階級を絵に描いたような平凡な顔だった。パンクしたタイヤの交換を手伝ってくれ、お礼にビールをおごると言うとついてきて、結局、二杯目と三杯目はこちらの分も払ってくれるような男。ビリーが高校のフットボールのコーチだとか、町の機械工だとか、金物店の店主だと聞けば、誰もがうなずいて、やっぱりと思う。

　一九三七年にキング・ルーシャスがメッセージを伝えたくなったとき、ビリー・コヴィッチは、エドウィン・ムサンテをボートに乗せてうしろ手に縛り、両足をくくり、脚と腹の肉を剃刀で何度も削いだあと、脇の下を鎖で巻いた。ビリーがムサンテを水中に落として鎖を伸ばし、タンパ湾をボートでゆっくりまわりはじめたときにも、ムサンテはまだ生きていて、完全に意識があった。その日、ボートに同乗したポドリック・ディーンは——彼自身も五年後にビリーの犠牲者になる——二匹のサメが現われたあとにどんな音がしたか、ショックに沈む声で語ったものだ。サメはまず軽く咬んだ。一瞬ののち、エドウィン・ムサンテの絶叫が響いた。だが、別の三匹が百ヤード先に現われると、最初の二匹は本格的に食いはじめた。五匹が集まり、餌の奪い合いが始まったところで、ビリーは静かに鎖を落とし、港へ向かってボートを走らせた。

ジョーは、人が一生のうちに見るなかでいちばん人懐こい顔の男がビールを飲むのを見つめた。

ビリーが言った。「噂そのものに意味があるとは思わないか？」

「どういうことだ」

「いや、わかってるはずだ、ジョー」

「襲撃があると誰かがおれに思わせたがってる？」

「ああ」

「なぜ？」

「あんたの頭に入りこんで、かき混ぜたいから」

「なんのために？」

「さあな」ビリーは肩をすくめた。「おれは役員室で何から何まで報告される身分じゃない。ただの働きバチだ」空《から》のビール缶を持ち上げた。「しかも喉が渇いてる。もう一本開けてもいいか？」

ジョーが雇ってこの家を数日見張らせた探偵のマーストンは、ビリーの飲むビールは毎晩二本だと報告していた。三本目はない。

ジョーはそう言った。

ビリーはうなずいた。「いつもはそう、二本だけだ。だが、二階の息子がまだ起きてて、おれの家で真向かいに坐った男がこっちに銃を向けてるときには？　そいつの殺しをおれが引き受けたと思われてるときには？　いつものやり方をちっとは変えたくもなる。あんたもどうだ？」

「もらおう」ジョーは言った。

ビリーは冷蔵庫に行き、なかをかきまわした。「少し太ったように見えるが、どうなんだ？」

「二、三ポンドぐらいか。体重計は持ってない」

「あれは必需品だ。あんたはいつも痩せ気味だった。いまのほうがいい」

冷蔵庫から出した手のそれぞれにビールがあった。ビリーは缶をテーブルに置き、冷蔵庫を閉めた。缶切りに手を伸ばした。

「そっちの息子はいくつになった？」ビリーが訊いた。

「九歳だ」ジョーは言った。

一本目の缶に穴をあけると、シュッと音が出た。

「うちのより少し下か」

「ウォルターは頭がいいそうだな」

ビリーはジョーのまえに缶をすべらせ、誇らしげに顔を輝かせた。「八年生を飛ばして高校に行ったらどうかと言われてる。タンパ・カトリックだぞ。信じられるか？」

「おめでとう」

ビリーは自分の缶の二カ所に穴をあけ、乾杯のために掲げた。「わが子たちに」

「わが子たちに」

ジョーは飲んだ。ビリーも飲んだ。

ビリーが言った。「子供の性格は生まれたその日からほとんど決まってる。あんたも気づいたか？」


ジョーはうなずいた。

ビリーは穏やかに笑って頭を振った。「よく言うだろ、親がこんなことやあんなことをしたら、子供がこんなふうやあんなふうに育つからだめだって。だが本当は、子宮にいるときからあいつらはあいつらなんだ」

ジョーがうなずいて同意し、ふたりはまた飲んだ。そのあとの静けさは心地よかった。

「奥さんのことは気の毒だった」ジョーが言った。「まえの話だが」

「あんたが通夜に来てくれたのを憶えてる」ビリーはうなずいた。「感謝するよ。そっちも残念だった。葬儀に行きたかったんだが、街の外にいたもので」

「わかってる。贈ってくれた花がきれいだった」

「タンパ・テラスの花屋に頼んだんだ。あそこはいい仕事をする」

「ああ」

「煙草を吸ってもいいか？」

ジョーは言った。「吸うとは知らなかった」

「息子がいるところでは吸わない。喘息に悪いらしいし、息子がにおいを嫌うから。けど、ときどき、ちょっと緊張したときなんかに――」そこで笑い、ジョーも笑った。「ラッキーを吸いたくなる」

ジョーは内ポケットに手を入れ、ダンヒルのパックと銀のジッポーを取り出した。「灰皿はあるか」

「取ってくる」ビリーは立ち、調理台のなかほどの抽斗に近寄った。「開けるぞ？」

ジョーはうなずいた。

ビリーは抽斗を開けた。ジョーに背を向けて手を入れ、ガラスの小さな灰皿を取り出した。それをテーブルに置き、抽斗を閉めた。

「あんたの死なんて誰も願っちゃいないよ、ジョー。理屈が通らない」

「つまり、誰かの頭脳ゲームだというさっきの考えに戻るんだな」

「頭を混乱させたいんだろう」

ビリーはまた椅子にかけ、テーブル越しにジョーに微笑んだ。

ジョーはダンヒルのパックを開けて、ビリーに差し出した。

「これは？」

「ダンヒル。イギリスの煙草だ」

「しゃれてるな」

「そうか」

「おれはラッキー・ストライクだ。ずっと昔から」

ジョーは何も言わなかった。パックはまだふたりのあいだにあった。

「いいかな？」

「何が」

「ラッキー・ストライクのパックを取っても」

ジョーは手を引っこめた。「好きにしろ」

二階から椅子の動く小さな音がした。

ビリーは上の戸棚のひとつを開けた。肩越しにジョーを見た。ジョーからは、シリアルのボウルとコーヒーカップ二個しか見えなかった。

「目につかないところに置いてる。息子に知られないように」ビリーは言った。「一本取ったらまた戻す」

ジョーはうなずいた。

「理由がない、ジョー」ビリーは棚の右奥のほうに手を入れた。

「なんだって?」

「誰かがあんたを殺したがる理由がない」

「馬鹿げた噂ってことか」ジョーは体をわずかに左にずらした。

「だと思う」

ビリーの腕が、戸棚に入ったときよりはるかに速く出てきた。手のなかの金属らしきものが台所の明かりに反射し、ジョーはビリーの胸を撃った。否、胸を狙っていたが、弾が上にそれて喉仏に当たった。ビリーは戸棚にぶつかってずり落ち、床にへたりこんだ。まぶたが狂ったように痙攣し、眼は何かを求めて動きまわった。

その手には銀の煙草ケースが握られていた。ビリーはケースの蓋を親指で開け、ラッキー・ストライクの両切りの白い列を見せた。

「今回は**ちがった**」ジョーは言った。

ビリーのまぶたの動きが止まり、裂けた喉の上まで顎が垂れ下がって、口がOの形になった。ジョーは自分の缶のビールを流しに空け、すすいでから上着のポケットに入れた。蛇口を布巾でふき、その布巾を使って勝手口を開けた。布巾を上着の別のポケットに入れて、家を出た。

オビスポ通りを歩いて車まで行き、後部座席に上着を放った。帽子を脱いで助手席に置き、ドアを閉め、向かいの歩道を引き返した。電柱に寄りかかって、ウォルター・コヴィッチの部屋の明かりを見た。

数分後、煙草に火をつけた。こんな行動は愚かだとわかっていた。明らかに常軌を逸している。本当ならここから十マイルも、二十マイルも離れているべきだった。

自分のような人間がいるせいで、父親なしで育つすべての子供のことを考えた。ジョーの息子も彼の仕事のせいで母親を失った。十年前の、タンパのギャング史上もっとも血が流れたあの日、正午から真夜中のあいだに二十五人の男が殺されたが、そのうち少なくとも十人は父親だった。もし自分が明日か明後日に死んだら、トマスは孤児になる。彼らのビジネスには掟がある——ぜったいに家族を巻きこんではならない。この掟は神聖で、できるだけ金を稼げという掟を除くあらゆるものに優先する。これがあるからこそ、自分は獣ではないと信じることができる。侵すべからざる道徳律。暴虐と私欲への足枷だ。彼らは家族を尊重する。

しかし、真実は少しちがった。家族を殺さないのは確かだが、手足を切り落とすことはある。

ジョーは、ウォルター・コヴィッチの部屋の明かりが消えるのを待った。少年が最後の心穏やかな夜の眠りについたことを確かめたかった。台所で父親の死体を見つけたあとしばらくは、心の平和を得ようにも得られなくなる。穏やかな睡眠も。

八年生を飛ばす予定だった十二歳のウォルター・コヴィッチは、明日の朝、階下《した》におり、父親が喉のない姿で台所の床に坐りこんでいるのを発見する。飛び散った血は黒く粘っている。蝿もいるかもしれない。ウォルターは登校しない。夜にはベッドがいつもとまったくちがって感じられる。家はわけのわからない、悪夢のような場所になる。何を食べても味がしない。少年が父親と話すことはもうない。自分から父親がなぜ奪われたのか、その理由もおそらくずっとわからない。

ジョーが早死にすれば、息子にも同じことが起きる。ウォルター・コヴィッチには、引き取ってくれるおじやおばがいるだろうか。祖父母は？　わからなかった。

ジョーは窓を振り返った。明かりはまだついている。深夜だった。コヴィッチの息子は机についたまま、教科書のページに頬を押しつけて寝ているのだと思うことにした。

歩道からおりて、車に歩いていった。走り去るとき、通りは静まり返っていた。犬一匹、吠えることもなかった。

17　諸　島

一九四三年三月八日の月曜。灰の水曜日の二日前。

ビリー・コヴィッチが死体となって安置所にいるのに、ジョーは、目覚めたときに安心感が増すどころか減っていて驚いた。だから、ディオンが電話をかけてきて、リコのボディガードを何人雇ってもそこは塀で守られた隠れ家じゃないと説得したとき、ジョーは友人が拍子抜けするほどおとなしくしたがった。

一時間後、ジョーはトマスを乗せて車を出し、イーボーを抜けて、ディオンの家へ向かった。トマスが広げた新聞の上半分はダッシュボードにかかり、下半分は膝の上にのっていた。折り目の上はビスマルク海海戦、下の右隅にビリー・コヴィッチの死亡記事があって、タクシーの配車係と裏社会とのかかわりが取り沙汰されていた。

「アーキパジオって何？」

ジョーは息子を見た。「なんだって？」

トマスは新聞に顎を振った。「アーチペラゴかな？」今度は「アーチープ・ラグー？」と区切って発音した。

「諸島《アーキペラゴ》だ」ジョーは言った。

「へえ」

「言ってみろ」

トマスはゆっくりと「アーキペラゴ」と言った。

「初挑戦にしてはうまかった」ジョーは息子の膝に拳をぶつけた。「島がたくさん集まったところだ」

「なんで〝島の集まり〟と呼ばないの？」

ジョーは微笑んだ。「なんで十二のことをダースと言う？ なんで犬《ドッグ》をケイナインと言う？」

「猫《キャット》をフィーラインとか？」

「子供《チャイルド》をキッドとか？」ふたりでこういうやりとりを始めると、一日じゅうでも続きかねない。そうでなくても、すでに遅刻しそうだった。

運よくトマスが冗談から抜け出した。「ニュー・グイン・イーア？」

「ニューギニア」

トマスはまねて声に出し、また一度でうまく発音した。

この二日はどの新聞も、アメリカ軍とオーストラリア軍がビスマルク諸島沖で日本軍の輸送船団に猛攻撃をしかけたことを伝えていた。今日の記事には、ソロモン諸島のブーゲンヴィル島の近海で新たに戦端が開かれたとあった。

「ほう、敵を本気で叩きのめしてるな」

「ぼく、いつか兵士になる」

ジョーはもう少しで縁石に乗り上げるところだった。

「本当に？」軽い調子で言った。

「うん」

「どうして」

「国のために戦う」

「国はおまえのために戦ってくれるか」

「どういう意味？」

「おれたちがなぜイーボーに住んでるかわかるか」

「立派な家があるから」

「まあな」ジョーは言った。「だが、キューバ人が二等市民みたいに扱われずに暮らせる唯一の場所だからでもある。〝二等〟の意味、わかるか」

トマスはうなずいた。「あまりよくないってこと」

「そうだ。ここに住んでた母さんは二等の扱いを受けた。入れないレストランやホテルがたくさんあった。母さんがダウンタウンの映画館に行ったらどうなったと思う？　有色人種用の水飲み場で水を飲まされたんだ」

そう話すだけでもジョーの声はかすれた。

「だから？」トマスが言った。

「この国はおまえの母さんをぜんぜん歓迎しなかった」

「知ってる」トマスは言ったが、ジョーには、息子が軽くショックを受けているのがわかった。これまで水飲み場の話はしたことがなかった。

「本当に？」

トマスは眼を大きく見開いていた。その大きさが痛みを如実に表わしていた。

ジョーは話題を変えることにした。「ところで、国というのはどっちの国だ？」

「どっち？」

ジョーはうなずいた。「ここか、キューバか」

トマスがじっと窓を見ているうちに、車はディィオンの家に着き、正門の護衛のまえをすぎて、ヤシの木と背の高いモクレンが立ち並ぶ小径を走った。その質問をジョーは息子に投げかけたことがなかった。答えを聞くのが怖かったからだ。グラシエラは生粋のキューバ人だった。トマスの母方の祖母やおばたちも全員キューバ人だ。トマスは小学校二年までハバナですごし、スペイン語も英語と同じくらい流暢に話せる。

「ここ」トマスはようやく口を開いた。「アメリカ」

その答えにジョーは愕然とし、ディオンの家のまえに車を寄せたのにクラッチを切り忘れそうになった。一瞬置いてシフトレバーをニュートラルにするまで、車がガタガタ揺れた。

「アメリカがおまえの故郷《ホーム》なのか？」ジョーは訊いた。

「おれはてっきり――」

トマスは首を振った。「ぼくの故郷《ホーム》はキューバだよ」

「わけがわからない」

トマスはドアハンドルに手をかけた。自分には完全に筋が通っているという表情だった。「だけど、アメリカのためなら死ねる」

「アメリカが母さんにどんな仕打ちをしたか、話したばかりじゃないか」

「わかってる」トマスは言った。「でも……」

どう言おうか考えて、トマスはしきりに手を動かした。

「なんだ？」ついにジョーが言った。

「完璧なことなんてないから」トマスは言って、ドアを開けた。

トマスが車から出たときに、ディオンが玄関のドアを開けた。朝の八時なのにもう口の端に葉巻をくわえていた。黙ってトマスをテラスから抱え上げ、パンの塊のように腰にのせて、家のなかに入った。

「病気だったんだってな」

「おろしてよ、ディーおじさん」

「病気には見えない」

「病気じゃないよ。ただの水疱瘡」

「サーカスの見世物みたいな顔だったと聞いたぞ」

「ちがうって」

ジョーはふたりのあとから家のなかに入った。彼らの軽口のおかげで、その朝ずっと感じていた恐怖が――いや、思えばひと月ずっと心に巣くっていた――和らいだ気がした。近くにいるかもしれない暗殺者の恐怖はたしかに大きいが、それだけではない。またとんでもないところで出てきそうな少年の幽霊も、自分では認めたくないほど怖かったが、それだけでもなかった。ジョーが感じていたのは、もっと大きくて手に負えない恐怖だった。ここ数カ月、いまいる世界が根底から作り替えられているような感じがしてならなかったのだ。世界の最深部で悪魔の僕《しもべ》たちが昼も夜も働きつづけ、その形をすっかり変えようとしているかのように。悪魔の僕たちは炎の噴き出す大穴のなかにいて、決して眠らない。

ジョーは、足元の地面が広い範囲で動いているように感じたが、いつ見ても地面はまったく動いていなかった。

「サーカスに入るか？」ディオンがトマスに訊いた。

「入らないよ」

「ペットの小猿をもらえるのに」

「サーカスなんて――」

「いや、子象かな。飼うと愉しそうだ」

「子象なんて飼えない」

「なんで」

「大きくなりすぎるから」

「ははあ、つまり大きい糞の始末をするのが嫌なんだな」

「ちがう」

「ちがう？　すごい糞だぞ」

「大きすぎて家で飼えないってこと」

「そうか。だが、キューバに農場があるじゃないか」

ディオンは腰の上でトマスを持ち替え、もう一方の手で口の葉巻をくわえ直した。「まあ、サーカスはやめるしかないな。象の世話がたいへんだから」台所に着くと、ディオンはトマスをおろした。

「いいものがある」ディオンは流しに手を入れ、バスケットボールを取り出して、トマスに放った。

「やった」トマスは両手でボールを挟んでまわした。

「どうすればいい？」

「シュートして輪っかを通すんだ」

あきれ顔。「そんなこと知ってるよ。でも輪っかがない」

「輪っかはなかった」ディオンは言い、ジョーの息子が気づくまで片眉を上げてみせた。

「まさか」ジョーが言った。

ディオンはジョーをちらっと見た。「なんだ？」

「どこ？　どこ？」トマスがその場で跳ねた。

ディオンはガラスの引き戸のほうに頭を振った。

「あっちだ。プールのちょっと先」

トマスは駆け出した。

「おい」ジョーが言った。

トマスは止まった。

「何か言うことはないのか」

「ありがとう、ディーおじさん」

「いいって」

トマスは家の裏手に走っていった。

ジョーはプールの先を見た。「バスケットボールのコートだと？」

「コートそのものじゃない。ゴールリングだ。コイの池とバラの花壇をつぶした」ディオンは肩をすくめた。

「魚と花だろ。どうせ最後は死ぬんだし。たいしたことじゃない」

「まるでたったひとりの孫みたいな甘やかし方だ」

「爺さん扱いするな、この野郎」ディオンはシャンパンの入ったグラスにオレンジジュースを注ぎ、グラスを掲げた。「おまえもどうだ？」

ジョーは首を振り、リビングルームに歩いていった。

ジェフ・ザ・フィンと、グラニット・マイク・オーブリーがいたので、うなずいて挨拶した。フィンは素面《しらふ》のときには強い兵士だが、素面のときを見つけるのがむずかしくなっている。オーブリーは使えない。みんなに花崗岩《グラニット》・マイクと呼ばれるのは、花崗岩を削ったような外見だからだ。〈フィロ〉のウェイトトレーニング・ルームで彼に敵う者はいない。冗談がうまく、誰かが煙草か葉巻を手にすればすばやく火をつけるが、筋肉ばかりで脳みそがない。さらに悪いことに、肝っ玉もなかった。車のバックファイヤの音でびくつくのをジョーは見たことがあった。

こんな男たちでもディオンがそばに置くのは、彼らが笑わせてくれるし、とことん飲んで食べる点で気が合うからだった。ジョーの意見では、ディオンは部下と仲よくなりすぎる。だから、部下の行動を正そうとしたり、叱りつけたりすると、部下は親しいだけに恨みを抱く。ディオンはディオンで、そういう表情に気づくと、裏切りとか恩知らずのように感じていきなり激怒する。ディオンの激怒は誰にとっても二度見たいものではないし、大半は二度目まで生きていない。

「いま心配事で頭がいっぱいなのは知ってるが、家に入りこんだドブネズミについて何かわかったか」ディオンはひと口飲んだ。

「おまえの知ってることしか知らない」

「おれの知ってることしか知らない」ディオンは言った。「何かしたらどうだ?」

「おれはおまえの副官じゃない」ジョーは言った。

「顧問だ」

「どのみちおれのために働くんだから、仕事の範囲をあれこれ言うな」

ふたりはビリヤード部屋に行って椅子に坐り、何ものっていない台を見た。

ジョーが言った。「失礼を承知で言うが、ディー――

――」

「何？」

ディオンは自分の庭を見た。「つまりさ、料理を作ったり、おれの子を産んだりするような？」

ジョーは第一次大戦の直後、まだふたりが学校の補導員の目を盗んでボストンの通りをうろついていたころから、ディオンが女性店員やショーガールや煙草《シガレッ》の売り子《トガール》とファックするのを見てきた。以来ディオンは、ひとりの女と数週間以上つき合ったためしがない。

「女と暮らすと、うんざりすると思う」ジョーは言った。「相手を愛していなければ」

「おまえはいっしょに暮らしたぞ」

「そう、つまり、彼女を愛していた」

ディオンは葉巻を吸った。家の裏手から、ゴールの背板にボールの当たる音が聞こえた。「別の女と暮らそうと考えたことは？」

ジョーは、ディオンの巨大な家を見まわした。ひとり暮らしだが、複数のボディガードが寝泊まりしなければかみさんが必要だと思うか？」

「おっと、お叱りか」

「密告者がうちの人間としか考えられないことは、何カ月もまえからわかってる」

「北のほうの可能性もある。ドニーの家だ」

「だが、ドニーはおまえの下でボストンを仕切ってる。やはりこの家のなかだ。しかも地下室で餌をあさるのに飽き足らず、食料庫にもぐりこんだ」

「だったら箒《ほうき》を持って捕まえにいけ」

「おれは現場に出ていない」ジョーは言った。「ハバナにいる。ビーンタウン（ボストン）に、アップル（ニューヨーク）にいる。ありとあらゆる場所に。おれは表の顔なんだ、ディー。堅気の店も賭博も動かしている。現場はおまえだ」

「だが、ドブネズミが家にいる」

「そうだ。この家の下水管から這い上がってきた」

ディオンは眉間をつまみ、ため息をついた。「おれにはかみさんが必要だと思うか？」

ればならないので、母屋だけでも二百二十坪以上ある。だが、台所を使ったのは一度きり、流しにバスケットボールを隠すためだけだ。

「いや」ジョーは言った。「ない」

「彼女が死んでもう七年だぞ」

「われわれは友人として話してるのか。それとも、ボスと顧問として？」

「友人としてだ」

「彼女がいなくなって、くそ七年ってことはわかってる。毎日数えてきた。数えながら生きてきた」

「わかった、わかった」

「一日、一日」

「わかったと言ったろ」

しばらくふたりで黙って坐っていたあと、ディオンが大声でうめいた。「なんでそろいもそろっていいまなんだよ」ディオンが言った。「ウォリー・グライムズは土のなか、モントゥース・ディックスは砦に引きこもり、イーボーの組合にもトラブルがあり、おれの娼館三つに変な胃腸炎みたいなのが流行り、上客の半分が戦争に奪われ」

「きつい商売だ」ジョーは小さなバイオリンを弾くまねをした。「ちょっと昼寝してくる。ここ何日かろくに寝てない」

「顔に出てる」

「ファック・ユー」

「では番号札をどうぞ、あなた」

昼寝はできなかった。自分を狙っている銃弾の心配をしていないときには、組織にひそむネズミが気にかかり、ネズミを忘れたときには、自分の身に何かあったら息子はどう生きていくのだろうと思い悩んだ。そして一周めぐって、また飛んでくる弾が心配になった。

頭を切り替えてヴァネッサのことを考えようとしたが、いつもの慰めは得られなかった。ふたりのあいだで何かが変わっていた。それとも、彼女だけが変わったのか。女のことだ、誰がわかる？　しかし、埠頭でいっしょに坐ったヴァネッサはちがうヴァネッサだった。悔恨、ことによると失望、それも一時的ではなく永久に続きそうな雰囲気が漂っていた。ふたりは埠頭に坐って手を握り合い、一時間ほとんど何も話さなかった。だが、彼女が車に向かおうと立ち上がったときには、坐っていたその時間のあいだに、ひとつの旅が出発点から到着点まですべて終わったように感じられた。

ヴァネッサのさよならは、ジョーの頬にそっと当てた掌と、顔じゅうを見まわす眼だった。ひたすら何かを探すように。でも何を？

ジョーにはわからなかった。

そして彼女は消えた。

昼寝は失敗し、ジョーは一日の残りを睡眠不足で朦朧としながら、どこか神経が昂ぶった状態ですごした。

夕食のあとには少し気分がよくなり、ディオンとブランデーを持って彼の書斎に入り、初めてビリー・コヴィッチの話をした。トマスは階上の寝室で眠っていた。

ディオンは自分とジョーのスニフターにブランデーをたっぷりと注いで言った。「ほかにやりようがあったか？」

「だが、本当は煙草を取ろうとしていた」ジョーは顔をしかめ、グラスの中身をゆっくりと飲んだ。

「そのときにはな」ディオンが思い出させた。

「そうだ」ジョーは言った。「わかってる。わかってるさ」

ディオンは、机のうしろにある窓のハンドルのまえまで行って、ジョーを振り返った。

「かまわないか？」

「ん？」ジョーは友人を見上げ、窓の向こうの暗い植えこみに眼をやった。「ああ、かまわない。もう自分の心配はしてない。トマスが近くにいるときに撃たれてあの子を巻き添えにしたくないだけだ」

ディオンが窓を開けた。入ってきた微風は、西フロリダの三月にしてはひんやりして気持ちよかった。暗いなかでヤシの葉を揺する音は、女子生徒の囁き声のようだった。

「誰が来ようとトマスは守る」ディオンが言った。「もちろん、おまえもだ。木曜の朝、ふつうに起きて、なんでこんな話にだまされたんだろうと思うさ。あの女は自分の命乞いをルーシャスにしてもらいたくて、出まかせを言ったんだ。いや、ルーシャス自身の企みかもしれん。それくらい頭が働くやつだからな。ルーシャスはくそ九万ドルを失わず、あの女は命を失わない。女は自分の考えだと思いこんでおまえを引っかける。そうこうするうち、おまえは一週間ろくに睡眠もとれず――」

「二週間だ」

「二週間。体重は減り、眼に隈をこしらえ、なんと、髪まで薄くなりはじめた。なんのためだ？　金持ちの悪魔をもっと金持ちにして、そいつの手下のひとりを救ってやるためだ。殺されて当然の女なのによ」

「本当にこれが全部嘘だと思うか？」

　ディオンは机の端に腰かけ、グラスのブランデーを揺らした。「ほかに考えようがないだろ？　誰も――」そこで身を乗り出し、グラスをジョーの膝に軽く当てた。「いいか、誰ひとりおまえの死なんか望んじゃいない。なら、なんでこんな面倒なことをする？　おまえにうじうじ考えさせといて、その間に望みのものを手に入れるためとしか考えられない」

　ジョーは椅子に沈みこんだ。グラスをサイドテーブルに置き、煙草を取り出して火をつけた。顔に夜を感じ、木々のあいだを何かが――リスかネズミだろう――走りまわる音を聞いた。「そうだな、木曜の零時一分になったら、おまえの言うことを全面的に信じよう。浮かれ気分でな。だがそれまでは、どこにいようと、のうしろから足音が聞こえる」

「気持ちはわかる」ディオンはふたりのグラスにブランデーを足した。「明日はちょっと頭を切り替えてみないか？」

「どうやって？」

「モントゥース・ディックス」ディオンはジョーのグラスにカチリと当てた。

「彼がどうした」

「知ってのとおり、やつはいま〝歩く黒い死人〟だ」ディオンは机の上の葉巻ケースを開けた。「死んでもらわないと。うちはもうふたり埋められたのに、やつを穴蔵で生かしといちゃ、おれが弱く見られる」

「だが、いまおまえが言ったように、穴蔵にこもってるんだろう。手のつけようがない」

ディオンは葉巻に火をつけ、何度かふかして火を広げた。「この街のどこでもそうだが、ブラウン・タウンでもおまえは尊敬されてる。正面玄関から行けよ。おまえならできる。なかに入ったら、やつに外の空気を吸いに出てこいと言うんだ。すぐすむ。あっちが気づくまえに終わってる」

「彼がしたがわなかったら？」

「そのときには、くそ、力ずくで押し入るさ。長引かせるわけにはいかない。面目丸潰れだからな。出てこないなら、ドイツ野郎がレニングラードを攻撃したように、やつの隠れ家を攻撃してやる。ガキ？　かみさんたち？　知ったこっちゃない。くそ建物を駐車場に変えてやる」

ジョーはしばらく何も言わなかった。ブランデーを飲み、木の葉の鳴る音や庭の北西の角にある噴水の音を聞いていた。

「話してみるよ」とジョーは言った。「できるだけのことはやる」

脂の火曜日《ファット・チューズデー》、頭のなかで時を刻む音が、自分の鼓動の音に取って代わると、ジョーはモントゥースの取り巻きと電話で交渉し、翌朝面会する約束を取りつけた。

その夜もほとんど眠れなかった。十五分ほどうとうとし、気づくとしっかり目覚めて、天井を見つめていた。ブロンドの少年が現われるのを待ったが、現われなかった。幽霊そのものと同じくらい、いつ現われるかわからないことが怖さの理由だとわかった。一週間あくときもあれば、同じ日に何度か現われることもあり、まったく予測がつかない。少年が死後の世界から何かを伝えようとしているのだとしても、ジョーにはその糸口すらつかめなかった。

ジョーはトマスの寝室に行った。ベッドに腰かけ、息子の小さくて弱そうな胸がゆるやかに上下するのを見つめた。頭の逆毛を汗ばんだ掌でなで、首に鼻を近づけて息子のにおいを嗅いだ。トマスはぐっすり眠っていた。思わず揺り起こして、自分がいい父親かどうか訊きたくなった。息子の顔の真向かいに自分の顔を寄せてベッドに横たわり、短いあいだ眠りに落ちた。ウサギが塀の上を必死に走っている夢のようなものを見た。何から逃げているのかは見えなかった。ウサギはいなくなり、ジョーは目覚めて息子の寝顔を見つめていた。

翌朝、ジョーはトマスを聖心教会に連れていき、八百人の教区民の列に並んだ。湿った灰で満たされた聖杯にラトル神父が親指をつけ、灰を信者の額に塗っていった。

教会のまわりに残っている人の数は日曜より少なかったが、誰もが少し落ち着かない様子だった。ラトル神父の親指は太く、みなの額に塗られた十字架は厚かった。暑さのせいで下に黒く垂れているのもあった。

ディオンの家に戻り、ジョーがシャワーを浴びて台所に行くと、テーブルでディオンと息子がコーンフレークを食べていた。

ジョーは息子のそばに屈んだ。「二、三時間で戻るよ」

トマスはグラシエラそっくりの無表情の顔を向けた。

「二、三時間？　それとも五時間？」

ジョーは罪の意識で笑顔が作れなくなった。「ディオンおじさんの言うことをよく聞けよ」

トマスはまじめぶってうなずいたが、そわそわしていた。

「砂糖をとりすぎるな。おじさんがパン屋に連れてってくれるだろうがな」

「パン屋？」ディオンが言った。「どこのパン屋だ？」

「トマス？」ジョーは息子の眼を見た。

トマスはうなずいた。「砂糖はとりすぎない」

ジョーは息子の両肩をぽんと叩いた。「すぐ帰る」

ディオンがシリアルをほおばったまま言った。「どうしてパン屋に連れていくってわかった？」

ジョーは言った。「今日は水曜だ。おまえの好きなパウンドケーキを売ってる日だろ？」

「あれはパウンドケーキじゃない、素人め。トルタ・アル・カプチーノだ」ディオンはスプーンを置き、人差し指を立てて力説した。「スポンジケーキをカプチーノに浸して、リコッタ・チーズを重ね、ホイップクリームをのせる。それにな、毎週水曜に作るわけじゃない。このくそ戦争のせいで、月に一度だけだ。それが今日なのさ」

「わかったよ。まあとにかく、息子に食わせすぎないでくれ。アイルランド人の胃袋だから」

「ぼくはキューバ人だと思ってた」

「混血だ」ジョーはきっぱりと言った。

「その混血児にスフォリアテッレ（イタリアの焼き菓子）をちょっと食わせてやろう。そこまでにしとく」ディオンはスプーンをトマスに向けた。「いっしょにバスケットボールで腹を減らすか？」

トマスの顔が輝いた。「やった」

ジョーはもう一度息子の頭にキスをして出ていった。

18　男は去る

話をつけてあったとおり、ジョーがイーボーシティの黒人地区に入るときには、ディオンのボディガードたちは外に残った。白人ギャングが車二台で十一番街の南に入れば、見た者は停戦協定が反古《ほご》にされたと色めき立つ。だからジョーは、最後の数区画をひとりで運転した。

来るまでのあいだ、ジョーはモントゥースが受けた仕打ちに怒りを募らせていた。本当にモントゥースが好きだったのかもしれない。それとも、首を絞める輪縄の陰で生きる者に自分を重ね合わせただけか。ジョー自身が最後の審判の日を懸命に逃れようとしているのに、頼まれた仕事はと言えば、表に出て死ねとモントゥースを説得することだ。そもそも、モントゥースがどんな罪を犯したというのか。縄張りに入ってきた殺し屋から身を守っただけではないか。

ジョーはとうてい道徳の手本になれる人間ではなかったが、絶対的な悪は見ればわかる。モントゥースになされようとしていることは、まさにそこに分類された。

モントゥース・ディックスと家族は、五番街に彼が所有するビリヤード場の上に住んでいた。四階建てで一区画分の幅がある。モントゥースと子供九人、妻三人、ボディガードの一団は建物の上三階で生活していた。充分な広さがあって、それだけの人数でも窮屈に感じることはない。広い割に光が少なく、外から来た者は簡単に迷ってしまう。モントゥースの好む濃い色――だいたい赤と茶色――の分厚いカーテンが窓をすっかり覆っているからだ。

ジョーがビリヤード場に車を寄せると、玄関のすぐまえに停めるスペースがあった。モントゥースの部下が駐車場所を確保するために置いていた籐椅子をどかすところだった。そんなことをしなくても、近隣で、というよりタンパ全体を見渡しても、モントゥースの店のまえに車を停める馬鹿がいるとは思えなかったが。ましてすぐそばには、店の主の車が停まっている――カナリア色の三一年型パッカード・デラックスエイトだ。車長は小型のヨットほどもあり、九人の子供を一度に楽々と乗せられそうだった。ただし妻のほうは、三人いるうえ全員太っていて、犬猿の仲という噂だから、おそらく同乗はできない。ジョーは、パッカードの手前にバックで停めるために、少し通りすぎていったん停止した。モントゥースの車のピカピカのホイールキャップに自分の車の一部が映るのが見えた。

部下が椅子を持ったまま手を振って、ジョーの車を誘導した。街の娯楽地区に住む黒人の多くは、ズートスーツにツートンカラーの靴、つば広帽という恰好だが、モントゥースの部下たちは十年前から着つづけているものを着ていた――ぱりっとした黒いスーツにぱりっとした白いシャツ、いちばん上のボタンは留めないが二番目ははずさず、ノータイで、ビリヤード場のまえの靴磨きスタンドで光らせた黒い靴。いまもスタンドの椅子には部下ふたりが坐って、靴の革を鏡並みに磨かせていた。

ジョーはゆっくりと車からおり、視線のすべてが集まっているのを意識した。ビリヤード場のまえの眼だけでなく、何区画もまえから彼を追ってきた眼もあった。それらの眼は、おまえはここの人間じゃない、これからもなれないと言っていた。理由のひとつは、もちろん、黒人街に入った白人だからだ。しかし、イーボーシティで人種差別をするのは賢明ではない。まずスペイン人とキューバ人が住みはじめ、すぐにイタリア人と有色人種が続いてできた街だ。ジョーの妻はキューバ人、妻の父親はスペイン系で、母親はアフリカ系の奴隷の子孫だったので、ジョーの息子には、アイルランド人とスペイン人とアフリカ人の血が入っている。だからジョーは有色人種に悪感情を持っていないが、車からおりたときに、この日白い顔を最後に見たのは七区画前だったことを考えずにはいられなかった。ここ数年で初めてのことだった。

モントゥースの部下が代わる代わる鉄パイプを振りおろして、ジョーの頭をピンクの塊にし、痙攣する死体を歩道に打ち棄てないという保証はなかった。モントゥースとフレディ・ディジャコモは戦争に突入していて、それはすなわち、タンパの黒い犯罪集団と白い犯罪集団が全面的に戦争しているということだから。

籐椅子を靴磨きスタンドの横の煉瓦の壁際に置いた部下が、ジョーに近づいてボディチェックをした。

あらかた終わると、その男はジョーの股間をちらっと見た。「そこも調べさせてもらう。あの話を聞いたからな」

ジョーは昔、パルメット郡のターナー・ジョンの息子三人を欺いて、デリンジャーを持ちこんだことがあった。陰嚢の下に押しこみ、十分後に取り出して、テーブル越しに彼らの父親を狙ったのだ。

ジョーはうなずいた。「手早く頼む」

「大きくするなよ、いいな?」

男の手がジョーの太腿のあいだに入り、睾丸の下とそのまわりを探るのを、靴磨きスタンドに坐っていた仲間のひとりが見て笑みを浮かべた気がしたが、その男はすぐに顔をそむけ、しかめ面を作った。

「いいだろう」部下は一歩下がった。「手早くやったから、でかくならなかった」

「これが最大かもしれない」

「だとしたら、神様はあんたを作ったとき酔っ払ってたんだ。気の毒に」

ジョーはスーツの上着を整え、ネクタイのしわをならした。「彼はどこにいる?」

「階上《うえ》だ。直接会うそうだ」

ジョーは建物に入った。右手にビリヤード室のドアがあった。煙草のにおいが漂い、朝の八時半だというのにボールを突く音が聞こえた。ゲームがいつまでも続くことと、勝ち負けの額の大きさで伝説になっている店だった。ジョーはひとりで階段をのぼった。赤い鋼鉄製のドアが大きく開いていて、床も壁もダークウッドのがらんとした部屋が見えた。窓にはベルベットの分厚いカーテンが引かれ、その濃い紫色は黒に近かった。部屋の奥にあるふたつの窓のあいだに、アーミー・グリーンに塗られた松材の衣装戸棚が置かれていた。

椅子が二脚とテーブルがひとつ――より正確に言えば、椅子がひとつ、テーブルがひとつ、玉座がひとつ。モントゥースは玉座に坐っていた。嫌でも目立つ白いシルクのパジャマに、白いサテンのバスローブをはおり、足のスリッパも白かった。昼も夜もそうしているように、コーンパイプで大麻を吸い、ジョーが彼の向かいの籐椅子――外で駐車スペースの場所取りに使われたものの片割れ――に坐るのを見ていた。ふたりのあいだのテーブルには酒壜が二本置かれていた。モントゥースにはブランデー、ジョーにはラム。ブランデーは世界最高の〈ヘネシー・パラディ〉で、ジョーの酒もけちらず、ジョーとエステバン・スアレス製ではないラムとしてはカリブ地方随一の〈ラム・バルバンクール・レゼルヴ・ド・ドメーヌ〉だった。

ジョーは酒にうなずいて言った。「競争相手のを飲ませるわけだ」

モントゥースは薄い煙を吐いた。「世の中がそこまで単純ならな」またパイプを少し吸った。「ところで、街じゅうの白いやつらがどうして額に十字をつけて歩いてる？」

「灰の水曜日だ」ジョーは言った。

「まるでヴードゥーだ。街から鶏が消えるんじゃないか」

ジョーは微笑み、モントゥースの眼を見た。一方は牡蠣色で、もう一方は床と同じ茶色だった。健康そうには見えない。ジョーが知って十五年になろうとする、いつものモントゥース・ディックスではなかった。

「あんたはどうやっても勝てない」ジョーは言った。

モントゥースはだるそうに肩をすくめた。「なら戦争だ。おまえを道で撃つ。おまえのクラブを全部吹っ飛ばす。通りを赤い色で――」

「なんのために？」ジョーは訊いた。「手下が大勢殺されるだけだぞ」

「そっちもな」

「ああ、だが、うちのほうが手駒が多い。やり合うあいだに、ここの組織はがたがたになる。修復できないほどに。しかもあんたは死ぬ」

「おれにどんな選択肢がある？　まったく見えないいんだが」

「旅に出ろよ」ジョーは言った。

「どこに？」

「ここじゃないどこかに、しばらく行くんだ。ほとぼりを冷ます」

「フレディ・ディジャコモが生きてるかぎり、冷ませるわけがない」

「そうとも言いきれない。かみさんたちを連れてしばらく出かければいい」

「かみさんたちを連れて」モントゥースは大声で笑った。「旅先でおとなしくしてる女にひとりでも会ったことあるか？　ぎゃんぎゃん言う女三人とどこかのくそボートに乗れと？　なあ、おれを殺すのにこれほど確実な方法はないぞ」

「だから、いまのうちに世界を見ておくんだ」

「はっ、若造め。おれはママの股ぐらから生まれ落ちて、ずっとここにへばりついていたわけじゃない。世界大戦のときには三六九歩兵連隊にいた。ハーレム・ヘルファイターズって聞いたことあるか？　おれたちがなんで有名になったか知ってるか？　政府が武器を与えたたったひとつのニガー集団ということ以外に」

ジョーは知っていたが、首を振って相手に話させた。

「六カ月ぶっ続けで攻撃にさらされ、千五百人を失った。しかし一歩も後退しなかった。くそ一歩もだ。たったひとりも捕虜にならなかった。考えてみろ。おれたちはあそこに立って戦いつづけた。死ぬのに嫌気が差すまで——おれたちじゃなくて、敵のほうがだ。ブーツは血の川に浸かった。ブーツのなかまで血が入ってきた。六カ月間戦い、眠らず、銃剣についた得体の知れない肉をこすり落とした。そのおれにどうしろと言うんだ。怖がれと？」

モントゥースはパイプの中身を灰皿に落とし、そばにある真鍮の入れ物から葉を取って詰め直した。「戦争が終われば、いろんなことが変わるとみんな言ってた。英雄として故郷に帰り、人間らしい扱いを受けると。だが、そんなのはニガーのただの夢だとおれにはわかってた。だから抜けた。パリにも行き、ドイツにも行ったから、なぜみんなが死んだかもわかった。一九二二年にここに戻ってきたときには、イタリアも、アフリカも嫌というほど見てた。傑作だったのは、アフリカにいたとき、誰もおれをアフリカ人だと思わなかったんだ。やつらにとっては、アメリカ人ってのは見てすぐわかるんだな、色の濃さがどうであれ。国に帰れば、アメリカ人としての扱いは、よくて半分なのに。要するに、おれはもう世界を見たんだよ、若いの。そしてここで望むものすべてを手に入れた。ほかにましな提案はないのか」

「いま考えてる。あんたは検討の余地をあまり残してくれなかった、モントゥース」

「昔、おまえがすべて取りしきってたころなら、手打ちもできたかもしれんがな」

「まだできるさ」

「おれの命に関してはできない」モントゥースは身を乗り出し、ジョーの答えを聞きもらすまいとした。

「そう」ジョーは言った。「あんたの命に関してはできない」

モントゥースはその最終確認を受け入れた。フランスの戦場では六カ月にわたって毎日死に直面していたが、それは二十年以上前のことだ。いまのこれは眼のまえにあった。死はジョーよりも近くに迫り、モントゥースの肩にのって、その髪に指を通していた。

「まだおれはビッグマンに助言することができる」ジョーが言った。

モントゥースは椅子の背にもたれた。「問題は、やつが自分で思ってるほどビッグでないらしいことだ」

ジョーはその馬鹿げた考えに微笑みながら、苦い顔をした。

モントゥースも笑みを返した。「ほう、まだビッグだと思うのか？」

「思うのではなく、知っている」

「おれとフレディのあいだに起きたことが、最初から仕組まれてたってことか？」玉座にゆったりと坐り直した。「この街で数当て賭博を仕切ってる白人は誰だ？」

「ディオンだ」

モントゥースは首を振った。「リコ・ディジャコモだ」

「ディオンの下でやっている」

「埠頭を支配してるのは？」

「ディオンだ」

ふたたび大きな頭がゆっくり振られた。「リコだ」

「ディオンの下で」

「なるほど、ディオンはさぞうれしいだろうな。やつの下でみんなが動いてくれて。本人は腐れ仕事をちっともしないそうだから」

これが朝からずっと自分をつついていた不安の正体なのだろうか、とジョーは思った。一週間ずっと？一ヵ月ずっと？たちまち消えゆく夢から覚めたときに、体が鉛のように重い理由はこれだったのか？

地上に生まれてこのかた、ジョーは権力について何よりも正しい真実を学んでいた――権力を失う者は、たいていきれいさっぱりなくなるまで、失っていることに気づかない。

ジョーは頭をすっきりさせようと煙草に火をつけた。「あんたの選択肢はふたつしかない。ひとつは、逃げる」

「のめない。ほかのは？」

「いなくなったあとのことを決めておく」

「後継者を選べということか？」

ジョーはうなずいた。「さもないと、フレディ・ディジャコモがそっくり手に入れる。あんたが築いたもののすべてを」

「フレディと弟のリコが」

「リコはこの件には含まれないと思う」

「そうか？　フレディが利口な兄だと思ってるんだな？」

ジョーは無言だった。

モントゥースは両手をさっと広げた。「おまえは一カ月前どこにいた？」

「キューバ」

「おまえが動かしてたとき、ここはいい街だった。あれほどうまくまわってたときはない。なぜもう一度おまえがやらない？」

ジョーは自分の頰のそばかすを指した。「人種がちがう」

「いいか」モントゥースは言った。「おまえはスペイン系もアイルランド系も全部つかんでた。おれたちニガーと組め。この街を取り戻そう」

「すばらしい夢だ」

「どこがまずい？」

「こっちは零細企業、あっちは〈シアーズ・ローバック〉だ。一週間か、せいぜい二週間なら天下を取れるかもしれないが、すぐに大軍が乗りこんできて潰される。骨まで粉々だ」

モントゥースは自分の酒を注ぎ、ジョーの壜を顎で指した。飲みたければ自分で注げ。モントゥースはジョーがそうするのを待ち、ふたりでグラスを掲げた。

「何に乾杯する？」モントゥースが尋ねた。

「なんでも」

大男はグラスの酒を見つめ、部屋を見まわした。

「海に」

「どうして？」

モントゥースは肩をすくめた。「昔から海を眺めるのが好きだった」

「おれもそれでいい」ふたりはグラスを合わせて、飲んだ。

「海を見ると」モントゥースが言った。「その向こうモントゥースは背をまっすぐ伸ばした。ふいに眼が鋭くなった。「地球はほとんど水だ。聞いたことあるな？」

ジョーはうなずいた。

「神は空にいるってみんな信じてるが、どう考えたっておかしい。空ははるか上のほうにあって、おれたちの一部じゃない、な？」

「だが、海は？」

「世界の皮膚だよ。だからおれは、神は水滴のなかにいると思うんだ。泡みたいに波のなかを往ったり来たりして。海を見ると、おれにはこっちを見返す神が見える」

「それはまた」ジョーは言った。「だったらもう一度、海に乾杯だ」

ふたりはそうした。モントゥースは空《から》のグラスをテーブルに置いた。「跡継ぎはブリージーにしようと思ってる」

「あっちの世界に何があるか知らないが、とにかくあっちの世界の全部が、こっちよりましな場所という気がするんだ。歓迎され、人間として扱われる場所だと」

「そううまくはいかないがな」ジョーは言った。

「ああ。それでも、そんな気がする。あれだけ水があるせいだな」モントゥースはまたひと口飲んだ。「昔はそういう世界に行けた。だが、もう消えてなくなった。どんなものもそうだ、たぶん」

「あんたの旅は終わったと思ってた」

「終わったよ。真実がわかったから――あっちの世界なんてのはなくて、こっちだけだ。それでも、あの青い海がどこまでも広がってるのを見るとな」ひとりで小さく笑った。

「どうした？」

モントゥースは払いのけるように手を振った。「いかれたと思われる」

「ためしに聞かせてくれ」

ジョーはうなずいた。ブリージーはモントゥースの二番目の子で、頭のよさは部屋いっぱいの銀行員にも引けを取らない。「だろうと思ってた」

「あいつのよくないところは?」

ジョーは肩をすくめた。「あまりない。おれと同じくらいだ」

「血に慣れてない」

ジョーはうなずいた。「とはいえ、不幸にしてフレディと張り合うことになったら、嫌でも慣れる。もしフレディがブリージーを追い落としてすべてを奪い、黒人街の差配を部下にやらせようと考えたら、血に慣れるのはもっと早まる」

「フレディ側につく黒人は?」

ジョーは眉をひそめた。「モントゥース、わかりきってるだろう」

モントゥースは自分のグラスにまたブランデーを注いだ。壜を置き、今度はジョーの酒を取ってつぎ足した。

「リトル・ラマー」モントゥースが言った。

ジョーはうなずいた。リトル・ラマーは、フレディ・ディジャコモの黒人版だと言われている。ふたりともこの界隈で生まれ育ち、誰もやりたがらない仕事を引き受けるところから職業人生を始めた。リトル・ラマーのほうは、大量のヘロイン取引に加えて、不法移民の中国人をだまし、女性の半分をイースト・サイドの掘っ立て小屋《カシータ》で身を売るアヘン中毒者に変えた。モントゥース・ディックスが、リトル・ラマーは自分の下で働くことに満足していないと気づくころには、ラマーは潰せないほど強大なギャング団を作っていた。三年前にラマーが絶縁状を突きつけられてからは、両者はきわめて危うい休戦状態にある。

「くそ」モントゥースは言った。「フレディはおれの売上を盗み、おれの首を切り落とし、おれの築き上げたものを奪い、色の浅い黒人《ハイ・イェロー》のクズにくれてやるのか？」

「そんなところだ」

「で、おれが死んだら、おれの息子をつけ狙う？」

「ああ」

「ああも何も。不公平だ」

「同意する」ジョーは言った。「だが、現実は厳しい」

「おれだって厳しい現実は知ってるが、邪悪になる必要はないだろ」モントゥースの酒がなくなった。「あいつらは本当に息子を殺すかな」

ジョーはラムのグラスに口をつけた。「まあ、そうなると思う。ブリージーと取引するしか道がないなら別だが」

モントゥースはテーブル越しにジョーを見つめ、何も言わなかった。

「西タンパは黒人なしではまわらない」ジョーは言った。「だから、フレディも誰かと取引しなきゃならない。現時点でのフレディの計画は、おそらく、あんたを殺し、息子を殺し、リトル・ラマーを玉座にすえる。だが訊いていいか、モントゥース？ ラマーもあんたも、さらにブリージーも死んだら、誰が王を継ぐ？」

「誰もいない。秩序もくそもなくなるだろう。血の池だ」

「商品はトイレに流れ、娼婦は逃げ、数当て賭博《ボリータ》の客も死ぬほど怖がって、いなくなる」

「なんでもありだ」

ジョーはうなずいた。「そこはフレディも理解してる」

「もしおれたち三人がみんな死んだら……」

ジョーは両手を開いた。「大惨事だ」

「だがどっちにしろ、おれは死んでる」

ジョーはうなずき、相手に考えさせた。

モントゥースは椅子の背にもたれ、無表情にジョーを見た。顔がますます強張って生気がなくなったかと思うと、ふいに柔らかい笑みがこぼれた。「問題は、おれが生きるか死ぬかじゃない。どっちが沈むかだ――おれの息子か、リトル・ラマーか」

ジョーは膝の上で手を組んだ。「ラマーがいまどこにいるか、誰かわかるか？」

「朝のこの時間はいつもの場所だ」

ジョーは窓のほうに頭を傾けた。「十二番通りの理髪店？」

「ああ」

「民間人はいない？」

モントゥースは首を振った。「主《あるじ》はコーヒーを飲みにいく。リトル・ラマーは店で部下から話を聞き、ひとりにひげを剃らせる」

「人数は？」

「三人」モントゥースは言った。「三人とも顎の下まで武装してる」

「つまり、リトル・ラマーは椅子、部下のひとりはラマーのひげ剃り中。残るふたりが正面入口」

モントゥースは少し考えた。ややあって納得したようにうなずいた。

「かみさんたちは逃がしたのか」ジョーが訊いた。

「なぜ訊く？」

「ふつうなら、ひとりぐらい声が聞こえるはずだから」

モントゥースはパイプにちょっと眼をやり、うなずいた。

「なぜ逃がした？」

「おまえならおれを殺す方法を見つけると思ったからさ。誰かにできるとすれば、今朝のおまえだ」

ジョーは嘘をついた。「おれは一九三三年以来、誰も殺してない」

「そうかい。だが、おまえはあの日、王を殺した。その朝には二十人に守られていた王を」

「二十五人だ」ジョーは言った。「あんたを殺しにきたんじゃないことはわかっただろう。彼女らを呼び戻したらどうだ?」

モントゥースは顔をしかめた。「別れのことばは何度も言うもんじゃない。一度きりだ」

「別れのことばを言ったわけだ」

「ほとんどな」くぐもった足音が頭上を通りすぎ、モントゥースは天井を見上げた。子供の小さな足音だった。「残りを言い終えたら――」

「リトル・ラマーは今週、ジャクソンヴィルで仕事だ。正午には列車に乗って、いなくなる」ジョーは首を振った。「やつが戻ったとき、風がどう吹いてるかなんて誰にわかる?」

モントゥースは顎を動かしながら、また天井を見上げた。「宿題をしてきたな」

「いつもする」

「つまり、いまだ」

「いまを逃せば、永遠にない」ジョーは椅子の背にもたれた。「その場合、あんたは残りの人生を誰かが終わらせにくるのを待ってすごす。どうしようもない。選択肢はない」

モントゥースは鼻から大きく息を吸い、眼を一ドル硬貨の大きさに見開いた。両腿を何度か叩き、骨の鳴る音が聞こえるほど首を反らした。

そして立ち上がり、部屋の奥のアーミー・グリーンの衣装戸棚へ歩いていった。

バスローブを脱ぎ、ハンガーにかけて横からしわを伸ばした。スリッパを脱いで、なかに入れた。パジャマの下も脱いで、たたんだ。上も同じようにした。トランクス姿で立ったまま衣装戸棚のなかを見まわして、決めたらしく、「茶色にするか」と言った。「茶色の男が茶色のスーツを着れば狙われにくい」

タン色のシャツを取り出した。糊が利きすぎていて、床に落としても直立しそうだった。モントゥースはそれを身につけ、肩越しにジョーを見た。「そっちの息子は何歳になった？」

「九歳だ」

「母親が要る」

「そう思うか」

「事実だよ。男の子にはぜったいママが必要だ。でないと狼に育つ。女をくそみたいに扱って、心の襞《ひだ》というものがわからなくなる」

「心の襞ね」

モントゥース・ディックスは襟に紺色のネクタイを通して、結びはじめた。「息子を愛してるか？」

「ほかの何よりも」

「なら、自分のことを考えるのはやめて、ママを与えてやれ」

ジョーは、戸棚から茶色のズボンを出してはくモントゥースを見ていた。

「息子はいつか去る」モントゥースはベルトをつけた。「かならずな。生涯同じ家ですごしたとしても、やっぱり父親を残して出ていく」

「おれも父親に同じことをした」ジョーはラムをまたひと口飲んだ。「あんたは？」

モントゥースは肩かけホルスターに腕を通した。

「派手にやったよ。一人前になるには、通過しなきゃならないことだ。ガキはしがみつき、男は去る」モントゥースは四四口径のリボルバーを左のホルスターに、もう一挺を右に差した。

「それじゃボディチェックで引っかかる」ジョーが言った。

「チェックされるつもりはない」モントゥースは四五口径オートマチックを腰のうしろに加えた。スーツの上をはおり、タン色のレインコートとそろいの帽子を身につけ、帽子のつばを整えた。さらに拳銃二挺をレインコートのポケットに入れ、衣装戸棚のいちばん上からショットガンを取り出し、部屋の反対側にいるジョーを振り返った。「これでどうだ」

「リトル・ラマーがこの地上でいちばん見たくないものだ」

「若いの」モントゥース・ディックスは言った。「まったくそのとおりよ」

ふたりは裏の階段をおりて外の路地に出た。ジョーのボディチェックをした男が別の護衛といっしょに立っていた。路地の向かいの車に、また別の護衛がふたり乗っていた。新たな世界大戦が始まるかのように武装して建物から出てきたボスに、彼らの頭がいっせいに振り向いた。

モントゥースは、ジョーのチェックをした男を呼ばわった。「チェスター」

チェスターは嫌でもボスに眼が吸い寄せられた。大きなショットガンを体の横にぶら下げ、上着のなかから四四口径のグリップが突き出しているのだ。

「はい、ボス」

「この路地の突き当たりには何がある？」

「コートランの理髪店です、ボス」

モントゥースはうなずいた。

部下四人は、荒々しく切羽詰まった表情で眼を見交わした。

「三分ほどあとに、そこでちょっと暴れる。ついてくるか？」

「ボス、あの、おれたち——」

「ついてくるかと訊いたんだ」

チェスターは何度かまばたきして、息を吸った。

「はい、ついていきます」

「よし。いまからだいたい四分後に、何人かで来て、まだ動くものがあったら始末しろ。わかったか」

チェスターの眼には涙がたまり、もう少しであふれそうだったが、右を見て左を見ると収まった。チェスターはうなずいた。「誰も生かしておきません、ミスター・ディックス」

モントゥースはチェスターの頬を軽く叩き、ほかの三人にうなずいた。「これが終わったら、ブリージーの言うことを聞け。おれの息子を支えるのに問題のあるやつは？」

部下たちは首を振った。

「よし。あいつはきちんとやる。ずるをしないことは、おまえたちにもすぐわかる」

「彼はあなたじゃない」チェスターが言った。

「馬鹿。誰だって自分の父親じゃないだろうが」

チェスターはうつむき、自分の銃の装塡を調べるのに専念した。

モントゥースはジョーに手を差し出した。ジョーは握手した。

「このやり方を提案したのはおまえだとフレディは気づくぞ」

「たしかに気づく」ジョーは言った。「だが、理解できないだろう」


モントゥースはジョーの手を離さず、視線を長いあいだ受け止めていた。「いつか、向こうの世界で会おう。通のブランデーの飲み方を教えてやる」

「愉しみだ」

モントゥースは手を離し、何も言わずに背を向けた。そして路地を歩いていった。歩幅が次第に広く、足取りが速くなり、両手に持ったショットガンが控え銃《つつ》の位置に上がった。

19　生きる権利

ジョーは車に乗ってブラウン・タウンをあとにした。リトル・ラマーは、ショットガンでボディガードをなぎ倒して入ってくるモントゥース・ディックスを見て、どんな顔をしただろう。それを見るために、モントゥースのあとから理髪店に入っていきたい気持ちもどこかにあったが、現場の近くで姿を見られたりしたら、フレディ・ディジャコモは非難の声をあげ、バルトロ・ファミリー全体を敵にまわして暴れはじめるだろう。それもすべて計画の一部と言えなくもない。フレディにはゲームを長く続ける能力はない。目先のことしか考えられないのだ。昔からそうだった。モントゥースの数当て賭博を欲しがっていて、まさにいま願いが叶おうとしている。もしフレディに、モントゥースの王国をまるごと狙うだけの頭があれば、ジョーもあの出来損ないに多少の敬意を払ったかもしれない。しかしフレディは、端金欲しさに十人ではきかない命を奪おうとしていた。

もっとも、モントゥースが勘ぐっていたように、この一連の動きにかかわっているのはフレディだけではないのかもしれない。

皮肉なことに、腹心の友であるディオンは別として、ジョーが稼業全体をまかせられる人物として思い浮かべるのは、リコだった。モントゥースの失墜を企てて実行する頭脳と度胸がある者を選べと言われると、やはりリコになる。だが、モントゥースを追い落とすのは、リコのような男にとっては小さすぎる仕事だ。そしてディオンを追い落とすのは、少々大きすぎる。

本当に？

リコは若すぎる、とジョーは頭のなかの声に言った。

いまのすべてを築き上げたとき、チャーリー・ルチアーノは若かった。マイヤー・ランスキーも。ジョー自身も、二十五歳でタンパの事業全体を動かしていた。

だがそれは、いまとはちがう昔の話だ。時代は変わった。

時は移るが、人は変わらない、とジョーの頭のなかの声が囁いた。

十一番街を渡ると、ディオンのボディガードふたりが待っていた。ブルーノ・カルーソとチャッピ・カルピノだ。ジョーは車を寄せ、窓を下げた。チャッピも、乗っている車の助手席の窓を下げた。

ジョーが言った。「二台じゃなかったか」

「マイクとザ・フィンは、おれたちが来てボスに連絡をとったあと、戻っていきましたよ」

「トラブルか？」

チャッピはあくびをした。「いいや。アンジェロが病欠なんで、ボスが言うには、あなたはボスと息子さんに護衛をつけておきたいだろうって」

ジョーはうなずいた。「なら、おまえたちもボスのほうへ行ってくれ」

「いや、あなたに同行します」

ジョーはゆっくりと首を振った。「個人的な会合なんだ。来てもらっちゃ困る」

ブルーノ・カルーソが身を乗り出し、助手席を挟んでジョーを見た。「命令なんです」

「ブルーノ、おれの運転を見たことがあるだろう。この車のギアを入れたら、おまえの足がクラッチから離れるまえにおれは角にいる。おまえは配達トラックがずらりと二重駐車しているあそこでUターンしなきゃならない。本当におれと追いかけっこしたいのか？」

「でも、ジョー――」

「個人的な用事だと言っただろう。男と女の、そういうことだ。ぜったい人に言えないような。おまえとチャッピはどこか適当なところに行ってくれ。ボスには、おれにそうさせられたと言えばいい。二時間後に彼の家に戻って会う」

ふたりは顔を見合わせた。ジョーはエンジンをふかし、笑顔を見せた。

ブルーノは眼をぐるりとさせた。「ボスに電話して言ってもらえます？」

「約束する」

ジョーはギアを入れた。

「あ、そうだ」チャッピが言った。「リコがあなたと連絡をとりたがってるって、ボスが。いま事務所にいます」

「どっちの」

「埠頭の」

「わかった。ありがとう。まず電話ボックスからディオンに電話して、おまえたちのことを説明しておく」

「どうも」

ジョーはふたりの気が変わるまえに車を出し、十番街で急に左折して、街の先をめざした。

サンダウナー・モーテルの裏手に車を停めたが、どう考えればいいのか、ジョーにはまるでわからなかった。まえの晩、彼女から電話があり、仕事のような口調で、明日正午に会ってと言われた。すぐに電話は切れた。命令されたような気がしてならなかった。工夫あふれる愛の行為も、行為のあとの軽口も、互いに愉しんでいるとはいえ、彼女はいまも侮れない力を持った女性であり、電話をすれば、相手が質問ひとつせず自分のまえに現われて当然だと思っている。

権力の働きというのはおもしろい。彼女のそれはタンパ市とヒルズボロ郡どまりだが、その地にジョーの靴が触れた瞬間から、彼女の力は彼を上まわる。モントゥース・ディックスの力も揺るぎないように見えたが、それも自分の力を守るためにふたりの男を殺すまでのことだった。彼らはモントゥースの組織よりはるかに強大な組織から送られてきた男たちだった。ポーランド、フランス、イギリス、ロシア——みなおそらく、自分たちは充分強いのだから、あの愚かな暴君を怖れる必要などないと考えて、いまや自由世界のほとんどを呑みこんだ力について苦い教訓を学んでいる。日本はアメリカを爆撃できるほど自分は強いと考えた。アメリカはそれに報復し、さらにヨーロッパで第二戦線を、アフリカで第三戦線を開けるほど自分は強いと考えた。こうした争いでは、つねに何にも勝る真実がある——どちらか一方がひどい計算ちがいをしているのだ。

ジョーは一〇七号室のドアをノックした。ドアを開けたのはヴァネッサではなく、市長夫人だった。堅苦しいスーツを着こみ、髪をきっちりうしろにまとめ、そのせいで額の灰色の十字が目立っていた。険しい表情とよそよそしい眼つきは、まるでジョーがルームサービスの客室係で、しかも注文とちがうものを持ってきたと疑っているかのようだった。

「入って」

ジョーは入って帽子を脱ぎ、何度となく愛を交わした鉄枠のベッドの横に立った。

「飲む？」ヴァネッサは返事を気にしていないことをうかがわせる声で訊いた。

「いや、いい」

しかし彼女はジョーに酒をつぎ、自分にも新たに注いだ。グラスをジョーに渡すと、自分のグラスを持ち上げて、カチンと合わせた。

「なんの乾杯だ」

「わたしたちが通りすぎてきたものに」

「それは？」

「わたしたち」

彼女は飲んだが、ジョーはグラスを化粧台の端に置いた。

「いいスコッチなのに」彼女が言った。

「何がどうなっているのかわからない」ジョーが言った。「だが――」

「そうね」彼女は言った。「あなたにはわからない」

「だが、おれはきみをあきらめてない」

「それはあなたの選択。でも、わたしはあなたをあきらめてる」

「電話で言えたはずだ」

「あなたは納得しないでしょう。わたしの顔を見ないと」

「それで何を見る？」

「わたしが真剣だってこと。女が去るときには振り返らない。わたしも女よ」

「どこから……」ジョーは突然、両手の重ね方がわからなくなった気がした。「どこからそんな考えが？ おれが何をした」

「何も。わたしが夢を見てただけ。やっと目が覚めた」


ジョーは帽子をグラスの横に置き、彼女の手を取ろうとしたが、ヴァネッサはうしろに下がった。

「こんなことはやめてくれ」

「なぜいけないの？」

「なぜいけない？」

「そうよ、ジョー。いけない理由をひとつあげて」

「なぜなら……」どういうわけか、手をまわりの壁に振っていた。

「何？」

「なぜなら……」できるだけ落ち着いて話そうとした。「きみがいないと……きみが求めていることがわからないと――あ、いや、セックスのことじゃない、それだけじゃなく――とにかく、きみがいないと、毎朝おれをベッドから起き上がらせるのが息子だけになってしまう。きみがいないと、あらゆるものがただの……」彼女の額の十字架を指差した。

「十字架？」

「灰になる」ジョーは言った。

彼女はグラスの中身を飲み干した。「あなたはわたしを愛してるの？　それを今日は売りこもうとしてるの？」

「何？　ちがう」

「ちがう。わたしを愛してないってことね？」

「そう。いや、ちがう、わからない。なんだって？」

彼女は自分にもう一杯注いだ。「この先どうなると思ってるの。ただわたしと愉しみたいだけよね、世間にばれるまで」

「ばれるかどうかは――」

「いいえ、ばれるわ。この一週間でわかった。どんなふうにばれるかはわからない。見たこともないし。でも本当にそうなったら、あなたはキューバに遊びにいって、雑音が消えてから帰ってくることができる。ところが、わたしはアトランタに送り返され、家族の事業は取締役会に召し上げられる。ギャングとファックして、権力のある夫を寝取られ男にしてしまったふしだら女のことなんて、誰も信用しないから」

「そんなことは望んでない」

「じゃあ何を望んでるの、ジョー？」

ジョーはもちろん、彼女を望んでいた。いますぐ彼女が欲しかった、はっきり言えばベッドの上で。このまま人に知られることなく関係を続けられれば――どうしてできない？――月に二、三回会いたかった。互いに味わい尽くし、あえて一度離れることに意味があると思えるまで。あるいは、自分たちの情熱は温室の花で、もう腐りかけていると気づくまで。

「自分が何を望んでいるかわからない」ジョーは言った。

「素敵」彼女は言った。「すばらしい」

「どんなに頑張っても、きみを頭のなかから消せないことはわかってる」

「重荷になってしまったわね」

「いや、ちがうんだ。つまり、試してみてもいいだろう？」

「試す？」

「これがおれたちをどこへ連れていくのか。いままではうまくいってた」

「これ？」彼女はベッドを指した。

「ああ」

「わたしは結婚してるの。市長と。これは、不名誉以外のどこへも連れていってくれない」

「危険を冒す価値はあるんじゃないか」

「知るものすべてを失うのに見合った報酬があるならね」

女というのは。まったく。

たぶんジョーは彼女を愛していた。たぶん。だからといって、夫と別れてくれと頼むべきなのか？　永遠に語り継がれるスキャンダルになるだろう。ハンサムで若い市長に寝取られ男の烙印を押す？　本当にそうしたら、ジョーは無法者からただの鼻つまみ者になる。フロリダ中西部では二度と仕事ができなくなるだろう。ことによると州全域で。南のほうは、笑顔は多いけれど人の許容度は低い。戦争の英雄でタンパの名家の息子の妻を奪った男は、どの家を訪ねても門前払いだ。あとはフルタイムのギャングに戻るしかない。問題は、三十六歳の彼は兵士になるには歳をとりすぎ、ボスになるにはアイルランド系すぎることだった。

「きみがどうしたいのかわからない」ややあってジョーは言った。

ヴァネッサの眼を見て、自分の答えから彼女が何かを確信したのがわかった。ある種の試験に落ちたのだ。ジョー自身は試験を受けていることすら知らなかったが、それでも落ちたことには変わりない。

ベッド越しに相手を見たジョーの頭のなかで囁く声がした――何も言うな。

彼はその声にしたがわなかった。「おれはきみの家の窓に梯子をかけるべきなのか？　夜中に駆け落ちしたいのか？」

「いいえ」ヴァネッサの指が腿の上でかすかに震えた。「でも、そこまで考えたことを教えてくれればよかった」

「遠くに逃げたいのか？」ジョーは言った。「きみの旦那と有力な取り巻きがどう反応するか考えたら、おそらく――」

「話さないで」彼女はベッド越しにジョーを見て、唇をすぼめた。

「え？」

「あなたは正しい。同意する。議論することなんてない。だからお願い、もう話さないで」

ジョーは眼をぱちくりさせた。何度か。そして彼女が注いだ酒をひと口飲み、いつ犯したのかもわからない罪が宣告されるのを待った。

「妊娠してるの」彼女は言った。


ジョーはグラスを置いた。「妊――」

「――娠」うなずいた。

「おれの子だとわかるんだな」

「ええ、わかる」

「確かか？」

「まちがいない」

「旦那にもわかる？」

「確実に」

「日にちの計算がずれたと思うんじゃないか。彼だって――」

「彼は不能なのよ、ジョー」

「え……？」

彼女は固い笑みを見せ、ぎこちなくうなずいた。

「ずっとまえから」

「すると、きみたちは一度も……」

「二回あるわ」彼女が言った。「一回半、かしら、厳密に言えば。最後は一年以上前」

「それで、どうする？」

「医者を知ってる」見せかけの明るさで言い、パチンと指を鳴らした。「問題解決」

「待て」ジョーは言った。「待ってくれ」

「何？」

ジョーは立ち上がった。「おれの子を殺すなんて」

「まだ子供じゃないわ、ジョー」

「子供だ。殺さないでくれ」

「あなたはこれまで何人殺した、ジョゼフ？」

「それとこれとは――」

「話半分だとしても、三、四人じゃすまない」彼女は言った。「直接手を下したか、他人に命令してやらせたかはともかく。なのにあなたは――」

ジョーはベッドをまわりこんでヴァネッサに詰め寄った。あまりのすばやさに彼女が驚いて立ち上がり、椅子が倒れた。

「そんなことするな」


「いいえ、します」

「この街の堕胎医は全員知ってる。堕胎させせない」

「誰がこの街ですると言った？」彼女はジョーの顔を見上げた。「できれば一歩下がっていただけない？」

ジョーは両手を上げ、ひとつ息を吸い、言われたとおりにした。

「よし」彼は言った。

「何がよし？」

「きみは別れて、おれのところに来る。ふたりで子供を育てよう」

「支えて」彼女は言った。「卒倒しそう」

「いや、聞いてくれ――」

「どうして夫と別れてギャングと暮らさなきゃいけないの？　来年のいまごろあなたが生きてる確率は、バターンを行進させられた捕虜兵とたいして変わらないのに」

「おれはギャングじゃない」

「ちがうの？　ケルヴィン・ボールガードって誰？」

「誰だって？」

「ケルヴィン・ボールガード（『夜に生きる』の登場人物）」彼女はくり返した。「三〇年代にタンパにいた実業家よ。缶詰工場の所有者だったと思うけど？」

ジョーは何も言わなかった。

ヴァネッサは水を飲んだ。「クー・クラックス・クランのメンバーだという噂があった」

「その男がどうしたんだ」

「二カ月前、夫に訊かれたの。あなたとわたしは親密なのかって。彼だって馬鹿じゃない。わかるでしょ。わたしは〝いいえ、ぜんぜん〟と答えた。そしたら夫は、〝そうか。親密になったりしたら、やつを一生くそ刑務所に閉じこめてやる〟って」

「口だけだ」ジョーは言った。

ヴァネッサは悲しげにゆっくりと首を振った。「夫は、誰かがケルヴィン・ボールガードの頭を撃ち抜いたあの日、あなたが彼の事務所にいたことを証言する署名入りの宣誓供述書を、二通持っている」

「はったりだ」

彼女はまた首を振った。「わたしも見たことがある。その供述書によれば、あなたがガンマンにうなずき、ガンマンは直後に引き金を引いたそうよ」

ジョーはベッドに坐り、言い抜ける道がないか考えた。が、なかった。しばらくして、両手を膝の横にだらりと置いたまま彼女を見上げた。

ヴァネッサが言った。「わたしは市長の屋敷から追い出されないし、家族からも追放されない。通りに出ていって救貧院で産んでみましょうか。鉄格子の向こうにいる父親しか見られない子だけど、それにしたって――」悲しい笑みをジョーに向けた。「夫の息のかかった判事があなたに死刑判決を下さなければの話」

ふたりは五分間、黙って坐っていた。ジョーはどこかに脱出口がないか探し、ヴァネッサはそれが失敗するのを見ていた。

ようやくジョーが言った。「きみがそう言うのなら」

彼女はうなずいた。「結局その答えしかないと思ってた」

ジョーは無言だった。

ヴァネッサはハンドバッグとベルベットの帽子を取った。手をドアにかけ、ジョーを振り返った。「頭のいい人なのに、すぐ眼のまえにあるいろんな問題が見えないのね。なんとかしたほうがいいと思う」ドアを開けた。

ジョーが顔を上げると、彼女の姿は消えていた。

数分たって、ジョーは化粧簞笥に置いてあったグラスを持って窓辺の椅子に坐った。頭のなかに灰色の雲がかかり、血のなかにまで溶けこんでいるせいで、ものを考えられなかった。奥深いところでショックを受けているのはわかったが、体が痺れたようになっているいちばんの原因が何なのか——彼女の妊娠か、堕胎しようとしていることか、関係解消の申し入れか、自分の自由を奪える書類を彼女の夫が持っていることか——は見きわめられなかった。

頭をはっきりさせよう、せめて血がまた流れるようにしよう、とジョーは受話器を取って外線を頼んだ。ディオンに電話するのを忘れていた。ブルーノとチャッピを見張りからはずしたのは自分だと知らせなければいけなかった。今日の運勢からすれば、ふたりが馘《くび》になってもおかしくない。

ディオンの家の電話からは応答がなく、ジョーは水曜だったことを思い出した。ディオンが毎週〈キネッティ・ベーカリー〉に買い物に行く日だ。もう一本電話をかけたあと、ディオンの家に戻ることにした。そのころにはみな帰っているだろうし、スポンジケーキもまだ温かいだろう。

いったん受話器を置いてまた取り、別の外線につないだ。マーガレットを呼び出し、何かメッセージが届いていないか尋ねた。

「リコ・ディジャコモさんから二度、電話がありました。緊急だから折り返してほしいそうです」

「わかった。ほかには？」

「海軍情報局のかたが……」

「マシュー・ビール」

「ああ、そのかたです。奇妙なメッセージを残しています」

マーガレットは一九三四年からジョーの秘書を務めている。奇妙なことは山ほど見聞きしているはずだった。

「読み上げてくれ」ジョーは言った。

マーガレットは咳払いをして、声を一オクターブ下げた。「次に起きることがすでに起きた」そこでいつもの声に戻って、「意味わかります？」

「よくわからないが、ああいう役人タイプは人を脅すのが大好きだからな」

電話を切り、煙草を吸った。ジョーはマシュー・ビールと交わした会話を、最初からできるだけ正確にたどった。ほどなく、ビールが〝われわれが次にとる行動〟はジョーを不快にすると断言したことを思い出した。

つまり、なんであれその行動がとられたということだ。

好きにしろ、とジョーは思った。おれを土のなかに埋めようとすることを除いて。

そういえば……

ジョーはリコ・ディジャコモに電話をかけた。応答した秘書がすぐ本人に取り次いだ。

「ジョー？」

「そうだ」

「くそ。どこにいた？」

「なんだ、どうした？」

「マンクが療養所にいない」

「いるさ」

「いや、いない。タンパに戻ってる。あんたを探してるんだ。あんたの家のそばで目撃された。その二時間前には事務所のあたりをうろうろしてた。いまどこにいるか知らないが、そこから動かないでくれ。いいな?」

ジョーは部屋を見まわした。少なくともヴァネッサにはスコッチの壜を置いていく思いやりがあった。

「そうしよう」

「こっちでやつを捕まえる。わかったな。必要なら始末する」

「けっこう」

「片づくまでじっと坐っててくれ」

ジョーは外にいるマンクのことを考えた。マンクと、その潤んだ眼、カサカサの頭皮、安酒とサラミの混じった口臭のことを。マンクは、テレサやビリー・コヴィッチのように巧みな駆け引きはしない。ただ車で標的に近づき、銃をぶっ放す。

「わかった」ジョーはリコに言った。「じっと坐ってる。すんだらすぐに連絡をくれ」

「了解。じゃ、あとで」

「リコ」ジョーは言った。

リコの声が戻ってきた。「何? どうした?」

「ここの番号が要るんじゃないか」

「まずい。そうだ」リコは笑った。「ペンを探すからちょっと待って。オーケイ。言ってくれ」

ジョーは部屋の直通番号を告げた。

「よし、オーケイ。また連絡する」リコは電話を切った。

部屋のカーテンは閉まっていたが、少し隙間があって、窓から桟橋が見えた。ジョーはベッドに腹這いになってカーテンの裾を引っ張り、隙間なく重ねた。

マンクがすでに迫っている場合に備えて、ベッドからおり、部屋のどこに身を置くか考えた。

結局、化粧簞笥の上に坐って、タン色の壁と、大雨のなか岸辺で竿を振る釣り人の絵を見つめた。経営者のカンティヨン兄弟は、全室に同じ絵の複製をかけていた。この部屋のそれはかなり低い位置にあり、二週間前、ジョーがうしろからヴァネッサに入ったとき、思わず何かにつかまろうとした彼女が斜めにぶつかってしまった。額縁の裏が当たった壁に傷が残っていた。彼女の髪の毛先が首の横にへばりついているところも見えた。彼女の息に含まれる酒のにおい——あの日はジンだった——が甦り、ふたりの動きがいよいよ激しくなって肉がぶつかる音も聞こえた。

あまりにも鮮明な記憶にジョーは驚いた。たぐるとひどい痛みが生じることにも。このままここで一日じゅう何も食べずにスコッチだけを飲み、彼女のことを考えつづけたら、腑抜けになってしまう。ほかのことを、なんでもいいから何かほかのことを考えなければ。


たとえば——

誰かの殺しを請け負った者が、仕事のさなかに療養所に入ったりするだろうか。

こちらを出し抜くための策略だろうか。それとも、本当に頭がおかしくなったのか。依頼したのが誰であれ、マンクが仕事から逃げて入院させられたと聞いたときには、少なからず困惑したはずだ。その場合、依頼主は別の人間を新たに雇って、ジョーとマンクの両方を殺そうとするのではないか。いや、殺しを請け負って動いている男が、わざわざ休みを取って脳をまともにしたあげく、襲撃当日にのこのこ出てくるなどということがあるものか。まったくのナンセンスだ。

いますぐ外に出て、マンクを見かけたというリコの部下と話そうかと思った。マンクに似た誰かと見まちがえた可能性に千ドル賭けてもいいと思った。二千ドルでもいいくらいの確信があった。

だが、命はどうだ？　命まで賭けられるか？　たしかに危険はある。ただこの部屋に——部屋というより“箱”に思えてきた——こもっていればいいのだ。すぐに終わる。リコたちがマンクにそっくりな男を、あるいは本人の可能性もあるが、とにかくそいつを狩り出せば、また眠れる。

そのときまで、箱のなかでじっとしてろ。

ジョーはグラスを持ち上げたが、口につけるまえに止めた。

箱こそが重要なのではないか。

ヴァネッサの捨て台詞は何だった？　頭はいいのに、すぐ眼のまえにあるものは見えないとか。

この二週間、もし誰かが殺そうとしていたのなら、自分はとっくに死んでいるはずだ。計画らしきものを知らされるまで、のんきに外を出歩いていた。恰好の的《まと》だ。身の危険を意識しはじめてからも、噂を打ち消そうとした。キング・ルーシャスと薬物中毒の殺し屋二十人のいるボートに乗りこみ、テレサの命の交渉までした。車でも何度か出かけた——レイフォードにも、ピース川にも。目的もなく車を走らせたことすらあった。その間にたやすく殺せたはずだ。

殺人者は何を待っていたのか。

灰の水曜日。

だが、なぜ待つ？

考えられる唯一の答えは、彼らが待っていないということだ。彼らなんていない。いたとしても、彼らはおれを殺そうとしていない。

おれを動けなくするのが目的だった。

ジョーは受話器を取って外線を頼み、ペンサコラのラズワース療養所につないでもらった。交換台の若い女性が出たので、タンパ警察のフランシス・キャディマン刑事と名乗り、殺人事件に関してそちらの責任者と至急話したいと伝えた。

若い女性は電話を取り次いだ。出てきたシャピロ医師は、どういうことかと尋ねた。

ジョーは、昨夜タンパで殺人があり、入院患者のひとりと話をする必要があると説明した。

「警察ではこの男がまた人を殺すと確信しています」

ジョーは医師に言った。

「うちの患者を？」

「いいえ。率直に言えば、そちらの患者が容疑者なのです」

「よくわからないのですが」

「犯行現場でジェイコブ・マンクを目撃した人がふたりいる」

「ありえない」

「そう思われるのも無理はありませんが、本当です、ドクター。あとで直接そちらにうかがいます。お時間をありがとう」

「切らないで」シャピロが言った。「その殺人はいつ起きたんですか」

「今朝未明です。正確には、二時十五分」

「だったら、あなたはまちがった人物を追っている。問題の患者はジェイコブ・マンクですね？」

「ええ、ドクター」

「二日前に自殺を図りました。窓ガラスの破片で頸動脈を切って。以来、昏睡状態です」

「それは確かですか」

「私はいま彼の横にいるのです」

「ありがとう、ドクター」

ジョーは電話を切った。

モントゥース・ディックスを排除していちばん利益を得るのは誰だ？

フレディ・ディジャコモではない。フレディが得るのは数当て賭博だけだ。

縄張りを手に入れるのは、リコだ。

トマスを連れてキューバに行けと勧めたのは？

リコ。

おれを追いつめ、確実に身をひそめさせる名前を囁いたのは？

リコ。

おれをはずして、みずから王の座につくだけの狡猾さを持ち合わせているのは？

リコ・ディジャコモ。

リコが灰の水曜日におれをいさせたくなかった場所は？

教会。

いや、ちがう。教会はとくに問題なく出入りした……

パン屋。

「ちくしょう」ジョーは小声で言って、ドアに向かった。

20 パン屋

ディオンの運転手のカルミネが、〈キネッティ・ベーカリー〉のまえに車を停めた。時刻は十二時半。毛織物のような雲のうしろに太陽が隠れ、空の色は淡いグレーとくすんだ白のあいだだが、ひどく蒸し暑かった。ディオンはトマスの脚をぽんと叩いて言った。

「スフォリアテッレでいいか？」

「いっしょに行きたい」

マイク・オーブリーとジェフ・ザ・フィンは、彼らのうしろの道路脇に車を寄せた。

「だめだ」ディオンは言った。「おれにまかせろ。スフォリアテッレだな？」

「うん」

「パスティチョッティ（カスタードクリームの入った焼き菓子）も入れてもらうか」

「そうして、ディーおじさん」

カルミネが車をまわってボスのためにドアを開けた。

「いっしょに行きます」

「この子についてろ」

「ボス、最初に店のなかをのぞくだけでも」

トマスはディオンおじさんの二重顎の顔が紫に変わるのを見た。

「おれはフランス語を習えと言ったか？」ディオンはカルミネに言った。

「いいえ、ボス、言ってません、もちろん」

「向かいの金物屋の壁を塗り直せと言ったか？」

「いいえ、ボス、ぜんぜん、そんなことは」

「キリンとやれと言ったか？」

「は？」

「質問に答えろ」

「いいえ、ボス、決して――」

「だよな。おれはフランス語を習えとも、向かいの金物屋の壁を塗り直せとも、キリンとやれとも言ってない。言ったのは、車にいろってことだ」ディオンはカルミネの顔を小突いた。「わかったら、くそ車に残ってろ」

　ディオンはスーツのしわを伸ばし、ネクタイを直しながら店へ歩いていった。カルミネは運転席にどさっと坐り、トマスの姿が見えるようにバックミラーの向きを調整した。

「ボッチェ（ボウリングに似たイタリア発祥の球技）は好きか？」とトマスに訊いた。

「わからない」トマスは言った。「やったことないから」

「なんと」カルミネは言った。「もったいない。キューバでは何をしてた？」

「野球だよ」トマスは言った。

「選手だった？」

「うん」

「うまかった？」

トマスは肩をすくめた。「キューバ人ほどうまくはなかった」

「おれはおまえぐらいの歳でボッチェを始めたんだ」カルミネは言った。「おれの国にいたころな。みんな親父が教えたと思ってたけど、本当はお袋に教わった。思い浮かべられるか？　お袋が茶色の服を着てな。茶色が好きだったんだ。茶色の服、茶色の靴、茶色の大皿。パレルモ出身で、親父が言うには、だから想像力が欠けてるってことらしい。親父の出身は……」

トマスはカルミネの話を聞き流していた。父親からは、ことあるごとに、他人の話を聞く者、真剣に耳を傾ける者は尊敬され、たいてい感謝もされると諭されていた。「人はこう見られたいと思うとおりに見られることを望むものだ。そして誰もが、興味深い人だと思われたい」しかしトマスは、話し手が明らかに退屈だったり口下手だったりするときには、聞いているふりしかできなかった。父親の半分でも大人だったらと思うこともあれば、父親のほうがまちがっているとわかることもある。ただ、苦労している愚か者については、どちらなのかよくわからなかった。どちらも正しいのかもしれない。

カルミネがつまらないおしゃべりを続けているあいだに、郵便配達人が黄色い自転車のベルを鳴らし、車の横を通りすぎていった。自転車をパン屋のすぐ先の塀に立てかけると、カバンに手を入れ、その区画宛ての郵便物を選り分けはじめた。

頬がこけて青白い額に灰の十字をつけた長身の男が、郵便配達人を通りすぎたところで立ち止まり、靴紐の上に屈んだ。トマスは男の靴紐がほどけていないのに気づいた。が、男は顔を上げてトマスと眼が合っても、その姿勢のままだった。眼が眼窩の上に寄り、トマスのところからも男の襟が湿っているのがわかった。男はまた下を向き、靴紐をいじりはじめた。

その男よりずっと背の低いがっしりした体つきの男が、トマスたちの車のうしろから七番街の歩道を歩いてきて、確固たる早足でパン屋に入っていった。

カルミネはまだしゃべっていた。「……でもな、コンツェッタおばさんが……」やがて通りの何かに顔を向けると声が小さくなり、ついには黙った。

濃い紫のレインコートを着た男がふたり、反対側の歩道から通りに出てきた。いったん立ち止まって、通過する車をやりすごしたあと、並んで歩き出した。レインコートのベルトはどちらもゆるんでいたが、ふたりともそのベルトに手をかけていた。

カルミネが「ちょっとここでじっとしてろ、坊主」と言って、車から出た。

ドアが閉まって車が揺れた。トマスがカルミネのうしろ姿を見ていると、その上着の生地の色が変わり、発砲音が響いて、何が起きたのかわかった。男たちはカルミネをまた撃ち、カルミネは車の窓のまえで崩れ落ちた。血が窓ガラスに散っていた。

マイク・オーブリーとジェフ・ザ・フィンは車外に出ることとすらできなかった。通りの男ふたりはオーブリーを仕留め、トマスにショットガンの轟音が聞こえたときには、ジェフ・ザ・フィンのいたところに、砕けた助手席の窓と、フロントガラスの内側に飛んだ血が残るだけだった。

男ふたりは通りの中央でトンプソンを構えた。トマスのほうを向くうちに、ひとりが驚いたように眼を細め――あそこにいるのは子供か？――ふたりのトンプソンの銃口がそろって動いた。

トマスの後方から叫び声と炸裂音が聞こえた。店の正面のガラスが粉々に砕けた。銃の発射音が続き、もっと大きな音がして、トマスはショットガンだと思った。音のほうを振り返りはしなかったが、足元に身を屈めることもなかった。自分の死から眼をそらすことができなかった。二挺のトンプソンの銃口はいまもトマスを狙っていて、男たちは顔を見合わせ、ことばを交わすことなく不愉快な決断を下そうとしていた。

車が彼らをはね飛ばした。トマスは少し吐いた。ショックのせいで、しゃっくりといっしょに苦いものが出た。男のひとりはトマスから見えないところに飛んで、ディオンの車のボンネットに頭から落ち、頭と残りの体が逆方向にねじれた。もうひとりがどうなったかトマスにはわからなかったが、ボンネットの上の男はトマスをのぞきこんでいた。右半分の顔と顎が、左肩越しに視線を送っていた。まるでそれがこの世でもっとも自然な行為であるかのように。車にトマスがいるのに気づいて眼を細めた男だった。トマスは見つめられすぎて、胸のまんなかに吐き気がせり上がってきた。男の色の薄い眼は死んでいたが、生きていたときも同じ眼だった。

スズメバチの群れのように銃弾が空気を切り裂いた。トマスはまたしても、座席のうしろの床にへばりつかなければと思いながら動けなかった。眼のまえで起きていることが知識や経験からかけ離れすぎていて、二度と見ることのない光景だということしかわからなかった。耳を聾する破裂音のなかですべてが進んだ。ばらばらのようで、すべてがつながっていた。

男ふたりをはね飛ばした車はトラックの横腹に突っこみ、淡い色のシルクのスーツを着た男がその車にマシンガンを連射した。

歩道では、靴紐を直すふりをしていた男が拳銃でパン屋を撃った。

郵便配達人は倒れた自転車の上に丸まり、郵便物に鮮血が流れ出していた。

靴紐の男が絶叫した。ショックと否認が入り混じった、少女のように甲高い声だった。男は両膝をつき、手から銃を落とした。両眼に手を当て、額の灰の十字が熱で流れていた。ディオンおじさんが青いシャツの下半分を血でべっとり濡らして、パン屋からよろよろと出てきた。一方の手にケーキの箱、もう一方に銃を持っていた。膝をついた男にその銃を向け、額の十字架のどまんなかを撃ち抜くと、男は倒れた。

ディオンおじさんが車のドアを乱暴に開けた。洞窟から咆哮とともに現われて子供を食らう何かのようだった。その声は犬のうなり声だった。

「床に伏せてろ！」

トマスは床に小さくなり、ディオンがその上に手を伸ばして、ケーキの箱を運転席のうしろに落とした。

「動くな。いいな」

トマスは何も言わなかった。

「聞こえたか？」ディオンは怒鳴った。

「うん、うん」

ディオンがうなってドアを閉めたとたん、車の横に霰《あられ》が当たった。トマスにもわかった。霰じゃない。霰なんかじゃない。

音があふれた。ライフルと拳銃とマシンガンがいっせいに発砲する音。大の男が撃たれて発する甲高い悲鳴。

舗道の靴音。みんながだいたい同じ方向——車から離れる方向——に走っていた。やがて銃撃の音が小さくなり、ほとんどしなくなった。通りの先で一発、車の前方で一発。そしてそれも、鎖でも引かれたように突然やんだ。

いままでパレードさながらだった通りに、静寂がこだました。

誰かがドアを開け、トマスはディオンだと思って見上げたが、知らない男だった。緑のレインコートに、それより濃い緑のフェドーラ帽。眉も口ひげもとても細かった。見憶えがある気がしたが、トマスには誰かわからなかった。安物のひげ剃りローションとビーフジャーキーのにおいがした。出血している左手にハンカチを巻き、右手に拳銃を持っていた。

「ここは安全じゃない」男が言った。

トマスは黙っていた。二度目に見上げたとき、その男を日曜のミサのあとに何度か見かけていたことを思い出した。いつも黒い服を着ている魔女みたいなお婆さんと、ときどき校庭に立っていた。

男は怪我をしたほうの手でトマスの肩を叩いた。「おまえが見えたんだ、通りのあっちから。安全なところに連れていく。ここは危険だ。いっしょに来い。さあ、来るんだ」

トマスは床でいっそう固く縮こまった。

男はトマスをつついた。「助けてやるんだぞ」

「あっち行け」

「あっち行けはないだろう。そんなこと言うな。助けてやるんだから」男は犬を扱うようにトマスの肩と頭を叩き、シャツを引っ張った。「来い」

トマスは相手の手を叩いた。

「シィーッ」男は言った。「おい」と言った。「聞け。聞くんだ。おれたちにはあまり——」

「フレディ！」

名前を呼ばれて、男は眼を見開いた。

歩道にいた男がまた呼んだ。「フレディ！」

父親の声だとわかったトマスは、安堵のあまり五年ぶりにズボンを濡らした。

フレディが「すぐ戻る」と囁いて、体を車の外に出し、歩道のほうを向いた。「やあ、ジョー」

「そこにおれの息子がいるのか、フレディ」

「あんたの？」

「トマス！」

「ここだよ、父さん」

「怪我はないか？」

「ない」

「撃たれた？」

「ううん、大丈夫」

さんがいる。大丈夫だ」

「そいつに触られたか？」

「肩を触られたけど――」

フレディの体がその場で躍った。

あとで知ったことだが、トマスの父親は四回発砲していた。だが速すぎて、回数などわからなかった。わかったのは、突然フレディ・ディジャコモの頭がトマスの上の座席に倒れてきたことと、体の残りが歩道でだらりとしていることだけだった。

父親はフレディの髪をつかんで車の外に出した。死体を排水溝に落とし、トマスに手を伸ばした。トマスは父親の首にしがみつき、いきなり泣きだした。大声で泣いた。眼から風呂の水のように涙が流れるのがわかったが、やめられなかった。涙が止まらなかった。トマスはひたすら泣きつづけた。聞こえるのは自分の声ではなかった。激しい怒りと恐怖がほとばしる叫びだった。

「もう心配ない」ジョーが言った。「そばにいる。父

21 脱出

ジョーは息子を抱きしめ、七番街の大虐殺の現場を見渡した。トマスは腕のなかで震え、生後六カ月で両耳の感染症に罹ったとき以来、これほど泣いたことはないというほど泣きつづけた。ジョーの車――アンソニー・ビアンコとジェリー・トゥッチをはね飛ばした車――は完全に壊れていた。信号機にぶつかっただけでなく、サル・ロマーノがトンプソンの弾を円形弾倉が空《から》になるまで撃ちこんだからだ。ロマーノが再装塡しているあいだに、ジョーは二台うしろの車のトランクをまわりこんで、その尻を撃っていた。通りのまんなかでは彼のうめき声がまだ聞こえた。ロマーノはニュージャージーの高校時代にクォーターバックだった。いまもバーベルを上げ、腕立て伏せを毎日五百回している。少なくとも本人はそう言っていたが、ジョーが左の尻を隣の番地まで吹き飛ばしたので、今後腕立て伏せがどうなるかは疑問だ。

ジョーは通りを横切りながら、ケープスキンの上着を着た男を撃った。パン屋をショットガンで攻撃していたので、背中に一発撃ちこんで、歩きつづけたのだ。その男の声もした。十五ヤードほどうしろの歩道で、医者と司祭を呼んでくれと泣き叫んでいた。デイヴ・インブルーリアの声によく似ていた。うしろ姿も似ている。ジョーからは顔が見えなかった。

トマスは泣きやみ、呼吸を整えようとしていた。「シィーッ」ジョーはトマスの髪をなでた。「大丈夫だ。父さんがいる。離さない」

「父さん……」

「何？」

トマスはジョーの腕にもたれ、フレディ・ディジャコモの死体を見おろした。「父さんが撃った」小声で言った。

「ああ」

「どうして？」

「理由はたくさんあるが、大きいのは、おまえを見る眼つきがおかしかったことだ」息子の茶色い眼をのぞきこんだ――死んだ妻と同じ眼を。「わかるか？」

トマスはうなずきかけたが、ゆっくりと首を振った。

「おまえはおれの息子だ」ジョーは言った。「おれの息子に妙なまねはさせない。誰にも」

トマスはまばたきした。ジョーには、息子が父親のなかにいままで知らなかった何かを見ているのがわかった。それは、ジョーが人生でずっと隠し方を学んできた、氷のように冷たい憤怒だった。父親にも、兄たちにもある、コグリン家の男の刻印のような怒り。

「ディオンおじさんを見つけてここを離れよう。歩けるか？」

「うん」

「おじさんを見た？」

トマスは指差した。

ディオンは銃弾でガラスが砕け散った婦人用帽子店の窓台に腰かけて、ジョーたちを見ていた。シャツは血に染まり、顔はできたての灰と同じくらい白く、息が荒かった。

ジョーはトマスを車からおろした。ふたりでディオンのところに歩いていくと、ガラスが足の下で音を立てた。

「どこを撃たれた？」

「右の乳首だ」ディオンは言った。「だが貫通してる。弾が抜ける感じがわかった。信じられるか？」

「腕もだ」ジョーは言った。「ひどいぞ」

「え？」

「腕、腕」ジョーはネクタイをはずした。「動脈だ、ディー」

ディオンの右腕の内側の傷から血がほとばしっていた。ジョーは傷のすぐ上をネクタイで縛った。

「歩けるか？」

「息さえ苦しい」

「音でわかる。だが歩けるか？」

「遠くは無理だ」

「遠くには行かない」

ジョーはディオンの左脇に腕を差し入れ、窓から立たせた。「トマス、うしろのドアを開けてくれ。いいな？」

トマスはディオンの車に走ったが、フレディの死体のそばで凍りついた。それが起き上がって飛びかかってくるかのように。

「トマス！」

トマスはドアを開けた。

「いい子だ。まえに乗れ」

ジョーはディオンを座席に坐らせた。「横になって」

ディオンはそうした。

「脚を上げろ」

ディオンが脚を座席の上に引き上げ、ジョーはドアを閉めた。

運転席側にまわったとき、通りの向こうにサル・ロマーノがいるのが見えた。サルは立っていた。片足で。もう片方をぶらぶらさせ、かつてジョーの車だったものに寄りかかっていた。呼吸は荒く、ヒューヒューと音を立てていた。ジョーは銃をサルに向けた。

「リコの兄貴を殺したな」サルは顔をしかめた。

「ああ、やった」ジョーは運転席のドアを開けた。

「あんたのガキが車にいるとは知らなかった」

「そうか」ジョーは言った。「だが、いた」

「いたって理由にはならない。リコがあんたの首を切り落として火をつける」

「尻は悪かったな、サル」ジョーは肩をすくめ、あとは無言で車に乗った。バックで出て、そのままバックで走った。ようやくサイレンの音が聞こえだした。西と北から近づいている。

「どこに行くの？」トマスが訊いた。

「ほんの二、三区画だ」ジョーは言った。「大通りからはずれないと。具合はどうだ、ディー」

「世界はおれのもんだ」ディオンは小さくうめき声をもらした。

「踏んばれ」ジョーは二十四番通りへの角をバックでまわり、ギアを一速に入れて南に向かった。

「おまえが来たんでびっくりしたよ」ディオンが言った。「手を汚すのは嫌いだったくせに」

「手どころじゃない」ジョーは言った。「この髪を見ろ。ヘアクリームが台なしだ」

「女々しいやつ」ディオンは穏やかに微笑んで眼を閉じた。

　トマスはこれほど怖い思いをしたことがなかった。舌と上顎が土埃に変わり、その塊が喉で脈打っていた。こんなときに父親は冗談を飛ばしている。

「父さん」

「ん？」

「父さんは悪い人なの？」

「ちがう」ジョーは、トマスのシャツに嘔吐物の染みがついているのに気づいた。「特別にいい人じゃないだけだ」


　ジョーはブラウン・タウンの四番街の薄汚れた一画にある、黒人医師の動物病院まで行った。裏の路地に、獣医が近隣の自動車解体業者や害虫駆除業者と共有している駐車場は、錆びた金網や有刺鉄線に囲まれて、ほとんど人目につかない。ジョーはトマスに、ディオンと車で待てと言い、返事を待たずに路地を駆け戻って、暑さでたわんだ白いドアの内側に入った。

　トマスは後部座席を見た。ディオンおじさんは上半身を起こしていたが、眼は半開きで、呼吸は浅かった。

トマスは父親が消えたドアを見、路地を見わたした。野良犬が二匹、フェンス沿いを走り、互いに近づきすぎたときには歯をむき出してうなっていた。

トマスは座席にもたれた。「ほんとに怖いよ」

「怖くなきゃおかしい」ディオンは言った。「まだ逃げきってないからな」

「あの人たちはどうしておじさんを殺したいの？」

ディオンは低く笑った。「おれたちの世界じゃな、坊主、馘《くび》にはできないんだ」

「おれたちの世界」トマスはゆっくりとくり返した。まだ声が震えていた。「おじさんと父さんはギャングなの？」

また低い笑い。「ああ、そうだった」

ジョーと白衣を着た黒人の男がストレッチャーを押して出てきた。ストレッチャーは小型で、トマスの背丈ぐらいしかないが、ジョーと黒人はディオンを車からおろして、それに乗せた。路地から建物のなかへ入るまで、ディオンの脚はストレッチャーからはみ出してぶらぶらしていた。

獣医の名はカール・ブレイクといい、昔はジャクソンヴィルの有色人種向け病院の医師だったが、免許を失ってタンパに流れつき、モントゥース・ディックスのもとで働いていた。モントゥースの部下を治療し、モントゥースの娼婦の健康と衛生に配慮し、見返りにアヘンを受け取る。そもそも医師免許を失ったのもアヘンのせいだった。

ブレイク医師にはしきりに唇をなめる癖があった。物腰は丁寧だが、まるでダンサーが調度品をひっくり返すまいと気をつけて踊っているように、妙にぎくしゃくしていた。トマスは父親が彼をかならず〝ドクター〟と呼ぶのに気づいた。ディオンは麻酔をかけられるまえに〝ブレイク〟と呼んでいた。

ディオンが意識を失うと、ジョーは言った。「大量のモルヒネが要る。おそらくここにあるだけ全部だ、ドクター」

ブレイクはうなずき、ディオンの腕の傷を水で洗った。「上腕動脈が傷ついてる。死んでてもおかしくない。これはあんたのネクタイか？」

ジョーはうなずいた。

「だとしたら、あんたが命を救ったな」

ジョーは言った。「サルファ剤より強いやつが要る」

ブレイクはディオン越しにジョーを見た。「戦争か？　幸運を祈るよ」

「なあ、何を出せる？」

「ここにあるのはプロントジルだけだ」

「ならプロントジルでいい。ありがとう、ドクター」

「明かりをそこで持っててくれないか」

ジョーは診察台の上を照らし、ドクターからディオンの腕がよく見えるようにした。

「息子は大丈夫かな？」

ジョーはトマスを見やった。「別の部屋に行ってるか？」

トマスは首を振った。

「本当に？　気持ち悪くなるかもしれないぞ」

「ならない」

「そうか？」

トマスはもう一度首を振り、胸のなかで思った。ぼ、く、は、父さんの息子だ。

ブレイク医師はディオンの腕の内側を調べて言った。「切り口はきれいだ。異物は残っていない。動脈を縫い合わせよう」

彼らは無言で処置を続けた。ジョーは医師の指示にしたがって器具を手渡し、明かりの向きを調整し、医師の額の汗を布でぬぐった。

トマスはひとつのことを確信しつつあった——緊張しているとき、自分は決して父親ほど落ち着いていられない。後部座席でディオンがうめき、サイレンの音がだんだん大きくなるなかで、蜂の巣になった車を二十四番通りまでバックさせたときの父親の顔が甦った。そんなときでも彼の父親は、日曜のドライブ中にちょっと道をまちがえたぐらいの態度で、近くの道路標識に眼をやっていた。

「モントゥースのこと、聞いたか？」ブレイクがジョーに訊いた。

「いや」ジョーは軽い調子で答えた。「どうかしたのか」

「リトル・ラマーと手下三人を片づけた。モントゥースのほうは傷ひとつない」

ジョーは笑った。「彼がどうだって？」

「傷ひとつない。ヴードゥーの呪いというのは本当なんだな」医師はディオンの腕の縫合を終えた。

「いまなんと言った？」ジョーは鋭く訊いた。

「え？　ああ、長年の噂だよ。モントゥースがあの砦の特別な部屋でヴードゥーの儀式をやってるって。敵に呪いをかけるとか、そういうことを。あの理髪店に入って、たったひとりの生き残りとして出てきたところを見ると、噂もまるきりでたらめじゃなかったということだ」

ジョーの顔を奇妙な表情がよぎった。「電話を借りていいか？」

「どうぞ。あそこにある」

ジョーは樹脂製の手袋を脱ぎ、ブレイクがディオンの胸の傷に取りかかっているあいだに電話をかけた。トマスには、父親が「十五分で来てくれ、いいな？」と言うのが聞こえた。

ジョーは電話を切り、新しい手袋をはめて医師の助手に戻った。

ブレイクが訊いた。「あとどのくらい時間がある？」

ジョーの顔が曇った。「せいぜい二、三時間だ」

診察室のドアが開き、ダンガリーのオーバーオールを着た別の黒人が、頭だけ入れて言った。「用意できました」

「ありがとう、マーロ」

「いいえ、ドクター」

「ありがとう、マーロ」ジョーも言った。

彼がいなくなると、ジョーはトマスのほうを向いた。

「車にズボンと下着の替えがある。取っておいで」

「どこ?」

「行けばわかる」

トマスは診察室から出た。廊下を歩くと、檻のなかの犬がにおいに気づいて吠えた。裏口を開け、白い空の下、車から歩いてきた道を引き返した。場所は同じだったが、車自体は代わっていた。三〇年代後半の四ドアセダンのプリムス、本塗装前の下塗りの状態で、どこにでもある車の典型だった。まえの座席に子供用の黒いズボンと下着が置いてあり、トマスは初めて、父親があの息のくさい濁った眼の男を撃つ直前に、自分がもらしていたことを思い出した。ふいににおいまで感じ、どうしていままで忘れていられたのか不思議だった。尿が冷たくべとついて、腿のあたりが気持ち悪い。なのに一時間以上、気づかず坐っていたのだ。

車から出たトマスは、父親が路地でとても小柄な男に話しかけているのを見た。男は話を聞きながら何度もうなずいていた。トマスが近づくと、父親の「いまもボッホと縁続きか?」という声が聞こえた。

「アーニー・ボッホ?」小男はうなずいた。「おれの姉貴と結婚して別れ、今度はおれの妹と結婚しました。いまは仲よくやってますよ」

「まだ名人か?」

「三五年からロンドンのテート・ギャラリーに飾ってあるモネは、アーニーの週末仕事です」

「この件で彼が必要になる。特別料金を払う」

「おれは要りません。だから、まじない師だけはご勘弁を」

「おまえに払うんじゃない。義理の弟に払うんだ。彼はおれになんの借りもない。本人にそう伝えてくれ。だから市場価格できっちり払うと。ただし、急ぎの依頼だ」

「わかりました。あれはあなたの息子?」

ふたりはトマスのほうを見た。一瞬、父親の眼に悲しげな何かが浮かんだ。重苦しい後悔のようなものが。

「ああ。心配ない。今日、世界を見たところだから。トマス、ボボに挨拶をしなさい」

「こんにちは、ボボ」

「やあ」

「着替えないと」トマスは言った。

父親はうなずいた。「そうしてこい」

トマスは動物病院の裏手のトイレで服を着替えた。はいていたズボンの膝から下を洗面台で濡らし、腿のべたつきをできるだけふき取った。汚れたズボンとパンツは小さく丸め、手に持って診察室に戻った。父親がブレイク医師の手に札束を押しこんでいるところだった。

「あそこに捨てさせてもらえ」丸めた服を見た父親は言った。部屋の隅にゴミの缶があった。トマスは血を吸ったガーゼやディオンの血まみれのシャツの切れ端の上に、服を捨てた。

医師が父親に、ディオンの肺は潰れ、腕は少なくとも一週間固定しなければならないと話していた。

「固定というのは、本人が動けないということか?」

「動いてもいいが、跳ねまわるのはだめだ」

「数時間以内に彼が跳ねまわって、おれが止められなかったら?」

「動脈の縫合箇所が裂ける」

「すると死ぬかもしれない」

「ちがう」

「ちがう?」

ブレイクは首を振った。「かならず死ぬ」

ディオンの意識は車の後部座席に乗せられても戻らなかった。転がり落ちて体がさらに傷つかないように、座席の足元の空間に犬用の古い毛布を敷きつめた。窓を全部開け放っても、車内は犬の毛と犬の小便と病気の犬のにおいがした。

トマスは言った。「これからどこに行くの？」

「空港だ」

「故郷に帰るの？」

「そう、キューバをめざす」

「そしたら、あの人たちは父さんを襲わなくなる？」

「それはわからない」ジョーは言った。「だが、おまえを襲う理由はなくなる」

「父さんは怖い？」

ジョーは息子に微笑んだ。「ちょっとな」

「どうして、それを出さずにいられるの？」

「いまは感じるより考えることが大事なときだとわかっているからだ」

「だったら、何を考えてるの？」

「この国を出なきゃならないということだ。おれたちを傷つけようとした男のことも。そいつは面目を失った。ディオンおじさんを殺そうとして失敗したんだから。おれのほかの友人も殺すつもりだったが、友人のほうがそいつより一枚上手だった。警察も、今日パン屋で起きたことには激怒する。市長や、商工会議所も。だから、おれたちがもしキューバにたどり着けたら、その男も平和のための話し合いに出てくるんじゃないか。そう考えている」

「ケーキはどうしたのかな」

「え？」

トマスは前部座席に膝立ちをして、うしろの犬の毛布を見た。「ディオンおじさんのトルタ・アル・カプチーノ」

「それがどうした」

とき――」

「父さん」トマスが言った。「まちがいないよ」

「うしろの席にあったんだ」

「ディオンはパン屋で撃たれたんだろう」

「そうだよ」

「だったら……いや待て。なんだって？」ジョーは息子を見た。

「でも、おじさんはケーキを車のなかに置いた」

「撃ち合いが始まったあとで？」

「えーと、そう。おじさんが来て、ぼくに伏せろって言った。大きな声で。床に伏せてろって」

「オーケイ」ジョーは言った。「なるほど。とにかく撃ち合いの最中だったんだな？」

「うん」

「それから？」

「それから、おじさんは車の床にケーキを置いて、また外に出た」

「おかしいな」ジョーは言った。「本当にまちがいないか？　あれもこれも一度に起きたし、おまえはその

22　飛行

〈コグリン＆スアレス輸出入〉社は、商品の大半をグラマングース飛行艇で運んでいた。一九三〇年代後半に、銀行家、大使、映画製作者のジョゼフ・ケネディが、莫大な富をもたらした密造酒の商売から手を引こうと決意したとき、エステバン・スアレスが買い受けた飛行艇だった。

ジョーはケネディに何度か会っていた。ふたりともアイルランド人で名前はジョゼフ、出身はボストン――ジョーは街の南側、ケネディは東側。密造酒を手がける辣腕の実業家で野心家というところも同じだった。

ふたりとも、相手が視界に入るのも嫌だった。

ケネディがジョーを嫌う理由は、おそらく、ジョーがアイルランド人の密造酒業者という最悪のステレオタイプを体現していて、それを隠そうとしていないからだった。ジョーのほうは、まさに正反対の理由でケネディを嫌っていた。裏稼業で強欲を満たせるときには都合よく稼いでおいて、人々の尊敬が欲しくなったいまは、信仰と道徳心への褒美として天から巨万の富を授けられたかのようにふるまっている。

とはいえ、ケネディの飛行艇は、凄腕の操縦士ファルーコ・ディアスの力もあって、五年間よく働いてくれていた。ディアスは、ズボンをはいたことのある人間のなかでいちばんいかれているが、操縦士としては天才で、グラマングースを自在に操り、機体を濡らさず滝を通り抜けることもできた。

ダウンタウンから車で十分走り、ほんの少しの風でも揺れて鳴る橋を渡ると、デイヴィス・アイランドのナイト飛行場があり、ファルーコが彼らを待っていた。

ナイト飛行場は、この時代のこの国の飛行場らしく、土地の多くと滑走路を政府に貸していて、ドルーとマクディールの第三航空部隊の補助滑走路として使われていた。ほかの飛行場とちがって、管理はおもに民間にゆだねられたままだが、国家権力はいとも簡単に割りこんでくる。あいにくジョーは、幹線道路からおりて、フェンス越しにグラマングースのそばに立つファルーコを見たときに、それを思い出すことになった。

ジョーは車を停めて外に出、フェンスを挟んでファルーコと顔を合わせた。

「なぜエンジンがかかっていない?」

「それができないんだ、ボス。命令で」

「誰の?」

ファルーコは、かまぼこ型の乗客の待合室の奥に立っている管制塔を指差した。「あそこにいるやつ。グラマーズだ」

レスター・グラマーズは長年にわたって、ジョーかエステバンから百回以上、賄賂を受け取っていた。とくにイスパニョーラ島かジャマイカで積んだマリファナをおろすときが多かった。しかし、戦争が始まってからは、空港の管理者として、地元の防犯組織の長として、またアングロサクソンの人種的優位に目覚めた信者として、己の愛国的責任をしつこく口にするようになった。

賄賂はもちろん受け取りつづけていたものの、その際あからさまに軽蔑の表情を浮かべた。

ジョーが管制塔に行くと、レスターはふたりの管制官といっしょにいた。ありがたいことに、制服の人間はいなかった。

「おれの知らない天候の動きでもあるのか?」ジョーは訊いた。

「まったくない。天気は良好だ」

「だったら、レスター……?」

レスターは机の端から足をおろして立った。上背があるので、ジョーは見上げる恰好になった。たぶんそれがレスターの狙いだった。

「つまり」レスターは言った。「あなたは飛び立てない。天気がよかろうと悪かろうと」

ジョーはトレンチコートのポケットに手を入れた。血のついたシャツが見えないように、コートの裾を合わせていた。「いくらだ？」

レスターは両手を上げた。「なんの話かわからないな」

「いや、わかってる」ジョーは、ブレイク医師のところでトマスの新しい服を用意してくれたマーロに、なぜ自分の替えのシャツも頼まなかったのかと悔やんだ。

「いいえ、本当にわかりません、サー」レスターは言った。

「レスター、聞け」ジョーは相手の眼に表われた自己満足が気に入らなかった。これっぽっちも。「頼む。いますぐ飛ばなきゃならない。値を言ってくれ」

「値段なんてありません、サー」

「サーはやめろ」

レスターは首を振った。「あなたの命令は受けません、サー」

「誰の命令なら受けるんだ」

「アメリカ合衆国。そして彼らはあなたが今夜飛ぶことを望んでいない、サー」

くそ、とジョーは思った。海軍情報局のマシュー・ビールだ。あの恨みがましいクズ野郎。

「けっこう」ジョーは時間をかけてレスターを上から下まで眺めた。

「何かな？」ついにレスターが言った。

「サイズを測って歩兵の制服を作ってやろうと思ってな、レスター」

「私は歩兵にはならない。ここで戦争のために尽くすので」

「しかし、おれがおまえの仕事を奪ったら？　くそ最前線で戦争のために尽くすんだよ」

ジョーはレスターの肩をぽんと叩いて、管制塔をあとにした。

ヴァネッサがホテルの通用口から路地に出てきた。ジョーがライターの火を風から守るためにトレンチコートのまえを開いていたので、ヴァネッサはジョーのシャツと上着の血に気づいた。

「怪我してる。そうなの？」

「いや」

「ああ、なんてこと。血が」

ジョーは彼女に近づいて、両手を取った。「おれの血じゃない。彼のだ」

ヴァネッサはジョーの肩越しに、車の後部座席でぐったりしているディオンを見た。「生きてるの？」

「いまのところ」

彼女はジョーの手を離し、苛立ったように喉元を掻いた。「街じゅうに死人が出てる」

「知ってる」

「黒人の集団が理髪店で撃たれた。それから六人が——だったかしら——イーボーで撃たれた。もっと多いかも」

ジョーはうなずいた。

「あなたもかかわったの？」ジョーを見上げた。

嘘をついても仕方がない。「ああ」

「その血は——」

「あまり時間がないんだ、ヴァネッサ。やつらはおれと友人を殺そうとしてる。息子が多くを見すぎたと判断すれば、たぶん息子まで。もう一刻たりともアメリカにはいられない」

「警察に行って」

ジョーは笑った。

「なぜ行かないの？」

「なぜなら、警官とは話さないからだ。かりにおれがそうしても、警官の一部はやつから金をもらってる」

「誰から？」

「おれを殺そうとしてるやつだ」

「あなたは今日、人を殺したの、ジョー？」

「ヴァネッサ、なあ――」

彼女は両手を握りしめた。「答えて。殺したの？」

「ああ。息子が撃ち合いに巻きこまれた。救い出すためにやるべきことをやった。おれの息子を脅したら、あと一ダースだって殺してやる」

「誇らしげに言うのね」

「誇りじゃない。決意だ」ジョーは長くゆっくりと息を吐いた。「きみの助けが要る。いますぐ。砂時計の砂はもうほとんど残ってない」

ヴァネッサはジョーの先に眼をやり、助手席にひざまずいている息子と、後部座席でぐったりしているディオンを見た。

ジョーに視線を戻したとき、彼女の眼には苦い悲しみがあった。「これでわたしは何を失うの？」

「すべてだ」

管制塔の上で、ヴァネッサ・ベルグレイヴ市長夫人がレスター・グラマーズに選択肢を検討させているあいだ、ジョーはトレンチコートのベルトを締めていた。

「あの飛行機はトウモロコシと小麦だけを運ぶんじゃないの」ヴァネッサは言った。「タンパ市長からハバナ市長への大切な贈り物を運ぶの。個人的な贈り物です、ミスター・グラマーズ」

レスターは困り果て、おどおどしていた。「政府のかたから、はっきり指示されたのです」

「その人を電話口に出せる？」

「はい？」

「いますぐ。その人を電話口に出せる？」

「これほど夜遅くには」

「そう、わたしは市長を電話口に出せるけれど。市長の妻に対する嫌がらせの理由を夫に説明してくれる？」

「嫌がら──まさかそんな」

「ちがうの？」ヴァネッサは机の端に腰かけ、右のイヤリングをはずして、受話器を取り上げた。「外線につないでくださる？」

「市長夫人、どうか聞いて──」

「ハイドパーク七八九」彼女は交換手に言った。

「この仕事が必要なんです、市長夫人。子供が三人いて、みなまだハイスクールでして」

ヴァネッサは、たいへんねというふうにレスターの膝を叩き、鼻にしわを作った。「鳴ってるわ」

「私は兵士じゃありません」

「プルルル」ヴァネッサが言った。「プルルル」

「家内が、彼女は……」

ヴァネッサは眉を上げ、また電話に集中した。

レスターは彼女の膝越しに手を伸ばして、電話のフックを押し下げた。


彼女はレスターを見、膝の上を通った彼の腕を見た。

レスターは腕を引っこめた。「第二滑走路の使用を許可します」

「すばらしい判断だわ、レスター」ヴァネッサは言った。「ありがとう」


「どういうこと？」滑走路の端でヴァネッサはジョーのまえに立っていた。プロペラの轟音に消されまいと、ふたりとも声を張り上げた。

ジョーはファルーコの助けを借りてすでにディオンを飛行機のなかに運び、犬の毛布を敷いた上に寝かせていた。トマスは窓側の席に坐っていた。ジョーは車輪止めをはずした。メキシコ湾から急に吹いてきた暖かい風で、飛行機が振動しはじめた。

「どういうことか？」ジョーは言った。「きみのこれからの人生だ。おれときみと赤ん坊の」

「わたしはあなたをほとんど知らない」

ジョーは首を振った。「まだ少ししかいっしょにすごしていない。でも、きみはおれを知ってる。おれもきみを」

「あなたは……」

「え？　おれが何？」

「あなたは人殺しよ。ギャングよ」

「ほとんど引退してる」

「冗談はやめて」

「冗談じゃない。いいか」ジョーは叫んだ。湾からの突風とプロペラの風がコートと髪をかきまわした。「ここに残っても、きみにはもう何もない。この件で彼はぜったいきみを赦さないだろう」

ファルーコ・ディアスがグラマングースの搭乗口から顔を出した。「待てと言われてる、ボス。管制塔から」

ジョーは手を振って引っこませた。

ヴァネッサが言った。「ただ乗って、消えるわけにはいかない」

「きみは消えるんじゃない」

「だめ」ヴァネッサは首を振り、自分に言い聞かせていた。「だめ、だめ、だめ」

「車輪止めを戻せと言ってるぞ」ファルーコが大声で言った。

「おれはきみより歳上だ」ジョーは言った。必死のことばがほとばしり出た。「だからわかる。人は人生でしたことを後悔するんじゃない。しなかったことを後悔するんだ。開けなかった箱や、思いきってやらなかったことを。十年後にアトランタかどこかの客間で今日を振り返って、〝あのとき飛行機に乗っていたら〟と悔やまないでくれ。悔やませたくない。きみに残されたものはここにはないし、向こうに行けば、まるごと新しい世界が待ってる」

「でも、わたしはその世界を知らない」ヴァネッサが叫んだ。

「おれが見せてやる」

打ちひしがれた冷たい何かがヴァネッサの表情に入りこんだ。たちまち彼女の心が黒い岩に覆われた。

「あなたはそんなに長く生きられない」彼女は言った。「もう行かないと、ファルーコ・ディアスが叫んだ。ボス。いますぐ」

「あと少しだ」

「だめだ。すぐ出る」

ジョーは手を差し出した。「来てくれ」

ヴァネッサはあとずさりした。「さよなら、ジョー」

「やめてくれ、い、い」

彼女は車に走り、ドアを開けて、ジョーを振り返った。「愛してる」

「おれも愛してる」ジョーは手を伸ばしたままだった。

「だから――」

「行ってもわたしたちは救われない」彼女は叫び、車に乗った。

「ジョー」ファルーコが呼びかけた。「管制塔がエンジンを止めろって」

ジョーはフェンスの向こう側に浮かび上がるヘッドライトを見た。少なくとも四台分の黄色い眼が、熱と埃と闇をくぐって空港へと近づいている。

ヴァネッサの車を振り返ると、すでに走りはじめていた。

ジョーは飛行機に飛び乗った。勢いよくドアを閉め、ボルトを差した。

「行け」ファルーコに叫び、床に坐った。「行くんだ」

23　補償の話

チャーリー（ラッキー）・ルチアーノが一九三六年に刑務所に入ったとき、組織の運営は、ニューヨークとハバナのマイヤー・ランスキー、シカゴのサム・〝ジミー・ターニップス〟・ダッダーノ、ニューオーリンズのカルロス・マルセロに分けられた。この三人に、若手幹部のジョー・コグリン、モー・ディーツ、ピーター・ヴェラーテを加えた面々が〈委員会〉の実権を握っていた。

タンパから飛び立って一週間後、ジョーはエル・グラン・スエーニョ号で開かれた〈委員会〉に招集された。そのヨットはフルヘンシオ・バティスタ大佐の所有物だが、頻繁にマイヤー・ランスキーの一派に貸し出されていた。ジョーはユナイテッド・フルーツ社の持つ埠頭に行き、ヴィヴィアン・イグナティウス・ブレナンの出迎えを受けて、高速艇に乗りこんだ。十分走れば、ハバナ港の沖合に停泊しているヨットに着く。ヴィヴィアンは〝聖人《セイント》ヴィヴ〟と呼ばれていた。死ぬ間際に彼に祈る者の数が、聖アントニウスや聖母より多いからだ。小柄で細身、髪も眼も色が薄く、非の打ちどころのない作法を心得、ワインにもうるさい。マイヤー・ランスキーとキューバに着いた一九三七年以来、なるべくキューバ人らしい服装をして――腰のところでゆるく広がる半袖のシルクシャツ、シルクのズボン、ツートンカラーの靴――キューバ人女性を妻にしたが、忠誠を捧げる相手はもっぱら組織だった。アイルランドのドニゴール州生まれで、ニューヨークのロワー・イースト・サイド育ちの彼は、不平ひとつ言わずに務めを確実に果たした。殺し屋が自分の街の外に出かけて標的を始末する、殺人株式会社《マーダー・インク》の概念を生み出したチャーリー・ルチアーノは、ヴィヴィアン・イグナティウス・ブレナンに実務を託した。それは、マイヤーがルチアーノの了承を得て聖人ヴィヴをキューバに連れていき、後釜にアルバート・アナスタシアをすえるまで続いた。しかし、そのあとでさえ、チャーリーもマイヤーも、今日元気に歩いている誰かの行動を明日までにかならず阻止しなければならない場合には、聖人ヴィヴを仕事に送り出した。

ジョーは持ってきたカバンをヴィヴに渡した。ヴィヴはそれを開け、同じ形のバインダーが二冊入っているのを見ると、両方取り出し、納得がいくまでカバン全体を叩いた。バインダーをなかに戻し、ジョーが乗りこみやすいように一歩下がって、彼が乗船したあと、カバンを返した。

ジョーは言った。「調子はどうだ？」

「上々だよ」ヴィヴィアンは悲しげな微笑みを見せた。「うまく片がつくといいな」

ジョーの唇から小さな笑いがもれた。「おれもそう願ってる」

「あんたはいい人だ、ジョー。みんなそう思ってる。あんたを見送るときが来たら、この胸が張り裂けるよ」

あんたを見送る。ものは言いようだ。

ジョーは言った。「そうならないように祈るとしよう」

「だな」ヴィヴィアンは船を操縦して埠頭から離れた。うるさいモーターから出た青い煙が小さい雲になり、汚れたオレンジ色の空にのぼっていった。

ことによると死が待つ場所へ向かいながら、ジョーは息子を孤児にしてしまう恐怖に比べれば、死自体はたいして怖くないことに気づいた。トマスが不自由なく暮らしていけるだけの金は蓄えてある。それに、そう、息子の祖母とおばたちがわが子のように育ててくれるはずだ。けれども、トマスは彼女たちの子ではない。彼の両親、グラシエラとジョゼフの子だ。ふたりとも死んだら、息子は孤児になる。ジョー自身、血のつながった母親と父親が亡くなるまで同じ屋根の下にいながら、孤児のように育っていたから、親のない暮らしは誰にもさせたくなかった。リコ・ディジャコモや、ムッソリーニにさえ。

ユナイテッド・フルーツ社の埠頭に戻る別の高速艇が近づいてきた。乗っている家族——父親、母親、子——の全員がまっすぐ立っていた。子供の髪はブロンドだった。幽霊がよりにもよっていま現われたことに、ジョーは驚かなかった。ある意味で筋が通っている。

ジョーを驚かせたのは、高速艇がすれちがうときに、その男女がジョーのほうを見ようともしなかったことだった。男は細身で頑健な体つき、淡い黄色の髪を短く刈り、眼は浅瀬と同じ薄緑だった。女も細身でやつれ、顔立ちに険があり、髪をうしろに丸くまとめていた。恐怖を隠す礼儀正しさ、自己嫌悪を隠す傲慢さがうかがえる彼女の表情は硬すぎて、一度見ただけでは、かつてたいへんな美人だったことはわからない。その女もジョーを無視した。それはこの体験のなかでジョーがいちばん驚かなかったことだった。ジョーの子供時代のすべての時間を、彼を無視することに費やした女だったからだ。

彼の母親。彼の父親。顔に特徴のない少年。独立戦争中にデラウェア川を渡るジョージ・ワシントンよろしく、不屈の闘志をみなぎらせてハバナ港を渡っていく家族。

すれちがったあと、ジョーは振り向いて彼らの背中を見つめ、体の芯が縮むような感覚を抱いた。両親の結婚は、ジョーが物心つくころにはすでに見せかけだった。親としてのふるまいもつけ足しのようなもので、独善的な苛立ちと突然の怒りを引き起こす重荷でしかなかった。彼らは十八年のあいだ、ジョーの喜びや、野心や、向こう見ずな愛情を抑えこもうとした。そうして彼らが生み出したのは、たんに不安定で貪欲な一個の生命体だった。

おれはここだ。ジョーは彼らのうしろ姿に叫びたかった。この先長くはないかもしれないが、ここにいた。好きに生きてやった。

そっちの負けだ、と叫んでやりたかった。

だがやはり……

そっちの勝ちだ。

また前方を見ると、ぼやけた青空を背景に、白い炎のようなエル・グラン・スエーニョ号が大きく迫っていた。

「幸運を祈る」ヨットに着くと、ヴィヴィアンが言った。「胸が張り裂けると言ったのは嘘じゃない」

「おれの心臓を止めれば、そっちは張り裂けるのか」

「まあ、そんなところだ」

ジョーは握手した。「因果な稼業だ」

「でも、退屈な人生よりはましだ。そうだろう？　梯子に気をつけて。濡れてる」

ジョーは梯子をのぼり、ヨットの甲板に立った。ヴィヴィアンがうしろからカバンを手渡した。甲板ではマイヤーがいつもどおり煙草を吸いながら待っていた。近くにいる四人は、見た目からすると兵隊かボディガードのようだ。ジョーの知った顔は、カール・ザ・ボウラーのボディガードをしているカンザスシティのガンマン、バート・ミッチェルだけだった。ジョーに声をかける者はいなかった。半時間後にサメの餌にするかもしれない人間と世間話をしても意味がないということか。

マイヤーがカバンを指した。「これか？」

「そうだ」ジョーはマイヤーにカバンを渡し、マイヤーはそのままバート・ミッチェルに渡した。「これを広間にいる会計士に」バートの肩に手を置いた。「見ていいのは会計士だけだ」

「はい、ミスター・ランスキー。わかりました」

バートが去り、マイヤーはジョーと握手したあと、彼の肩を乱暴に叩いた。「おまえは演説がうまい、ジョゼフ。その才能をめいっぱい発揮して今日を乗りきってくれ」

「チャーリーとは話した？」

「ああ、おれの代わりに友人が話した」

「彼はなんと？」

「注目を浴びるのは嫌いだそうだ」

先週のタンパの事件は大いに世間の注目を浴びた。連邦捜査局が別の機関に権限を与えて、フロリダとニューヨークの組織犯罪を調査させるという噂もある。新聞各紙は連日一面にディオンの顔をでかでかと載せ、ジョーが七番街に残して去った死体や、黒人理髪店の四人の死体の派手な写真を添えた。〝聞くところでは〟、〝当局の話では〟、〝大方の見方として〟といった慎重な表現を用いつつも、ジョーを銃撃と結びつけた新聞もあった。ただし、どの記事も、パン屋で銃撃戦があった午後からジョーもディオンも消息を絶っていると述べていた。

「チャーリーはほかに何か？」ジョーはマイヤーに訊いた。

「この会合の最後に、代理人をつうじて言うそうだ」

つまり、最終判断を下すのはマイヤーなのか。ジョーに死刑宣告するかもしれない人物が、この七年間、彼のパートナーであり、最大の後援者だというのは皮肉だった。

だがやはり、この世界のルールに例外はない。誰かを殺せるほどの距離まで敵が近づけることはめったにないから、汚れ仕事はどうしても友人にまわる。

広間におりていくと、サム・ダッダーノとカルロス・マルセロが、リコ・ディジャコモと坐っていた。マイヤーはジョーのあとから入って、ドアを閉めた。リコは別として〈委員会〉のトップ三人がそろったということは、この会合がきわめて重要であることの表われだった。

カルロス・マルセロは十代なかばからニューオーリンズを仕切っていた。父親からビジネスを引き継ぎ、血のなかに取り入れて成長した。ミシシッピ州、テキサス州、そしてアーカンソー州の半分を含む縄張りに入らないかぎり、カルロスはつき合って最高に愉しい人間だが、ひとたび誰かがその近くで金のにおいを嗅げば、マルセロの縄張りがどこから始まり、自分が息をしていい場所がどこで終わるのかを取りちがえたその人間の体の一部が、淀んだ川に浮かぶことになる。〈委員会〉の大半のメンバーと同じく、マルセロもふだんは穏やかなことで知られ、ビジネスモデルとして理性が使えなくなるまでは、理性的であろうとしている。

サム・ダッダーノは、この組織の盛り上げ役と連携役を十年務めるうちに出世し、ある雨模様の春の朝、長老のパスクッチがリンカーン公園で脳卒中を起こしたのを機に、シカゴのトップにのぼりつめた。西部で組織の利益を増やし、映画組合をひとつの団体にまとめたのは彼の功績だった。レコード業界でも成功を収めた。サムが五セント硬貨を一瞥するだけで十セント硬貨に変わると噂されたものだ。非常に痩せていて、十代のころから禿げはじめた。まだ五十代初めだが、昔から歳より十五は老けて見えた。皮膚はパサパサで染みが多く、あたかもビジネスに体じゅうの水分を吸い取られ、搾りかすになったかのようだった。

マイヤーは机の遠い端の椅子に坐った。ブリーフケースを置き、煙草と金色のライター、金色のペン、ノートをきれいに並べた。ノートには、折に触れて思いついたことを書き留め――事実は決して書かない――かならずイディッシュ語で暗号化する。〝リトル・マン〟、マイヤー・ランスキー。彼らが築いたものすべての設計者であり、生きているどんな人間より冷静沈着。ビジネスにおいてジョーの指南役にもっとも近い存在だった。マイヤーはカジノ経営について知っていることの大半を地道にジョーに教えこみ、ジョーはキューバについて知っていることの大半をマイヤーに教えた。ろくでもない戦争が終われば、ふたりはすぐにでも大金を稼ぐことができる。

いや、できるはずだった、と言うべきか。もしジョーが、このあとも空気を吸うに値する人間だと陪審を説得できなければ、マイヤーはその金をひとりで稼ぐことになる。

ジョーはリコの向かいに坐った。リコは初めて本物の顔でジョーを見すえた。そこにある帝国への底なしの欲望を、ジョーはまだ少年と言ってもいいリコと会った十五年前に見て取るべきだった。当時でさえ、リコにはそういう野心の持ち主にとってかぎりなく有益な資質があったのだが、周囲はそれを見抜くことができなかった。リコの眼のなかに、それぞれ自分のイメージを見ていただけだったのだ。リコは自分の望みはただ仲間に入れてもらうことだけと思わせておいて、巧みに人を押しのけてきた。こうして机を挟み、笑みも表情も繕わずにジョーを睨みつける彼は、いまにも机を飛び越えて、素手でジョーの手足を引きちぎりそうだった。

ジョーは自分の身体能力を過信していなかった。拳での殴り合いは人生で三度しかしたことがなく、そのすべてで負けた。一方、リコはタンパ港育ちで、父親も祖父もおじも港湾労働者だ。机越しにジョーは、自分を裏切り、ディオンの権力を奪った男と眼を合わせたが、怯えは微塵も見せなかった。そんな様子をわずかでも示せば、罪悪感か臆病さを認めることになる。どちらもこの部屋では破滅のもとだ。ただ実際には、船から生きて出られたとしても、リコが彼の死を願いつづけることはわかっていた。

「われわれの懸念は」カルロス・マルセロが口を開いて会議が始まった。「きみが先週、どのくらいの損害をもたらしたかだ、ジョー」

「おれがもたらした？」ジョーは机を見ながら言った。「おれのせいになってるわけだ」

サム・ダッダーノが言った。「きみは黒人のディックスと会った。その十分後に、ディックスがリコの黒人の仲間四人を殺したのは偶然かな、ジョー？」

「ディックスには、話し合おうが闘おうがこの混乱からは抜け出せないから、問題の大元と和解しなければならないと助言した。おれは——」

「いまのあんたへの助言になるんじゃないか」リコが机の向こうから笑いかけた。

ジョーは無視した。「ディックスがそれを、理髪店に弾を撃ちこんでリトル・ラマーを殺すことと受け取るとは思わなかった」

「とはいえ」マイヤーが言った。「それは起きた。パン屋のあれも」

「ちなみに、やつは死んだぜ」リコがジョーに言った。

ジョーはリコのほうを見た。

「モントゥースだよ。昨日の朝、車に乗ったら、その車がドカーン！　通りの向かいの消火栓に溶けた陰嚢が張りついてたとさ」

ジョーは何も言わなかった。無表情な眼でリコを見て、煙草に火をつけた。先週、モントゥース・ディックスの死を覚悟した。だが、それが起きなかったので、知らず知らずモントゥースはこの世界であと数年は生きるだろうと思いこんでいた。

彼は死んだ。人の皮をかぶったヘビが、賭博台に置かれたチップで満足できず、くそカジノ全部を欲しがったせいで。地獄に堕ちろ、リコ。そしておまえに似たやつみんな。王子にしてやれば、王になりたがる。王にしてやれば、神になりたがる。

ジョーは上座にいるマイヤーのほうを向いた。「パン屋の話だったな」

「そうだ」

「そもそもあの襲撃は承認されていたのか」

サム・ダッダーノは数秒間、ジョーから眼をそらさなかった。「そうだ」

「なぜおれに相談がなかった？　〈委員会〉のメンバーなのに」

「悪く思わないでほしいんだが」マイヤーが言った。「おまえが信用できなかったからだ。何度か、ディオン・バルトロのことを兄弟だと言っていた。判断が曇る怖れがあったのだ」

ジョーは理解した。「おれを狙う殺し屋の話は？　全部まやかしか？」

マイヤーはうなずいた。

「おれのアイデアだ」机の上で両手を組み、いつもながら有能そうに、穏やかな声でリコが言った。「銃撃のときに、あんたを危険から遠ざけたかった。信じられないか？　あんたは息子を連れてこっちへ逃げてきて、落ち着くまでじっとしてるだろうと踏んでた。おれはあんたを守ろうとしたんだよ」

ジョーはどう答えるべきかわからず、ほかの面々に視線を戻した。「あんたたちは、おれの友人でありボスの暗殺を承認した。おれの息子まで銃撃戦に巻きこんだ。どこから連中を雇ったんだ……ブルックリンの〈ミッドナイト・ロージーズ・キャンディストア〉か？」

カルロス・マルセロが一度まばたきして認めた。

「よそ者の一団がおれの縄張りでボスにぶっ放し、同じ通りの車にはおれの息子がいた。それなのに、おれのとっさの行動を責めるのか」

「きみはあの日、われわれの友人を三人殺した」ダッダーノが言った。「別のひとりはもう歩けない」

ジョーはわからず眼を細めた。

「デイヴ・インブルーリア」

やはりあのとき背中を撃った相手はデイヴだったのだ。

リコが言った。「この先一生、くそは袋にすることになる。哀れにな」

「おれが車であの通りに着いたとき」ジョーはボスたちに言った。「血のヴァレンタインの再現かというほど連中が撃ちまくってたが、すぐ目についたのは、ディオンの車の後部座席からのぞいている息子の頭だった」

「あそこにいるとは知らなかったんでね」リコが言った。

「知らなかったですむのか？　スリック・トニー・ビアンコとジェリー・ザ・ノーズが、カルミネ・オルクイオリに風穴を開け、トンプソンをおれの息子に向けたんだぞ。もちろん、おれはやつらを轢き殺した。サル・ロマーノを撃ったのは、やつのマシンガンがおれの車を蜂の巣にしたからだ。インブルーリアの背中を撃ったのは、ショットガンでおれのボスを撃ってたからだ。フレディも、ああそうだ、撃った――」

「くそ四発もな」

「――フレディを撃ったのは、おれの息子に銃を向けてたからだ」

「サルは、フレディの銃はあんたの息子に向いてなかったと言ってる」

マイヤー・ランスキーがうなずいた。「地面に向いていたそうだ、ジョー」

ジョーはわかっているというふうにうなずいた。「サルは車の反対側だった。通りの向こうで坐りこんでた、というより、坐ってさえいなかった。通りの向こうで丸まってたんだ。おれが尻を吹き飛ばしたから。そんな状態で何が見える？」

カルロス・マルセロがなだめるように手を上げた。「ではなぜ、フレディがきみの息子を殺そうとしていると思った？」

「考えてみてくれ、カルロス。車のなかにいたのが自分の息子だったら？」サム・ダッダーノを見た。「あんたの息子のロバートだったら?」次にマイヤーを見た。「もしバディだったら? 理屈じゃない。男が息子に銃を向けるのを見たから、引き金を引いた。そいつが引けないように」

「ジョー」リコが静かに言った。「おれを見ろ。まっすぐおれの眼を。いつかあんたを殺してやる。素手とスプーンだけで」

「リコ」カルロス・マルセロが言った。「やめろ」

「われわれは大人だ」マイヤーが言った。「むずかしいビジネスについて議論している。ジョーが自分の行動をごまかそうとしていないことははっきりしたようだ。言いわけはしていない」

「こいつはおれの兄貴を殺した」

カルロス・マルセロが言った。「だが、兄貴はジョーの息子に銃を向けた。その点、あまり議論の余地はなさそうだ。白人の子供に銃を向けるのはな、リコ、恥ずべき行為《インファムニア》だ。くそみたいな弁護はするな」

リコはヨットに乗りこんだとき、おりられないのはジョーだけだと思っていた。しかし、いまやカルロス・マルセロの黒い眼に、自分の死体が見えはじめた。

サム・ダッダーノは机の先にいるジョーを見た。

「一方、きみは組織の人間とふたりの有能な仲間を殺し、われわれに多大な損失をもたらした」

「多大な損失だ」マイヤーが同意した。

「しかも、影響はいまにとどまらない」サムは続けた。「今回の悪い評判はこれから何年も街に残るだろう。われわれの食卓から食べ物を取り去り、ポケットから金を奪う。入るはずだった金をだ。もはや埋め合わせることはできない」

「できると思う」ジョーは言った。

カルロス・マルセロが大きな頭を振った。「ジョゼフ、それは希望的観測というものだ。先週、きみとリコがタンパで引き起こしたごたごたは、われわれを干上がらせる」

ジョーは言った。「おれがダンネモーラからチャーリーを出獄させたら？」

マイヤーのライターが煙草に向かう途中で止まった。カルロス・マルセロの頭が傾いたままになった。サム・ダッダーノは口を開けてジョーを見つめた。リコは一同を見まわした。「それだけ？　だったらついでにメキシコ湾をふたつに割ったらどうだ？」

カルロス・マルセロがハエでも追い払うように、自分とリコのあいだで手をひらひらさせた。「説明してくれ、ジョゼフ」

「二週間前、海軍情報局の人間と会った」

「それは不首尾に終わったと聞いたが」マイヤーが言った。

「たしかにそうだ。だが、向こうは餌に食いつきかけてる。説得できる材料があと少しあればいい。アメリカはこの五カ月だけで、軍民合わせて九十二隻の船を失った。海軍は死ぬほど怯えているが、〝いや、少なくともわが国の海岸までは来ていない〟と自分たちに言い聞かせている。ここでもし、ヒトラーがマディソン・アヴェニューで行進するのを防げるのは、おれたちだけだと納得させることができたら？　戦争のあと、彼らはチャーリーを釈放するだろう。最悪の場合でも、われわれに眼をつぶって、稼がせてくれる」

「われわれが必要な存在であることをどうやってわからせる？」

「船を沈める」

リコ・ディジャコモが大きく息を吐いた。「この男と船のつながりはどうなってるんだ。あんた、十年前に船を爆破しなかったか？」

「十四年ほどまえだ」ジョーは言った。「いま政府の船が一隻、タンパ港に停まっている。古い豪華客船なんだが、ちょうど軍艦に改造しているところだ」

「ネプチューン号だったやつだ」リコが言った。「知ってる」

「おまえの部下がそこで働いてるだろう」

リコはボスたちにうなずいた。「働いてるが、割のいい仕事じゃない。屑鉄も銅も量は少ないし、金属製のぼろいベッドはたくさんあるはずだったが、行ってみるとなかったり。そんな調子だ」

「アメリカ政府はその客船を六月までに軍艦に改造したい。だろう?」

「まちがってない」

「それなら……」

カルロス・マルセロの唇の端がぴくりと動いた。サム・ダッダーノは短い笑い声を発し、マイヤー・ランスキーは微笑んだ。

「誰かがその作業を妨害したら? ドイツ人がやったと見せかける、あるいは、そうにおわせたら?」ジョーは椅子の背にもたれ、火のついていない煙草を真鍮製のジッポーにとんとんと当てた。「政府はわれわれにひざまずいて頼むだろう」ジョーは部屋にいる全員と視線を合わせた。「そうなったら、あとはあんたたちみんなでチャーリー・ルチアーノを刑務所から出してくれ」

一同がうなずき、マイヤー・ランスキーは架空の帽子のつばをつまんで感謝の意を表した。

ジョーの首元の脈拍がゆるやかになった。この船から生きて帰れるかもしれない。

「オーケイ、わかった」リコが言った。「彼が正しくて、うまくいくとしよう。計画にケチをつけるつもりはない。この男の頭のよさを疑うやつなんていない——汚れ仕事に対する覚悟は別として。で、ここはどうなる?」

「なんだと?」ジョーは言った。

「ここだよ」リコは指を机に突き立てた。「この男はマイヤーと、ここキューバに王国を建てる。なんせ、おれにタンパから追い出されたうえ、市長の奥方にいちもつを突っこんだのがばれたからな」ジョーを見た。

「なあ、ロミオ、もうみんな知ってるんだよ。あっちじゃえらい騒ぎだ」リコは眉を何度か上げ下げして、ボスたちに顔を向けた。「ここでのこいつのビジネスに一枚嚙ませてもらいたいんだがな。多少の食い扶持の分だけでも」

ジョーは机の向こうにいるマイヤーを見た。キューバはマイヤーとジョーが慈しみ育てた王女だった。ふたりは王女を傷つけそうなこの世のあらゆるものから、彼女を守ってきた。ところがここにリコ・ディジャコモが現われて、垢《あか》と病原菌だらけの手で王女の体をなでまわそうとしている。マイヤーは運命論者の怒りのこもった視線をジョーに向け、い、い、い、これはおまえの責任だと眼で伝えた。

「キューバの一部が欲しいのか」カルロスが訊いた。

リコ・ディジャコモは体のまえで人差し指と親指をわずかに離した。「ほんの少し」

カルロスとサムはマイヤーを見た。

マイヤーは受け止めた視線をジョーに投げつけた。

「ジョーとおれはここに土地を持っている。戦争が終わったらホテルにするつもりだ。ホテル、カジノ、その他もろもろ。みんなも知ってのとおり」

「持ち分はいくらだ、ジョー」

「おれが二十、マイヤーも同じ。残りは年金基金に入る」

「五をリコにやれ」

「五」ジョーは言った。

「五が妥当だな」リコ・ディジャコモが言った。

「だめだ」ジョーは言った。「三が妥当だ。三ならやる」

リコは場の空気を読んで言った。「三でいい」

ジョーはマイヤーとまた視線を交えた。いま何が起きたか、ふたりともわかっていた。たとえリコにやるのが〇・五パーセントでも、結果は同じだ――リコはドアのあいだに足を差し入れた。タンパでやったばかかりのことを、いずれハバナでやる。ちくしょう。

リコの話は終わっていなかった。「個人的な補償の話も残ってる」

「チャーリーをダンネモーラから出すきっかけを作ったと認めてやり、キューバの事業からも利益を得られるようにしてやった。それでもまだ足りないのか」マルセロが訊いた。

「おれには充分だ、カルロス」リコは厳粛な面持ちで言った。「だが、兄貴としてはどうかな」

男たちは顔を見合わせた。

「一理ある」ようやくマイヤーが認めた。

「おれにどうしろと？」ジョーが訊いた。「弾は銃に戻せない」

「リコは兄を失った」サム・ダッダーノが言った。

「おれには代わりに差し出せる兄弟がいない」ジョーが言った。

「いるじゃないか」とリコ。

ジョーは半秒ほどで、この会合の初めからわかりきっていたことを理解した。机越しに微笑んでいるリコの顔を見た。

「兄弟には兄弟を」リコが言った。

「おれにディオンを見捨てろというのか」

リコは首を振った。

「ちがう？」

「ちがう」リコは言った。「あんたにディオンを殺してもらいたい」

ジョーは言った。「ディオンは――」

「われわれを見くびるな」カルロス・マルセロが言った。「わかるな、ジョゼフ」

マイヤーは吸いさしから新しい煙草に火を移した。部屋がニコチン中毒のギャンブラーで埋まっていたとしても、マイヤーのほうが早く灰皿を満杯にできる。

「〈委員会〉が軽々しく死刑宣告を出さないことは知

っているはずだ。われわれの名誉を汚してはならんし、やつの命乞いをするような醜態はさらさないでくれ」

「あいつはくその塊だ」ダッダーノが言った。「消えてもらうしかない。問題はいつ、どうやってということだけだ」

間《ま》があけば、とくに考えこむような仕種を見せれば、たちまち弱さと解釈される。だからジョーは間髪を容れなかった。「だったら明日いちばんに終わらせよう。片をつける。そっちでディオンを拾うか？　指定の場所におれが連れていくか？」

ひと晩猶予をもらえれば、何か方法が見つかるだろう。まだわからないが、とにかく何か。しかし、もし誰かを見張りにつけられたら、どんな奇跡も起こせる可能性がなくなる。そもそも無理なのか。

「明日でいい」マイヤーが言った。

その返事がなんの意味も持たないかのように、ジョーは無表情だった。

「朝にこだわる必要もない」ダッダーノが言った。「明日じゅうであれば」

「時間はかかってもやりとげろ」カルロス・マルセロが言った。

「あんたの手で」リコがうしろにもたれて椅子が軋んだ。

ジョーの顔は静かなままだった。「おれの手で」

四人がうなずいた。

「あんたが」リコが言った。「兄貴にしたのと同じように。同じ銃でやるんだ。その銃を見るたびに、くそ……見るたびに、おれの兄貴とあんたの兄貴のことを考えるように」

ジョーはもう一度、部屋にいる男たちをひとりずつ見た。「了解した」

「悪いが」リコが言った。「聞こえなかった」

ジョーは彼を見た。

「本当だ。ときどき耳鳴りがしてね、やかんの笛が鳴ってるみたいに。いまなんと言った?」

ジョーはドアの上の時計が何秒か進むまで待った。

「おれがディオンを殺すと言った。了解したと」

リコが机をとんと叩いた。「よし、これで今日の会合は成功だ」

「この会合を勝手に判断するな」カルロス・マルセロが言った。「会合を開くのも終わらせるのもわれわれだ」

リコが坐り直したときに、三人の男が部屋に入ってきた。先頭にいた聖人ヴィヴは胸の張り裂けた眼差しをジョーに向けたまま、机の左側にまわった。ジョーの椅子のまうしろまで来ると、そこで立ち止まった。ヴィヴの呼吸の音がジョーに聞こえた。

二番目のカール・ザ・ボウラーは、机の反対側をまわり、サム・ダッダーノとリコ・ディジャコモのあいだで止まって、両手を腰の上で組んだ。リコは〝死刑執行人〟の聖人ヴィヴが、兄を殺した男のうしろに立つのを見た。ジョーと眼が合い、こみ上げるものを抑えきれず――微笑んだ。

三番目は見知らぬ男だった。ひどく痩せ、緊張しているようで、マイヤーのそばに行くまでずっと床を見ていた。マイヤーのまえにカバンを置き、黒いバインダーを一冊取り出して机に置いた。彼がマイヤーの耳元でゆうに一分間は囁き、話が終わると、マイヤーは礼を述べ、何か食べてくれと言った。

男は絨毯の上を歩いて外に出ていった。痩せこけた肩を丸め、禿げかけた頭に電灯の光を受けて。

マイヤーはバインダーをリコのまえにすべらせた。

「おまえのだな?」

リコはそれを開き、ぱらぱらとめくった。「ああ」

閉じてマイヤーのまえにすべらせた。「なんでこんなところに?」

マイヤーが言った。「おまえの帳簿だな? われわれのために稼いだすべてだな?」

リコは眼をわずかに泳がせ、煙草に火をつけた。ここで初めてジョーは、自分が舞台中央から一歩うしろに下がったと感じた。「ああ、そうだ、マイヤー。毎月、あんたたちに金を送るのといっしょに報告してる。フレディがワニ皮のブリーフケースに入れて運んでた帳簿だ」

「筆跡はおまえのものでまちがいないな？」カルロス・マルセロが言った。

リコは話の流れが気に入らなかったが、返事をする以外にできることはほとんどなかった。「ああ。全部おれの字だ」

「ほかに書きこんだ人間はいないな？」

「いない、ぜったいに。おれの殴り書きは見たことがあるだろ？　字は下手だが、とにかくおれのだ」

一件落着というふうにマイヤーがうなずき、お辞儀をして締めくくった。「ありがとう、リコ」

「どういたしまして。役に立てたかな」

マイヤーはカバンに手を入れ、もう一冊のバインダーを取り出して、机に放った。

リコが舞台の流れに追いついた。

「は？」と言った。「なんだこれ」

「二冊目の帳簿だ」マイヤーはリコのほうにすべらせた。「殴り書きに見憶えはないか？」

リコはバインダーを開いた。ページをめくるたびに眼があちこち動いた。マイヤーを見た。「意味がわからない。複写か？」

「一見、そう思える。だからあの会計士に調べさせた。彼の話では、二重帳簿だそうだ」

「嘘だ」

「今年だけで三万に達している。去年は四万」

「ちがう、マイヤー、ちがう」リコは部屋を見まわし、ジョーと眼が合って理解した。「ちがう、ちがう！」

カール・ザ・ボウラーがリコの頭にビニール袋をかぶせ、リコは両腕を振ったが、サム・ダッダーノに手首をつかまれた。ダッダーノとカールは椅子にリコを押さえつけ、カールがリコの頭のうしろでビニール袋をねじり、結び目を作った。

カルロス・マルセロがジョーに言った。「後釜には誰がいる？　きみ以外で」

ジョーはボボ・フレチェッティを雇ってリコの事務所に押し入らせていた。まちがいなく裏帳簿はあると踏んでいたが、万が一に備えて、ボボの義弟、偽造の王者のアーニー・ボッホを待機させておいた。

その万が一が生じた。

リコの火のついた煙草が机の中央に転がり、マイヤーが拾って自分の灰皿に押しこんだ。

「イーボーのイタリア人社交クラブに出入りしている男がいる」

「トラフィカンテか？」マルセロが言った。

「そうだ。彼が適任だろう」

ボボは帳簿を義弟のアーニーに渡し、アーニーはリコの筆跡をそっくりまねた——大文字の曲がり具合、点を打たないiとj、tの傾き、平坦に近いn。あとは、いくつか数字を削り、ゼロを減らすだけだった。

リコの足がサム・ダッダーノの椅子を激しく蹴った。ダッダーノの体が浮くほどだったが、彼はリコの手首を離さなかった。

「トラフィカンテはいい稼ぎ手だ」と言いつつも、少し息が上がっていた。

マルセロがマイヤーを見た。マイヤーは、「まえから妥当な人物だと思っていた」と応じた。

マルセロが言った。「では、トラフィカンテで決まりだ」

リコが失禁し、部屋ににおいが広がった。リコはもう蹴っていなかった。両腕がだらりと下がった。

確実を期すため、カール・ザ・ボウラーはそこから二分間、ビニール袋をかぶせておいた。ジョー以外の人間は部屋から出ていった。

ジョーも出ようと煙草をまとめて立ち上がり、最後に死体を一瞥した。死体からもれる悪臭を手で払った。リコ、おまえが生きていたときにやったことのすべてはこれだ――空気を汚した。

おまえは、怒らせてはいけないアイルランド人を怒らせた。

24 葉書が届く

ジョーは旧市街に持っているアパートメントに向かいながら、選択肢を考えた。

ふたつあった――

ディオンを殺す。いちばん古くからの友人を。

または、ディオンを殺さず、自分が死ぬ。

ディオンを殺したとしても、〈委員会〉はやはりジョーの殺害を評決するかもしれない。ジョーは彼らの金を減らし、特大の混乱を残した。ヨットをおりられたからといって、身の安全が保証されたわけではない。

運転手のマヌエル・グラバンテが言った。「ボスがヨットにいるあいだに、アンヘルのやつが立ち寄ったんですが、あっちに小包が届いたそうです」

「どんな?」

「アンヘルはこのくらいの箱だと言ってました」マヌエルは両手をハンドルより少し狭めに離し、またすぐハンドルに戻した。「宛名はボスで、大佐の部下が届けにきたそうで」

「送り主は?」

「ディックスなんとか」

どうやらディックスがこの世にいるうちにしてくれたことだった。

ちくしょう、とジョーは思った。これがすべて終わったとき、誰か残っているのか?


中身の予想はついたが、念のためアパートメントの裏の広場で箱を開けてみた。多くの人間が感じているように、もしジョーに九生があったとすれば、そのうちの二生は、箱の蓋が開いて煙が噴き出したときに失われた。うしろに飛びのいたジョーは、すでにスーツのなかに冷や汗をかいていたが、ドライアイスの白い煙が頭上のヤシの葉のあいだに消えていくあいだにも、新しい汗が流れた。ドライアイスだとわかってからは、霧が完全に晴れるまで待ち、箱のなかからひとまわり小さい箱を取り出して、石の台の上に置いた。

箱の四隅は潰れていた。横の四面の厚紙のひとつには、中身が寄ってついたと思われる油の染み。上部の〝〈キネッティ・ベーカリー〉セントロ・イーボー〟の文字にぽつぽつと血痕がついていた。箱にはまだ紐が十字にかかっていて、ジョーは配送の箱を開けたのと同じ鋏で切った。中身はトルタ・アル・カプチーノだった。そうとわからないくらい崩れていたが。すでに片面に緑のカビが生えていて、悪臭がした。


この二年間、ディオンは毎週、晴れても降っても、猛暑の日にも氷雨の日にも、このパン屋にかよってケーキの入った箱を持ち帰っていた。

だが、中身はケーキだけだったのだろうか。

ジョーは腐ったケーキを持ち上げた。下にあったのは、染みのついた油紙と丸い厚紙だった。自分はまちがっていた。心臓がまだ激しく打っていて、安堵が温かい川のように体を駆けめぐるのがわかった。ディオンを疑ったことが恥ずかしかった。ディオンが一夜をすごした寝室の窓を見上げた。昨日の朝、アリコがタンパから殺し屋を送りこもうとしているとマイヤーが知らせてくるまえに、ディオンを大佐の庇護下のこの場所に移動させたのだ。三十マイル南には大佐の警備隊もいる。ジョーが支払う礼金はかなりの額になった。

ジョーは心のなかで友人に詫びた。

ケーキの箱をもう一度見た。心のもっとも黒い部分の声が聞こえた。手を伸ばして油紙を持ち上げ、丸い厚紙もめくった。

あった。

封筒が。

ジョーは開けた。百ドル札の薄い束をめくっていくと、最後に白い紙が挟まれていた。書かれていたことを読んだ――名前ひとつ。それだけだった。が、名前も必要なかった。重要なのは書かれた内容ではない。白い紙があること自体がすべてを物語っていた。

この二年間、ディオンは七番街の〈キネッティ・ベーカリー〉にかよっていた。ひとつの目的は、好きなペストリーを買いこんで食欲を満たすことだったが、もうひとつの目的は、連邦捜査官か警官に次に差し出す部下の名前が書かれた命令を受け取ることだった。

ジョーは紙をたたんで財布に入れ、丸い厚紙と油紙とケーキを箱に戻した。蓋を閉め、バラの木のそばの椅子に坐り、このビジネスで自分がひとりきりであることを思い知らされて――正真正銘のくそひとりだ――椅子から崩れ落ちそうになった。そこで立ち上がり、自分のなかの新しいポケットに悲しみを詰めこみ、荒れ狂う怒りを押しこんだ。三十六歳、無法の世界で二十年生きてきた彼には、そういうポケットがたくさんあった。すべてに封をして、身の内にしまってある。そのうちいっぺんに破裂して死ぬのではないだろうか。あるいは、満杯まで増えて空気がなくなり、窒息死するのかもしれない。

ジョーは書斎で革張りの大きな肘かけ椅子に坐ったまま寝てしまった。夜中に目が覚めると、ほとんど燠《おき》火《び》になったうしろの暖炉の近くに、またあの少年が立っていた。着ている赤いパジャマは、ジョーの子供のころのものに似ていた。

「そうなのか？」ジョーは尋ねた。「おまえは子宮のなかで死んだ、おれの双子の片割れなのか？　それとも、おれなのか？」

少年はしゃがんで、燠火を吹いた。

「自分自身の幽霊が出てくるなんて聞いたことがない」ジョーは言った。「ありえないと思う」

少年は肩越しにジョーを見た。なんだってありうるよと言わんばかりに。

部屋の暗い陰に、ほかの者たちもいた。姿は見えなくても存在が感じられた。

暖炉に眼を戻したときには、火は完全に消え、夜が白みはじめていた。

ジョーがディオンとトマスをかくまった家は、ハバナ州の内陸中央のナサレノにあった。背後にはハバナの街と大西洋があり、反対側には山々やジャングル、そして光きらめくカリブ海がある。サトウキビ畑の奥深くにあり、ジョーがそこを見つけたのも、サトウキビの栽培を手がけたからだった。もとは一八八〇年代に、キューバ人の農民の反乱を鎮圧しにきたスペイン軍司令官の邸宅として建てられた。鎮圧当時の兵舎はとうの昔に見捨てられ、ふたたびジャングルに呑みこまれていたが、司令官の邸宅だけは栄光の時代のままで、八つの寝室、十四のバルコニー、まわりを囲む高い鉄柵と門扉が残っていた。

大統領その人——フルヘンシオ・バティスタ大佐——から兵士十二人が貸し出されていた。リコ・ディジャコモの一派がディオンの居場所を突き止めて襲撃してきたとしても、返り討ちにするのに充分な数だ。けれどもジョーには、真の危険はリコではないとわかっていた——たとえリコがあの日のヨットを生き延びたとしても。本当に危険なのは、マイヤーだ。しかもその危険は外から来るのではなく、重装備で家を守る兵士たちのなかにすでにひそんでいる。

ディオンとトマスは、ディオンの寝室にいた。ディオンがチェスを教えているところだった。本人はたいして強くないが、少なくとも指し方は知っている。ジョーは買い物の紙袋を床に置いた。もう一方の手には、イーボーでブレイク医師からもらった診察カバンを持っていた。カバンを手に入口に立ったまま、ヨーロッパの戦争の発端についてディオンがトマスに説明するのをしばらく眺めていた。ディオンの話には、ヴェルサイユ体制に対する怒り、ムッソリーニによるエチオピア侵攻、オーストリアとチェコスロヴァキアの併合などが出てきた。

「あのとき、やつの無茶な行動を止めておくべきだったんだ」ディオンが言った。「誰かに盗ってもいいよと言えば、そいつは手を切り落とされるまで盗みつづける。けど、パンに手を伸ばすまえに、盗んだら手を切り落とすぞと脅して、眼で本気だとわからせたら？　そいつは手持ちのものでやりくりする道を見つける」

「ぼくたち、負けるの？」トマスが訊いた。

「何を失うってんだよ。こっちはフランスに土地なんか持ってないぞ」

「なら、何のために戦ってるの？」

「そうだな、ジャップと戦うのは、あっちが攻撃してきたからだ。あのくそチビのヒトラーとは、こっちの船を追いまわすから戦ってるが、本当の理由は、やつの頭がいかれてるから消えてもらわなきゃならないってことだ」

「それだけ？」

「ほとんどな。ある人間が消えなきゃならないこともある」

「なんで日本人はぼくたちに怒ってるの？」

ディオンは口を開きかけて、また閉じた。答えたのは一分後だった。「あのな、おれにもわからん。ジャップだから、おまえやおれとはちがうってことだな。だが、そもそもなんであんなにピリピリして突っかかってくるのかはわからない。調べてほしいか？」

トマスはうなずいた。

「了解。次にチェスをやるときまでに、ジャップとその小ずるいやり口についてちゃんと勉強しとく」

トマスは笑って言った。「チェックメイト」

「小ずるいやり口だな、え？」ディオンはチェス盤を見おろした。「ジャップの血が半分入ってるんじゃないか？」

トマスは振り返ってジョーを見た。「勝ったよ、父さん」

「そうだな。よくやった」

トマスはベッドからおりた。「もうすぐここを出る？」

ジョーはうなずいた。「ああ、もうすぐだ。手を洗っておいで。ミセス・アルバレスがいま階下《した》で昼食を作ってる」

「オーケイ。じゃあまた、ディオンおじさん」

「おう」

「チェックメイト」トマスは部屋から出ながら言った。

「ハハ」

ジョーは紙袋をベッドの足元に移し、診察カバンをベッド脇の机に置いた。チェス盤をディオンの腿の上から取り上げた。「気分はどうだ？」

「毎日よくなってる。まだ本調子じゃないが、少しずつ体力もついてきた。信用できるやつのリストを作ってみた。何人かはタンパにいるが、大半はボストン時代からの知り合いだ。おまえがあっちに行って、一カ月とか、一カ月半で彼らを説得してタンパに連れてくることができたら、あの街をおれたちで取り戻せるかもしれん。値の張るやつも何人かいる。たとえば、ケヴィン・バーンなんかは、純粋な義理だけじゃ、八人の部下を引き連れて自分の帝国のマタパンを離れたりはしないだろう。半端な額じゃ動かない。それからミッキー・アダムス。こっちも安くはないだろうが、もし彼らがイエスと言えば百人力だ。もしノーだとしても、おまえが街に来たことを口外したりはしない。ああいう男たちは――」

ジョーはチェス盤を鏡台の上に置いた。「昨日、マイヤーとカルロス、サミーとの会合があった」

ディオンは頭を枕にのせ直した。「そうなのか」

「ああ」

「で、どうなった？」

「おれはいまも息をしている」

ディオンは鼻を鳴らした。「おまえを殺そうとするわけがない」

「いや」ジョーはベッドの脇に腰をおろした。「彼らは埋葬場所まで用意してたよ。おれはゆうに一時間、その上を漂っていた」

「まさか、船の上で会ったのか？　どうしてまた。正気かよ」

「選択の余地はなかった。〈委員会〉の招集だ、行くしかない。行かなかったら、いまごろ彼らはおれたちをふたりとも殺してる」

「あの護衛をかいくぐってか？　信じられん」

「バティスタの護衛だ。バティスタはおれから金を受け取り、マイヤーからも受け取っている。つまり、マイヤーとおれのあいだに牛肉の塊があれば、どっちが先に取るにしろ、バティスタにはいちばん大きな分け前が差し出される。どっちが勝つかは天にまかせればいい。護衛をかいくぐる必要なんてないさ。その護衛がおれたちを殺すんだから」

ディオンはベッドの上で体を動かし、灰皿から葉巻の吸いかけを取って、もう一度火をつけた。「つまり〈委員会〉に会ったわけだ」

「それと、リコ・ディジャコモにも」

煙のなかでディオンが眼を上げた。ようやく葉巻に火がつき、葉が音を立てた。「兄貴のことでかなり怒ってるだろうな」

「その言い方は穏やかすぎる。やつはおれの首を欲しがった」

「どうやって切り抜けた？」

「おまえの首を約束した」

ディオンがまた体の位置を変え、ジョーには彼が紙袋の中身を見たがっているのがわかった。「おまえはおれの首を約束した」

ジョーはうなずいた。

「なぜそんなことをした、ジョー？」

「船から生きて出る唯一の道だった」

「その袋の中身はなんだ、ジョー？」

「彼らは、おまえへの襲撃はリコがふと思いついて実行したようなことではないと明言した。彼らが承認していた」

ディオンはしばらく考えた。眼が小さく内向きになり、顔色が悪かった。葉巻を吹かしつづけていたが、葉巻のことなど意識していないのではないかとジョーには思えた。五分ほどたって、ディオンが言った。

「ここ二、三年、おれのもとで売上はたしかに落ちてる。おれが競馬にのめりこみすぎていることもわかってる。けどな……」また黙りこみ、火が消えないようにさらに何度か吹かした。「おれを始末したい理由を何か言ってたか？」

「いや。だが、いくつか推論はできる」ジョーは紙袋に手を入れ、〈キネッティ・ベーカリー〉の箱を取り出した。それをディオンの膝に置き、友人の顔がうつろになるのを見つめた。

ディオンが言った。「こりゃなんだ?」

ジョーは低く笑った。「こりゃなんだ?」

ディオンはくり返した。「〈キネッティ〉の箱か?」

ジョーはブレイク医師の診察カバンからモルヒネの詰まった注射器を取り出した。キリンの群れでも足りる量だった。掌のつけ根にシリンジを軽く当てながら、いちばん古くからの友人を見すえた。

「汚い箱だな」ディオンが言った。「あちこちに血がついてる」

「汚いな」ジョーも認めた。「やつらに何を握られてる?」

「待て、何言って――」

「何を握られてる?」ジョーはシリンジでディオンの胸を軽く叩いた。「なあ、ジョー、ある結論が見えそうになるのはわかる」

「それが事実だからだ」

「だが、物事は見た目とちがうときもある」

ジョーはシリンジをディオンの脚に当てていった。トン、トン、トン。「ほとんどの場合、見た目どおりだ」

「ジョー、おれたちは兄弟だ。まさか本当に――」

ジョーは注射器の針をディオンの喉に当てた。これ見よがしな動きではなかった。シリンジが向こうずねを叩いていたかと思うと、次の瞬間には喉仏のすぐ左の動脈に針が触れていた。「おまえはまえにもおれを裏切った。そのせいで、おれは刑務所に三年入るはめになった。しかも、そこいらの刑務所じゃない――チャールズタウンだ。それでもおれはおまえの味方だった。だが、二度目に同じ選択をしたときには、おまえを見捨てなかったせいで部下が九人殺された。サルを憶えてるか？　レフティ、アルナス、ケンウッドは？　エスポシートとパローネは？　みんな死んだのは、おれが三三年におまえをマソ・ペスカトーレに引き渡さなかったからだ」針の先でディオンの顎から喉を引っかき、今度は喉仏の反対側をこすり上げた。「いままた選択するときが来た。まえとちがうのは、おれには息子がいることだ、ディー」針の先を皮膚に当て、親指をプランジャーに置いた。声は平静に保った。「だから、連邦の捜査官に何を握られてるか、さっさと言え」

ディオンは針の先を見るのをやめ、ジョーの顔を見た。「あいつらがおれたちに対して持ってるもの？　決まってる。証拠だよ。去年、おれがピネラス郡であのヒキガエルの膝を撃ち抜いたのも、電話で命令されてやったことだ。四一年にハバナからおまえがよこした あの船な、あれから荷をおろしてるところを写真に撮られたんだ」

「荷おろしにいった？　おまえ自身が？　なんでそんな馬鹿なまねを」

「気がゆるんでた。退屈してた」

針をディオンの眼球に突き立てないでいるのが精いっぱいだった。

「連絡役は？」

「アンスリンガーの下にいるやつだ」

狂信者ハリー・アンスリンガーの率いる麻薬局は、アメリカでケツと帽子のちがいを見分けられる唯一の法執行機関だった。それができるのも、内部からアンスリンガーに情報をもらす者がいるからではないかという噂は、ずいぶんまえからあった。

ディオンは言った。「おまえを売ったことは一度もない」

「そうか？」

「そうだ。わかってるだろう」

「わかってる?」

ジョーは腐ったケーキを取り出してディオンの膝の上に落とした。

「なんだよ!」

「シーッ」ジョーは、昨夜ケーキの下に見つけた封筒を取り出した。ベッドに投げると、ディオンの顎に当たって落ちた。「開けろ」

開けようとするディオンの指が震えた。紙幣の束――百ドル札で二千ドル――とその下の紙切れを引っ張り出した。ディオンは紙切れを開き、眼を閉じた。

「おれに見せろ、ディー。名前を」

「あっちが頼んできたからといって、おれが差し出したことにはならない。差し出さなかったことは何度もある」

「名前を見せろ。次のターゲットが誰か見せてみろ」

ディオンは紙の内側を外に向けた。

コグリン。

「おれは一度も――」

「何回嘘をつけば気がすむ? いつまでこのダンスを続けるつもりだ。おまえの言うことはいつも、あれはしない、これはしたことがない、ほかにどうしようもなかった、だ。おれにどうしろというんだ。同意しろと? オーケイ、いいとも、同意してやる。おまえはこれっぽっちの誇りもないのに一人前のふりをしたがる男だ。そしておれは家も地位も全部失った、ただのまぬけだ。もう少しで命まで失うところだった――ドブネズミをかばったばっかりに」

「おまえは友人をかばったんだ」

「息子が車にいたんだぞ。おまえは連邦くそ捜査官との接触場所におれの息子を連れていった。おれの息子を」

「おれも自分の息子みたいに愛して――」

ジョーがすばやく近づいて、針をディオンの左眼の下に当てた。「愛するなんて二度と言うな。この部屋で」

ディオンは鼻で荒い息をしていたが、何も言わなかった。

「おまえが人を裏切るのは本性だと思う。スリルがあるからだ。はっきりとはわからないが、たぶんそうだ。そして、ひとつのことをくり返していると、その人間はそれ自体になってしまう。ほかの性格はすべてつけ足しだ」

「ジョー、聞いてくれ。聞くだけでいい」

ジョーはディオンの顔に温かい涙が落ちるのを見て、自分の眼からだったことに気づき、屈辱を覚えた。

「今度は何を信じさせられるんだ、え？　まだ何かあるのか」

ディオンは答えなかった。

ディオンの鼻から出る湿った息をジョーは吸った。

「歩いて数分のところにサトウキビ農園がある」

ディオンはまばたきした。「知ってる。おまえとエステバンが五年ほどまえに案内してくれた」

「二時間後にアンヘル・バリメンテと農園のはずれで会う。そこでおまえを引き渡し、あとは彼がおまえを沖合の船まで連れ出す手筈になっている。今夜じゅうにこの島から出ていけ。一度でもおれに連絡をよこしたり、どこかで目立っているという噂が聞こえてきたりしたら、即座に殺す。口から泡を吹くヤギみたいにしてやる。わかったか」

「聞いてくれ――」

ジョーはディオンの顔に唾を吐いた。

ディオンは眼をぎゅっと閉じた。胸を上下させて泣きだしていた。

「わかったかと訊いたんだ」

ディオンは眼を閉じたまま、片手を顔の上で振った。

「わかった」

ジョーはベッドからおり、ドアのほうに歩いた。

「やるべきことをやれ。荷造りとか、トマスに別れの挨拶とか、食事とか。おれが戻るまえに、おまえがこの家の外に出たら、その場で射殺しろと護衛には言ってある」

ジョーは部屋をあとにした。

石のポーチの上でトマスは混乱していた。「いつまた会える？」

「うーん」ディオンが言った。「すぐさ。わかるだろ」

「わからない。わかんないよ」

ディオンはトマスのそばにひざまずいた。そうするにはまだ努力が必要で、立ち上がるときにはもっと必要になる。「父さんとおれがやってるビジネスのことは知ってるな」

「うん」

「それはなんだ？」

「違法なこと」

「まあ、そうだ、けどそれだけじゃない。おれたちがビジネスを〝うちの仕事《アワー・シング》〟と呼ぶのは、本当にそのとおりだからだ。おれやおまえの父さんみたいなのが何人かで力を合わせて、なんというか、事業にしてる。それはおれたちのものだ。外のやつらの邪魔はしないし、必要以上に欲張ってよその国を攻めたり、土地を分捕ったりもしない。おれたちは金を稼ぐ。同じように金を稼ごうとしてるやつらを、有料で守ってやる。困ったことが起きても、警察や市長に泣きついたりしない。自力で解決する。大人の男として。それがときに呑みこめないほど硬い薬になることがある。だから、おれはいま行かなきゃならない。タンパで何があったか、おまえも見ただろう。おれたちの世界で意見の食いちがいがあると、ああなる。ちょっと真剣にな」

ディオンは笑い、トマスも笑った。

「ものすごく真剣だったろ？」

「うん」

「でもそれでいい——真剣なことがあればこそ、人生には生きる価値がある。ほかのこと、たとえば女の子や、冗談や、くだらない遊びや、だらだら怠けることは、たしかにどれも愉しいが、あとに残らない。真剣になると心に残り、生きていると感じられる。いまはものすごく真剣なときだ。父さんはおれをどうにかここに連れ出してくれたが、おれは行かなくちゃならない。ことによると、この先ずっと」

「嫌だ」

「嫌か。よく聞け。おれを見ろ」ディオンはトマスの両肩をつかみ、眼と眼を合わせた。「いつの日か、おまえに葉書が届く。何も書いてない、ただの葉書だ。投函された場所? そこはおれのいる場所じゃない。おれがいた場所だ。それを見たおまえは、ディオンおじさんはどこかで生きてるんだなってわかる。元気でいるなって」

「オーケイ」

「父さんとおれはな、トマス、王様も、王子も、大統領も信じてない。自分自身が王様で、王子で、大統領だと思ってる。おれたちは、自分でこうだと決めたものになる。誰にも指図されない。わかるか?」

「わかる」

「誰のまえにもひざまずくな」

「おじさん、いまひざまずいてる」

「おまえは家族だからいいんだ」ディオンは小さく笑った。「さて、立ち上がるから手を貸してくれ。痛っ」

「どうすればいい?」

「頭をそのままにして、動かすな」

ディオンは大きな掌をトマスの頭の上に置き、体を持ち上げた。

「痛いよ」

「ぐちぐち言うな。男らしくなれ、頼むぞ」ディオンはジョーに向かって言った。「こいつを強い子に育ててくれ」ディオンはトマスの上腕をつねった。「いいな？　わかったな？」

トマスは彼の手をはたいた。

「さよならだ、坊主」

「さよなら、ディオンおじさん」

トマスは、父親がディオンのスーツケースをポーチから持ち上げ、庭を抜けて、農園に下る坂道のほうへ歩いていくのを見送った。これが人生でないことを——人生が別れの連続でないことを——願った。

しかしトマスは、そうなのかもしれないと感じていた。

25　茎

ジョーとディオンは、農園の中央を貫く畝道《うねみち》に沿って歩いていた。農夫たちはこの道を〝小さい家の小径〟と呼ぶ。終点に小さな黄色い家があるからだ。まえの持ち主が娘の遊び場として建てた家で、大きさは物置小屋くらいだが、ヴィクトリア朝ふうの外観だった。持ち主は一九三〇年代の初めに、この農園を、ジョーとエステバンが共同で経営するスアレス・シュガー社に売った。密造ラム酒の最盛期で、砂糖に異常な高値がついていたころだった。娘はとっくに成長して島を去っているので、残った小さい家は倉庫や、ときには小柄な者の宿泊場所として使われていた。ある年、西壁の窓をはずして下に棚をすえ、小さな木のテーブルを何卓か外に置いて、ちょっとした酒場に改装したこともあったが、思いやりの行為は不幸な結末を迎えた。酔った農夫同士の喧嘩が絶えず、山刀《マチェーテ》でやりあったふたりがともに大怪我をして働けなくなるに至り、酒場のアイデアは永遠に放棄されたのだった。

ディオンのスーツケースはジョーが持った。シャツとズボンと靴下と下着が数着ずつ、靴一足、オーデコロンふた壜に、歯ブラシしか入っていないから、たいした重さではないが、ディオンはまだ、夕刻の暑さのなかでサトウキビ畑の長い距離を、荷物を持って歩けるまでには回復していなかった。

トウモロコシの茎は七、八フィートの高さに育ち、二フィート半の間隔で畝が並んでいた。西のほうで農夫たちが畑を焼いていた。炎が葉だけを焼き尽くし、農夫は残った茎と貴重な砂糖汁を加工場へ運ぶ。幸い東から暖かい風が吹いていて、畑が煙に包まれることはなかった。別の日には状況ががらりと変わる——世界から空がはぎ取られ、代わりに飛行船ほど大きく鋳鉄ほど黒い煙の雲が、上空を覆ってうねるのだ。しかしこの日は、空はくっきりと青く、大地との境目にわずかなオレンジ色がにじみだしているだけだった。

「で、どういう計画だ?」ディオンが言った。「アンヘルがおれを丘の向こうに連れていくのか?」

「ああ」

「船はどこにある?」

「丘の反対側だと思うが、おれは行き先がピノス島ということしか知らない。おまえはそこにしばらく滞在する。そのあと誰かがまた連れ出す。キングストンかベリーズへ」

「どっちか知らないのか」

「知らないし、知りたくもない」

「キングストンのほうがいいな。英語が通じるし」

「スペイン語をしゃべれるじゃないか。なんのちがいがある?」

「スペイン語をしゃべるのに飽きた」

ふたりは無言でしばらく歩いた。土が軟らかいのでそこらじゅうの茎が傾いていた。いま登っている丘の頂上に加工場があり、一万ヘクタールの農園を厳格な親のように睥睨《へいげい》している。次に高い場所には管理者たちが住み、二階の幅いっぱいのベランダがついた植民地時代ふうの邸宅が並んでいた。現場の作業長たちの家は、似たような構造だが少し丘を下ったところにあって、一軒を分割して六から八世帯で住んでいる。農夫たちが暮らしているのは、畑の縁をぐるりと囲むトタン屋根の掘っ立て小屋だ。その大半の床は土がむき出しで、水道設備もわずかしかなく、五戸にひとつ程度、屋外便所が設けられている。

ディオンが咳払いをした。「まあ、おれの運がよければ、ジャマイカを歩きまわれるわけだ。でも次は？そのあとどうすりゃいい？」

「消える」

「金もないのにどうやって」

「二千ある。苦労して稼いだ二千だ」

「逃げてるうちにすぐなくなっちまう」

「なあいいか、それはおれの知ったことじゃない、ディー」

「そうもいかないと思うんだが」

「なぜ」

「金がなくなれば目立つ行動をとる。やけっぱちにもなる。軽率なことをするかもしれん。しかも、ジャマイカだぞ。二〇年代から三〇年代にあそこでどれだけビジネスをしたと思ってる？　どこかでおれの顔が割れるに決まってるだろ」

「かもしれない。なら少し上乗せして――」

「だめだめ。わかるだろうに。おれの知ってるジョーなら、パスポート数種類と分厚い札束をカバンに詰めたはずだ。人を手配して、おれの髪の色を変えたり、偽のひげをつけたり、そんなことをさせたはずだ」

「おまえの知ってるジョーには、そんな時間がない。おまえの知ってるジョーは、とにかくおまえをこの場所から蹴り出さなきゃならない」

「おれの知ってるジョーなら、ピント島で金に困らない方法をとっくに見つけてる」

「ピノス島だ」

「馬鹿げた名前だ」

「スペイン語だ」

「スペイン語だというのは知ってるさ。馬鹿げた名前だと言っただけだ。わかってるのか？　くそ馬鹿げてる」

「〝松の島《アイル・オヴ・パインズ》〟の何が馬鹿げてる」

ディオンは何度か首を振り、黙った。

　畝の向こうで何かが茎をこすった。獲物を追う犬だろう。つねに畑のまわりや畝間を歩きまわっている焦げ茶色のテリヤで、鋭い歯とぎらつく黒い眼でネズミを殺す。犬たちは狩りに夢中になると、農夫にもネズミのにおいを嗅ぎ、群れをなして襲いかかる。あるとき、横腹に斑《まだら》のあるルスという名の雌犬が、一日で二百七十三匹のネズミを殺して伝説になった。ルスは褒美に一ヵ月のあいだ〝小さい家〟で寝ることを許された。

　武装して畑を見まわる男たちの目的は、表向きは作物を盗人から守ることだが、実際には農夫がさぼったり、借金を踏み倒して逃げたりしないようにすることだった。ここは農場ではない――ジョーはエステバンと初めて歩いてまわったときに思った。農場ではなく刑務所だ、おれは刑務所の共同経営者だ、と。だからジョーは護衛を怖れる必要がなかった。彼らのほうがジョーを怖れていた。

「おれはスペイン語を話してた」ディオンが言った。「おまえより二年早く。イーボーで生き残るにはそうするしかないとおれが言ったのを憶えてるか？　そのときおまえは、〝でもここはアメリカだ。自分のことばをしゃべりたい〟と言った」

ジョーはそんなことは言っていなかったが、肩越しにうしろを見たディオンに、黙ってうなずいた。さっきの犬がまた右側に来て、横腹で茎をこする音が聞こえた。

「一九二九年だった。イーボーを案内してやったよな、憶えてるか？　おまえはチョークみたいに白い肌に、刑務所の髪型で、ボストンから列車に乗ってきた。おれがいなけりゃ自分のケツも見つけられないありさまだった」

ディオンは、背より高いサトウキビの向こうに広がる、オレンジ色と青が混じった空を見上げた。ジョーはその姿を見つめた。空は奇妙な色の組み合わせだった。夕暮れの淡いオレンジが血の赤に変わろうとしているのに、まだ青が空にしがみついている。

「ここの色はめちゃくちゃだ。多すぎる。タンパもそうだ。けどボストンはどうだった？　青があって、灰色があって、あとは陽が出てるときの黄色。木は緑色。草も緑で、くそ十フィートまで伸びたりしない。全部がちゃんとしてた」

「ああ」ジョーは、ディオンは自分の声を聞く必要があるのではないかと思った。

黄色い家まであと四分の一マイルほどだった。乾いた道なら五分だが、土が軟らかいので十分はかかる。

「あれは娘のために建てたんだって？」

「そういう話だ」

「娘の名前は？」

「知らない」

「どうして知らない？」

「たんに知らない。単純なことだ」

「聞いたことないのか？」

「あったかもしれないが、忘れた。聞いたとすれば、ここを買って、まえの持ち主の話を聞いたときだろう。カルロスという男だった。だが、娘？　なんでおれが知ってなきゃならない?」

「知らないじゃすまされない気がするからさ」ディオンは畑と丘に腕を振った。「いいか、その娘はここにいた。ここで遊んでた。ここを走った。ここで水を飲み、ものを食った」ディオンは肩をすくめた。「だったら、名前があるのが自然だろ」うしろを振り返ってジョーを見た。「娘にいったい何があった? そのくらいは知ってるか」

「もう成人してる」

ディオンはまたまえを向いた。「ああ、そうだろうよ。けど、娘はどうなった? 長生きしてるのか、ルシタニア号(一九一五年に沈没した)に乗ってたのか、どうなんだ?」

ジョーはポケットから銃を取り出し、右脚の横にさげた。左手に持ったディオンのスーツケースは、暑さのせいで象牙の取っ手がすべりはじめた。何かの映画で、キャグニーかエドワード・Gが人を撃ったとき、撃たれたほうは顔をしかめ、行儀正しく体を折って死んだ。たとえ腹を撃ったとしても、ジョーの知るかぎり、人は宙を掻き、地を蹴り、母と父と神の名を叫ぶ。しかし、すぐに死ぬことだけはできない。

「娘の人生については何も知らない」ジョーは言った。「生きてるのか、死んでるのか、何歳なのかも。知ってるのは、この島を出たことだけだ」

黄色い家が近づいていた。

「おまえは?」

「え?」

「いつか島を出るのか?」

胸のまんなかを撃たれた者も、そのまますぐには死なない。通常、弾が本来の仕事をするのには時間がかかる。鉛玉は骨で跳ね返り、心臓を貫通せずかすめる。その間も、撃たれたほうの意識は残っている。煮え湯に落ちたかのように絶叫し、のたうつ。

「いま行ける場所があるとは思えない」ジョーは言った。「おれとトマスにとって、ここがいちばん安全に近い」

「くそ、ボストンが恋しいな」

　ジョーは、頭を撃たれた者がその傷を掻きながら歩きまわり、やがて体の機能が停止して脚から崩れるのも見てきた。「おれもボストンが恋しい」

「こんなはずじゃなかったよな」

「こんなとは？」

「この蒸し暑い天気だよ。脳が溶けて頭のなかがひっくり返る」

「おれを裏切ったのは、湿気のせいか？」

　銃で即死させる方法はただひとつ、頭のうしろの脳の基底部に銃口を押し当てることだ。そうしないと、弾が妙な方向にそれる可能性がある。

「おまえを裏切ったことなんかない」

「おれたちを裏切った。うちの仕事を裏切った。同じことだ」

「いや、ちがう」ディオンはジョーを振り返り、手に握られた銃に気づいても驚かなかった。「うちの仕事のまえに、本当におれたちの仕事があった」ディオンは自分の胸とジョーの胸を指した。「おれ、おまえ、そしておれの哀れな馬鹿兄貴のパオロ。兄貴よ安らかに。そしておれたちは――おれたちは何になったんだ、ジョー？」

「もっと大きなものの一部だ」ジョーは言った。「ディオン、おまえは八年間、タンパを仕切ったんだ。いまさら古い時代を懐かしむな。ドーチェスター・アヴェニューの粗末な三階建て、冷蔵庫も二階のトイレもないあの暮らしを思い出して、バイオリンなんか弾くな」

　ディオンは顔をまえに戻して歩きつづけた。「わかってることと反対のことをまだ信じてるという単語はなんだっけ」

「さあな」ジョーは言った。「矛盾撞着か？」

　ディオンの肩が上がり、また下がった。「そんなとこかな。だから、そう、ジョゼフ——」

「おれをそう呼ぶな」

「——八年間、タンパを仕切り、階段をのぼりきるのには十年かかった。もし最初からやり直すチャンスがあれば、まったく同じことをするだろう。だが、矛盾……」ジョーを振り返った。

「撞着」ジョーが言った。「矛盾撞着」

「矛盾撞着は、いまも心底、おまえといっしょに金庫を襲撃したり、よその町の銀行の下見をしてたらいいのにと思うことだ」悲しげな笑みを浮かべて、振り返った。「いまも無法者のままでいたかった、と」

「だがちがう」ジョーは言った。「おれたちはギャングだ」

「おまえを売ったことは一度もない」

「ほかに何が言いたい？」

ディオンは前方の丘を見上げ、うめくようにことばを吐いた。「ああくそ」

「何？」

「なんでもない。ただ、くそだ。ああくそ。全部くそだ」

「全部がくそじゃない。この世界にはいいところもある」ジョーはディオンのスーツケースを地面に落とした。

「あるとしても、おれたちはそこにいない」

「そうだ」ジョーはディオンの背後に右腕を伸ばした。

前方の土の上で影も同じ動きをした。

ディオンも影を見た。肩が丸まり、次の一歩がぐらついたが、そのまま歩いた。

「おまえにできるとは思えない」ディオンが言った。

ジョーもできるとは思わなかった。すでに手首から親指にかけての皮膚が引きつっていた。

「殺しもしてきた」ジョーは言った。「眠れなかったのは一度だけだ」

「殺し、そうだな」ディオンは言った。「だがこれは故意の殺人だ」

「おまえは殺人でも平気だった」心臓の鼓動が喉元まで突き上げて、しゃべるのがむずかしくなってきた。

「そうさ。だが、おれの話じゃない。おまえがこんなことをする必要はない」

「あると思う」ジョーは言った。

「おれを逃がしてもいい」

「どこへ。ジャングルのなかか？　おまえの首には、畑の労働者が農園を買い取れるほどの賞金がかけられる。ついでにおれも、おまえの半時間後にはどぶで死んでる」

「わが身が大事か」

「おまえが裏切ったからだろうが。おまえは、おれたちが作り上げたものすべてを脅かしている」

「二十年来の友だちじゃないか」

「おまえはおれたちを売った」ジョーの声は手よりもっと震えていた。「おれに面と向かって毎日嘘をつきつづけ、息子は危うく殺されるところだった」

「おまえはおれの兄弟だった」ディオンの声も震えていた。

「兄弟に嘘はつくな」

ディオンは足を止めた。「おまえは兄弟を殺せるのか、え？」

ジョーも足を止めた。銃を下げ、眼を閉じた。また眼を開けると、ディオンが右手の人差し指を上げていた。傷があった。直射日光に当てないと見えないほどかすかな、ピンク色の傷が。

「おまえにもまだあるか？」ディオンが訊いた。

ふたりが子供だったころ、サウス・ボストンの打ち棄てられた厩舎で、人差し指の先を剃刀の刃で切り、互いの傷口をすり合わせた。愚かな儀式。滑稽な血の誓い。

ジョーは首を振った。「おれのは消えた」

「不思議だな」ディオンが言った。「おれのは消えなかった」

　ジョーは言った。「おまえにはあと半マイルもない」

「わかってる」ディオンが囁いた。「わかってる」

　ジョーはポケットからハンカチを出して顔の汗をぬぐった。農夫の掘っ立て小屋の向こうの家々、加工場、その先の山々を見やった。「半マイルもない」

「なあ、家にいたときにどうしておれを殺さなかった?」

「トマスだ」ジョーが言った。

「ああ」ディオンはうなずき、軟らかい土を靴の先でこすった。「どこかに書かれてるのかな、岩の下かなんかに」

「なんだって?」

「おれたちの終わり方がさ」ディオンの眼が、まるですべてを取りこもうとするかのように貪欲になっていた――空を飲み、野を食らい、丘を吸いこんで。「母親の子宮から取り出された瞬間に、どこかに書いてあると思わないか?　汝は炎に焼かれる、汝は船より落ちる、汝は異国でのたれ死ぬ、みたいに」

　ジョーは「やめろ」とだけ言った。

　ディオンは急に疲れたようだった。両腕が下がり、腰もがっくりと落ちた。

　しばらくして、ふたりはまた歩きはじめた。

「次の人生でも友だちに会えると思うか?　またみんなといっしょになれるか」

「わからない」ジョーは言った。「だといいが」

「そうなると思う」ディオンはまた空を見上げた。

「たぶん……」

　風向きが変わり、西のほうから煙が小さい塊になって漂ってきた。

「シャーロット」ジョーが言った。

「え?」

　一匹のテリヤがいきなり眼のまえを横切って、ジョーを驚かせた。右のほうで何度か音がしていたのに、飛び出したのは左からだったので虚を衝かれた。犬はうなって茎のなかに突進した。獲物がキーと鳴くのが聞こえた。一度だけ。

「いま思い出した。娘の名前だ。まえの持ち主の娘」

「シャーロットか」ディオンはにっこりと微笑んだ。

「いい名だ」

丘の上のどこからか雷の音が小さく聞こえたが、空気はただ燃えるサトウキビの葉と湿った土のにおいがするだけだった。

「きれいだな」ディオンが言った。

「え？」

「あの黄色い家さ」

あと五十ヤードほどだった。

「ああ」ジョーは言った。「そうだな」

引き金を引いた。最後の瞬間に眼を閉じたが、それでも弾は鋭い音とともに銃口から出て、ディオンは土の上に這いつくばるように倒れた。ジョーは友人を見おろして立ち、後頭部にあいた穴から血が流れ出るのを見た。血は髪を濡らし、頭の左側から首を伝って軟らかい土に吸いこまれた。脳が見えたが、ディオンにはまだ息があった。浅く激しい呼吸には空気への渇望が表われていた。ディオンは水を吸い上げるように息をひとつ吸って、顔をジョーに向け、うつろな片眼でジョーをとらえた。その眼からは知識がこぼれはじめていた――自分が誰で、なぜ地面に突っ伏しているのかという知識。生きた人生の知識。無数の細々したものの名前はすでに消えていた。唇が動いたが、ことばは発されなかった。

ジョーは二発目をこめかみに撃った。ディオンの頭が右に弾かれ、四肢から力が抜けて、なんの音もしなくなった。

ジョーはトウモロコシ畑の畝道に立ち、小さな黄色い家を見つめた。

魂というものが存在し、いまディオンの魂が青とオレンジの空に昇っていることを願った。小さな黄色い家で遊んだ女の子がどこかで穏やかに暮らしていることも。彼女の魂のために祈り、呪われているとわかっていても自分の魂のために祈った。

広大な畑を見晴らした。その向こうにはキューバが広がっていたが、それはキューバではなかった。彼の生きる場所すべて、旅する場所すべて、これから歩く場所すべては、カインがアベルを殺して逃れたノドの地だった。

おれは呪われている。しかも、ひとりきりだ。

そうなのか？　彼は自問した。それとも、まだ見ていない道があるのか。どこかに逃げる道、どこかに昇っていく道が。

返ってきた声はくたびれ、冷たかった。

足元の死体を見ろ。彼を見ろ。おまえの友。おまえの兄弟。あの質問をもう一度してみろ。

ジョーは引き返そうと振り向いて——死体の始末は手配してあった——その場に凍りついた。三十ヤードほど向こうの畝道に、トマスがいた。軟らかい土に膝をつき、口を開け、顔を涙で濡らして。混乱し、壊れ、ジョーから永遠に失われた息子が。

26　孤児たち

一週間後、ハバナのアパートメントで彼らが荷造りをしていると、アメリカのご婦人が階下に訪ねてきていますとマヌエルが告げた。

ジョーは部屋から出るときに、荷造りを終えてベッドに坐っているトマスのまえを通った。息子の視線を受けてうなずいたが、トマスは眼をそらした。

ジョーはドアのそばに立った。「おい」

トマスは壁を見ていた。

「おい、父さんを見ろ」

トマスは最後には命令にしたがったが、一週間前からずっと変わらない表情で彼を見つめた。怒りではなかった――ジョーは悲しみが怒りに変わることを願っていた。怒りなら対処できる。しかし、トマスの顔には絶望がくっきりと浮かんでいた。

「つらさはだんだん薄れる」ジョーはトウモロコシ畑以来、たぶん五十回目に言った。「痛みは終わる」

トマスは口を開いた。皮膚の下の筋肉が動いた。

ジョーは待った。願いをこめて。

トマスは言った。「ほかのところ見ていい？」

ジョーは階下におりた。玄関ホールにいる護衛たちと、玄関の外に立つ護衛ふたりの横を通りすぎた。

彼女は通りに立っていた。すぐそばの歩道には上がらず、車道にいた。けだるい午後に行き交う車が、背後で土埃を立てていた。彼女は淡い黄色の服を着て、赤と黒の混じった髪をうしろにまとめていた。両手にひとつずつ小さなスーツケースを持ち、この場にふさわしい取りすました態度にしがみついているように見えた。少しでも筋肉の力を抜けば、嘘のすべてが崩れ去ってしまうかのように。

「あなたは正しかった」彼女は言った。

「何が？」

「すべてについて」

「車道から離れて」

「あなたはいつも正しい。それってどんな気分？」

飛び散った血で軟らかい土を黒く染めて倒れていたディオンの姿を思い出した。

「ひどい気分だ」ジョーは言った。

「夫に追い出された。当然よね」

「たいへんだったな」

「両親には娼婦と呼ばれた。アトランタに現われたら、人前だろうと張り倒して一生会わないって」

ジョーは言った。「とにかく車道から離れてくれ」

彼女はそうした。両方のスーツケースを歩道のジョーのまえに置いた。「わたしには何もない」

「おれがいる」

「知りたいと思わないの？　わたしがここへ来たのはあなたを愛しているからか、ほかに行く場所がなくなったからか」

「知りたいかもしれない」ジョーは彼女の手を取った。「だが、夜も眠れなくなるほどじゃない」

小さな暗い笑いがもれ、彼女は一歩下がった。手はまだつながっていたが、触れているのは指先だけになった。「あなた、変わったわ」

「そうか？」

彼女はうなずいた。「何かが足りないみたい」ジョーの顔をまじまじと見た。「いいえ、ちがう、待って。何かを失ったのね。それは何？」

おれの魂だ、信じられればの話だが。

「足りないものはなくなった」ジョーはスーツケースを歩道から持ち上げ、彼女をなかに案内した。

「ジョゼフ！」

ジョーはヴァネッサのスーツケースを玄関ホールの

床に置き、声のしたほうを向いた。誰が呼んだにしろ、その声は亡くなった妻にそっくりだった。

そっくりどころではない。そのものだ。

彼女は通りのひとつ向こうの角にいた。夏に好んでかぶっていた大きすぎる帽子と、農民が着る飾り気のない白い服で、薄いオレンジ色の日傘を差して歩いていた。一度だけ彼を振り返って、角を曲がっていった。

ジョーは歩道に出た。

玄関ホールからヴァネッサの「ジョー?」という声が聞こえたが、かまわず通りに向かって歩いた。

ブロンドの少年が、向かいの歩道のアパートメント・ハウスと映画館のあいだに立っていた。相変わらず少年の服装は、少なくとも二十年から二十五年ほどまえのもの――灰色のサージのニッカボッカのスーツに、ゴルフ帽――だったが、今回は表情がはっきり見えた。少し引っこんだ青い眼、長細い鼻、尖った頬骨、角張った下顎、その年頃の子としては中くらいの背丈。

少年が微笑むまえから、ジョーには誰だかわかった。前回もわかっていたのだが、あまりに不合理だった。いまもそうだ。

少年は笑顔に合わせて愉しそうに手を振ったが、ジョーの目に入ったのは、前歯二本があるべきところにできたカンバーランド渓谷だけだった。

彼の父親と母親が歩道を通りすぎた。ふたりとも若く、手をつないでいた。ヴィクトリア朝ふうの衣服は、彼が生まれたころの両親の服より粗末だった。ふたりは彼を見ず、手をつないでいながら、とくに幸せそうでもなかった。

十年前に死んだサル・ウルソが片足を消火栓にのせて靴紐を結んでいた。ディオンと兄のパオロは、アパートメント・ハウスの壁を背にサイコロ賭博に興じていた。一九一九年のインフルエンザの大流行で死んだボストンの人たち、死んだとは知らなかったゲート・オヴ・ヘヴン教会学校の尼僧もいた。まわりにいるのは全員、生きていない者たちだった——チャールズタウン刑務所で死んだ者、タンパの通りで死んだ者、ジョーみずから手を下した者、他人に殺させた者。見知らぬ女たちもいた。手首の傷や首に残った縄の跡で自殺と思われた。その区画の端では、モントゥース・ディックスがリコ・ディジャコモを叩きのめしていて、ジョーがかつて愛し、何年も忘れたままだったエマ・グールドが、血の気のない手にウォッカの壜を持ち、髪も服もびしょ濡れで歩道をふらふらと歩いていた。

みな死んでいた。死人が通りを満たし、歩道を埋めていた。

ジョーはハバナ旧市街の混雑した通りのまんなかで頭を下げた。頭を下げ、眼を閉じた。

幸あれ、とジョーは自分の死者たちに話しかけた。安らかに。

だが、謝りはしない。

顔を上げると、ボディガードのヘクターがおかしな方向に進み、グラシエラがさっき曲がった角に消えた。

彼の幽霊たちは、みないなくなっていた。

少年を除いて。少年はジョーが近づいてくることに驚いたかのように、彼のほうに首を傾けた。

ジョーは言った。「きみはおれか？」

少年はその質問に戸惑ったようだった。

彼はもう少年ではなかったからだ——ヴィヴィアン・イグナティウス・ブレナンだった。聖人《セイント》ヴィヴ。門番。葬儀屋。

「いろいろまちがいが重なった」聖人ヴィヴは穏やかに言った。「後戻りしてすべて元どおりにするには遅すぎた。もう遅い」

その手に握られた銃をジョーが見る間もなく、ヴィヴィアンはジョーの心臓に弾を撃ちこんだ。大きな音はしなかった。小さくポンといっただけだった。

衝撃でジョーの脚がぐらつき、彼は通りに倒れた。敷石に片手をついて立ち上がろうとしたが、踵は石の上をすべるだけだった。胸のまんなかにあいた穴から血があふれ、膝に流れた。穴から肺が笛のような音を立てた。

逃走用の車がヴィヴィアンのうしろにつけ、どこか近くから女性の絶望的な叫び声がした。いい、いいか、いい、トマス、近くにいたら、頼むから、ほかのところを見てろ。

ヴィヴィアンが銃口をジョーの額に向けた。

ジョーは両手のつけ根を敷石に当て、眼に火をかき起こそうとした。

だが、怖かった。とても怖かった。人がみな言ってきたことを彼も言いたかった——待ってくれ。

しかし、言わなかった。

銃口の閃光が、降り注ぐ流れ星のようだった。眼を開けたとき、ジョーは浜辺に坐っていた。夜だった。まわりのすべてが闇で、打ち寄せる波と砂だけが白かった。

彼は立ち上がり、海に向かって歩きだした。

いつまでも歩いた。

ところが、どれほど歩いても少しも近づかなかった。海そのものも見えず、ただ足元の黒い壁で砕ける波の衝撃を感じるだけだった。

ややあって、彼はまた坐りこんだ。

ほかの人たちが来るのを待った。来てほしかった。真っ暗な夜と、空っぽの浜辺と、決して岸に届かない波のほかに、そこに何かがあると思いたかった。

訳者あとがき

三つの作品はまったく異なるスタイルで書かれている。『運命の日』は史実が全篇に盛りこまれた叙事詩、『夜に生きる』はエドガー賞獲得のシャープで模範的な一九三〇年代のクライム・ノワール、そして今回はそれらで蓄積した知識のすべてを用いた、サスペンスあふれる内省的な作品だ。

——ニューヨーク・タイムズ[*1]

一冊の本は、主人公やほかの登場人物が最終的に自分と折り合いをつける旅だ。プロットはその旅で道を走るための車にすぎない。ぼくの場合、特別豪華な車は必要ない。乗って走れる車が一台あればいい。車派じゃないんだ。……（中略）……プロットには本当に苦労する。自然に出てこないものには、いちばん手がかかるからね。会話には苦労しない。流れるように出てくる。ほとんど書き直すこともない。

——著者インタビュー*2

いまやデニス・ルヘインは、アメリカでも指折りの売れっ子作家と言っていいだろう。小説のみならず、映画やテレビドラマの脚本も次々と執筆しているが、本書はその作家の最新長篇 *World Gone By* の邦訳。ボストンのコグリン一家が二十世紀前半のアメリカを生き抜く三部作（本国では〝コグリン・シリーズ〟とも呼ばれる）の三作目である。

シリーズの前二作をざっと紹介しておこう。

『運命の日』（ハヤカワ・ミステリ文庫）の主人公はコグリン家の長男ダニー。父親もおじも警官というアイルランド系の家族で、ダニー自身も警官だったが、ボストン市警の労働組合のリーダーにかつぎ上げられ、一九一九年の市警のストライキとその後の大規模な騒乱に巻きこまれる。実際に起きた労働運動や、インフルエンザの大流行、戒厳令といった当時の世相を背景に、野球選手のベーブ・ルース、のちのFBI長官ジョン・フーヴァー、マサチューセッツ州知事で数年後に大統領となるカルヴィン・クーリッジなど、実在した人物を交えながら、壮大な物語が展開される。

二作目の『夜に生きる』（ハヤカワ・ミステリ1869）では、視点ががらりと変わって、そのころ少年だった三男のジョーが主人公となる。地元のチンピラだった彼は、強盗に入ってはならない場所に入り、恋してはならない女に恋して、ついには環境劣悪な刑務所に入れられる。そこで知り合ったギャングのボスのコネで、出所後フロリダ州タンパに渡り、かつての親友ディオン・バルトロや、地元の有力者エステバン・スアレスらと協力して、裏社会でのし上がっていく。

一作目が大河歴史小説ふうだったのに対して、『夜に生きる』は、さまざまな映画でも描かれた禁酒法時代のストレートなギャング小説だ。世評も高く、アメリカ探偵作家クラブのエドガー賞（MWA賞）最優秀長篇賞を獲得したことからも、作品の質の高さが裏づけられた。現在、ベン・アフレック監督・主演で映画の撮影がおこなわれていて、来年公開予定である。

そして本書『過ぎ去りし世界』が来る。一作目との共通項はあまりないが、二作目とは連続している。時代はそこから十年近くたった第二次世界大戦中。ジョー・コグリンはファミリーの実権をディオンに譲り、みずからは顧問役となって、裏稼業からほとんど足を洗っている。不幸にも妻グラシエラを失ったが、息子のトマスは九歳になった。ところが、善き父親、善きビジネスマンであるジョーの殺害が計画されているという情報が入ってくる。決行は二週間後の灰の水曜日《アッシュ・ウェンズデー》らしい。自分のファミリーだけでなく、国じゅうのギャングに利益をもたらしているジョーを、誰が、なんのために殺そうとするのか。小説はその謎を軸に進む。

冒頭のインタビューで、ルヘインはプロットに苦労すると言っているけれど、殺しの計画にまつわるメインのプロットにしても、人やものの意外な使い方などにしても、読み返すたびになるほどと思わされる工夫がある。登場人物が主役から端役まで（果ては幽霊まで）生き生きと書かれていることは、いまさら言うまでもない。人物造型に関連して、彼の小説に通底する〝道徳的なあいまいさ〟についても同じインタビューで尋ねられ、彼はこう語っている。

ぼくは本物の悪人をあまり知らない。聖人もあまり知らない。ほとんどの人はそのあいだだろう。書くのはそこだ。悪人にしても、毎朝〝おれは悪人だ〟と思いながら目覚めるわけじゃない。〝たとえときどき悪いことをしなきゃならないとしても、根は善人だ〟と思っている。銀行家もそうだし、株の空売りをする証券ブローカーもそうだ。ギャングも同じだよ、彼らが空売りするのは人間だけど。

じつは、本篇未読のかたのために、あとがきに書けないことがたくさんある。コグリン・シリーズについても、次の作品がないとは言いきれないだろう（私立探偵パトリック＆アンジーの完結篇として、十一年ぶりに『ムーンライト・マイル』が書かれたことを思い出されたい）。たびたび読者の意表を衝いてきた作者である。今後どうなるか、期待したいところだ。

とはいえ、最近の別のインタビューによると、いま書いているのは、舞台を現代のボストン（しかも、これまでの比較的貧しい地域とちがって高級住宅地だとか）に移したスリラーのようだ。[*3] その新作を読む日が待ち遠しい。

二〇一六年二月

（＊1）Review: Dennis Lehane's 'World Gone By' Completes a Loose Trio of Novels'、ニューヨーク・タイムズ、二〇一五年四月一日（http://www.nytimes.com/2015/04/02/books/review-dennis-lehanes-world-gone-by-completes-a-loose-trio-of-novels.html?_r=1）

（＊2）'World Gone By': A Conversation With Dennis Lehane'、ハフィントン・ポスト、二〇一五年三月十九日（http://www.huffingtonpost.com/mark-rubinstein/world-gone-by-a-conversat_b_6901794.html）

（＊3）Dennis Lehane drops into St. Petersburg for a riveting reading'、タンパ・ベイ・タイムズ、二〇一六年一月二十三日（http://www.tbtpics.tampabay.com/blogs/media/dennis-lehane-drops-into-st-petersburg-for-a-riveting-reading/2262592）

HAYAKAWA POCKET MYSTERY BOOKS No. 1906

加《か》賀《が》山《やま》卓《たく》朗《ろう》

1962年生，東京大学法学部卒，
英米文学翻訳家
訳書
『春嵐』ロバート・B・パーカー
『繊細な真実』ジョン・ル・カレ
『ミスティック・リバー』デニス・ルヘイン
『三つの棺〔新訳版〕』ジョン・ディクスン・カー
『レッド・ドラゴン〔新訳版〕』トマス・ハリス
（以上早川書房刊）他多数

この本の型は，縦18.4センチ，横10.6センチのポケット・ブック判です．

〔過《す》ぎ去《さ》りし世界《せかい》〕

2016年4月10日印刷　　2016年4月15日発行

著　者	デニス・ルヘイン
訳　者	加賀山卓朗
発行者	早川　浩
印刷所	星野精版印刷株式会社
表紙印刷	株式会社文化カラー印刷
製本所	株式会社川島製本所

発行所 株式会社 **早川書房**
東京都千代田区神田多町2－2
電話 03-3252-3111（大代表）
振替 00160-3-47799
http://www.hayakawa-online.co.jp

（乱丁・落丁本は小社制作部宛お送り下さい
送料小社負担にてお取りかえいたします）

ISBN978-4-15-001906-8 C0297
Printed and bound in Japan

ハヤカワ・ミステリ〈話題作〉

1878
地上最後の刑事
ベン・H・ウィンタース
上野元美訳
〈アメリカ探偵作家クラブ賞最優秀ペイパーバック賞受賞〉小惑星衝突が迫り社会が崩壊した世界で、新人刑事は地道な捜査を続ける

1879
アンダルシアの友
アレクサンデル・セーデルベリ
ヘレンハルメ美穂訳
シングルマザーの看護師は突如、国際犯罪組織による血みどろの抗争の渦中に放り込まれる！　スウェーデン発のクライム・スリラー

1880
ジュリアン・ウェルズの葬られた秘密
トマス・H・クック
駒月雅子訳
親友の作家ジュリアンの自殺。執筆意欲のあった彼がなぜ？　文芸評論家のフィリップは友の過去を追うが……異色の友情ミステリ。

1881
コンプリケーション
アイザック・アダムスン
清水由貴子訳
弟の死の真相を探るため古都プラハに赴いた男の前に次々と謎の事物が現れる。ツイストと謎があふれる一気読み必至のサスペンス！

1882
三銃士の息子
カミ
高野　優訳
美しく無垢な令嬢を救わんとスーパーヒーローがダイカツヤク。脱力ギャグとアリエナイ展開満載で世紀の大冒険を描き切った大長篇

ハヤカワ・ミステリ〈話題作〉

1883 **ネルーダ事件** ロベルト・アンプエロ 宮﨑真紀訳

ノーベル賞に輝く国民的詩人であり革命指導者のネルーダにある医師を探してほしいと依頼された探偵は……。異色のチリ・ミステリ

1884 **ローマで消えた女たち** ドナート・カッリージ 清水由貴子訳

警察官サンドラとヴァチカンの秘密組織に属する神父マルクスが出会う時戦慄の真実が明らかになる。『六人目の少女』著者の最新刊

1885 **特捜部Q ―知りすぎたマルコ―** ユッシ・エーズラ・オールスン 吉田 薫訳

犯罪組織から逃げ出したマルコは、殺人事件の鍵となる情報を握っていたために昔の仲間に狙われる！ 人気警察小説シリーズ第五弾

1886 **たとえ傾いた世界でも** トム・フランクリン ベス・アン・フェンリイ 伏見威蕃訳

密造酒製造人の女と密造酒取締官の男。偶然拾った赤子が敵対する彼らを奇妙な形で結びつけ……。ミシシッピが舞台の感動ミステリ

1887 **カルニヴィア2 誘拐** ジョナサン・ホルト 奥村章子訳

イタリア駐留米軍基地で見つかった人骨が秘める歴史の暗部とは？ 駐留米軍少佐の娘を誘拐した犯人は誰なのか？ 波瀾の第二部！

ハヤカワ・ミステリ〈話題作〉

1888 黒い瞳のブロンド
ベンジャミン・ブラック
小鷹信光訳
フィリップ・マーロウのオフィスを訪れた優美な女は……ブッカー賞受賞作家が別名義で挑んだ、『ロング・グッドバイ』の公認続篇！

1889 カウントダウン・シティ
ベン・H・ウィンタース
上野元美訳
〈フィリップ・K・ディック賞受賞〉失踪した夫を捜してくれという依頼。『地上最後の刑事』に続いて、世界の終わりの探偵行を描く

1890 ありふれた祈り
W・K・クルーガー
宇佐川晶子訳
〈アメリカ探偵作家クラブ賞最優秀長篇賞受賞〉少年の人生を変えた忘れがたいひと夏を描く、切なさと苦さに満ちた傑作ミステリ。

1891 サンドリーヌ裁判
トマス・H・クック
村松　潔訳
聡明で美しい大学教授サンドリーヌは謎の言葉を夫に書き記して亡くなった。自殺か？　他殺か？　信じがたい夫婦の秘密が明らかに

1892 猟　犬
J・L・ホルスト
猪股和夫訳
〈「ガラスの鍵」賞／マルティン・ベック賞／ゴールデン・リボルバー賞受賞〉停職処分を受けた警部が、記者の娘と共に真相を追う。

ハヤカワ・ミステリ〈話題作〉

1893 ザ・ドロップ

デニス・ルヘイン
加賀山卓朗訳

バーテンダーのボブは弱々しい声の子犬を拾う。その時、負け犬だった自分を変える決意をした。しかし、バーに強盗が押し入り……。

1894 他人の墓の中に立ち

イアン・ランキン
延原泰子訳

警察を定年で辞してなお捜査員として署に残る元警部リーバス。捜査権限も減じた身ながらリーバスは果敢に迷宮入り事件の謎に挑む。

1895 ブエノスアイレスに消えた

グスタボ・マラホビッチ
宮﨑真紀訳

建築家ファビアンの愛娘とそのベビーシッターが突如姿を消した。妻との関係が悪化する中、彼は娘を見つけだすことができるのか？

1896 エンジェルメイカー

ニック・ハーカウェイ
黒原敏行訳

大物ギャングだった亡父の跡を継がず、時計職人として暮らすジョー。しかし謎の機械を修理したことをきっかけに人生は一変する。

1897 出口のない農場

サイモン・ベケット
坂本あおい訳

男が迷い込んだ農場には、優しく謎めいた女性、小悪魔的なその妹、猪豚を飼う凶暴な父親がいた。一家にはなにか秘密があり……。

ハヤカワ・ミステリ〈話題作〉

1898
街への鍵
ルース・レンデル
山本やよい訳
骨髄の提供相手の男性に惹かれるメアリ。しかし、それが悲劇のはじまりだった――そのころ、街では路上生活者を狙った殺人が……

1899
カルニヴィア3 密謀
ジョナサン・ホルト
奥村章子訳
喉を切られ舌を抜かれた遺体の謎。世界的SNSの運営問題。軍人を陥れた陰謀の真相。三つの闘いの末に待つのは？　三部作最終巻

1900
アルファベット・ハウス
ユッシ・エーズラ・オールスン
鈴木　恵訳
【ポケミス1900番記念作品】撃墜された英国軍パイロットの二人が搬送された先。そこは人体実験を施す〈アルファベット・ハウス〉。

1901
特捜部Q
―吊された少女―
ユッシ・エーズラ・オールスン
吉田奈保子訳
未解決事件の専門部署に舞いこんだのは、十七年前の轢き逃げ事件。少女は撥ね飛ばされ、木に逆さ吊りで絶命し……シリーズ第六弾。

1902
世界の終わりの七日間
ベン・H・ウィンタース
上野元美訳
小惑星が地球に衝突するとされる日まであと一週間。元刑事パレスは、地下活動グループと行動をともにする妹を捜す。三部作完結篇